Zu diesem Buch

«Die Geburt ist der Gesandte des Todes.»
Arabisches Sprichwort

Natürlich sollte man an seinem Wiegenfest nicht mit dem Schlimmsten rechnen, aber bekanntlich bergen gerade die friedlichsten und schönsten Tage im Jahr die größten Gefahren, wie die vorliegende Sammlung boshafter, tragischer und grotesker Geburtstagskrimis beweist.

Vielleicht haben Sie schon einmal darüber nachgedacht, Ihrem besten Freund nur so aus Spaß einen Sarg zu schenken? Dann sollten Sie sich über die möglichen Folgen informieren. Ein Sarg ohne Leiche ist schließlich nur eine halbe Sache.

Wer immer nur die falschen Geschenke bekommt, wird mit der Zeit bärbeißig und sinnt auf Rache. Das kann böse Auswirkungen auf die liebe Verwandtschaft haben. Wer sich jedoch zum Geburtstag einen Mord wünscht, darf das Verbrechen nicht zu schlampig planen lassen, denn im Gegensatz zu Politikern genießen Geburtstagskinder keine Immunität.

Blutrünstige Spannung und originelle Tips für Geschenkemuffel präsentieren 14 renommierte Star-Autoren und Newcomer der internationalen Krimi-Szene: Janwillem van de Wetering, Jerry Oster, D. B. Blettenberg, Susan Moody, Lawrence Block, Michael Z. Lewin, Elliott Murphy, Tatjana Kruse, Robert Brack, Annette Döbrich, Karina Lübke, John Harvey, Stella Duffy, Denise Danks gratulieren mit diabolischem Lächeln und laden ein zu einer mörderischen Geburtstagsparty.

Janwillem van de Wetering u. a.

EINE LEICHE ZUM GEBURTSTAG

Stories für
blutrünstige Leser

Zusammengestellt
von Robert Brack

Rowohlt

rororo thriller
Herausgegeben von Bernd Jost

Originalausgabe
Veröffentlicht im Rowohlt Taschenbuch Verlag GmbH,
Reinbek bei Hamburg, Juli 1997
Copyright © 1997 by Rowohlt Taschenbuch Verlag GmbH,
Reinbek bei Hamburg
Quellen- und Urheberrechtsangaben der einzelnen Beiträge s. S. 251
Redaktion Peter M. Hetzel
Umschlaggestaltung Walter Hellmann
(Illustration: Cathrin Günther)
Satz Bembo (Linotronic 500)
Gesamtherstellung Clausen & Bosse, Leck
Printed in Germany
1200–ISBN 3 499 43273 0

Inhalt

Janwillem van de Wetering
DER BRIEF IM PFEFFERMINZTOPF

An jenem Abend arbeitete ich im Funkraum des Amsterdamer Polizeihauptquartiers an der Elandsgracht. Ich war dort schon seit einiger Zeit tätig, meist zur Nachtschicht, wenn es hübsch ruhig ist. Einen Kunden ‹zu bedienen›, d. h. seinen Anruf zu beantworten, kann eine ganz amüsante Angelegenheit sein: Es kommt vor, daß eine Dame eine singende Maus in ihrem Bett gefunden hat oder daß ein ehemaliger Beamter der Bereitschaftspolizei anruft und meldet, daß sein Nachbar Handgranaten auf die Straße wirft – nicht, daß es ihm etwas ausmacht, aber falls wir zufällig einen Patrouillenwagen in der Nähe hätten, sollten wir doch mal vorbeischauen...

Ich hätte mich krank melden können, doch ich habe etwas gegen unverdiente Vergünstigungen. Außerdem fehlte mir nichts Besonderes, ich hinkte nur etwas, aber mein Bein besserte sich schon wieder und tat kaum noch weh.

Ein behinderter Bulle im aktiven Dienst?

Warum auch nicht? Kommt heutzutage in den höchsten Rängen vor; unser Chef kann ohne Stock gar nicht mehr gehen, wogegen mein Problem ja nur zeitweise aktuell war. Der Chef ist auf Lebenszeit behindert. Sein Rheuma wird immer schlimmer, aber meine Schußwunde heilt. Er kann nichts für seine Beschwerden. Meine gehen auf mangelnde Professionalität zurück.

Ein Kollege – der bei uns ‹Ketchup› heißt, weil seine Opfer im allgemeinen eine Blutspur hinterlassen – hat mich aus Versehen angeschossen. Zwei mit Spielzeugpistolen bewaffnete Türken hatten eine Bank in der Innenstadt ausgeraubt. Ich hätte besser achtgeben müssen. Es war auch Pech. Es ist keine gute Idee, in einem Minibus mitzufahren, wenn Ketchup am Steuer sitzt und über Funk ein Banküberfall in der Nähe gemeldet wird. Wir tragen eine neue Handfeuerwaffe, eine Walther P 5, eine echte Automatik – selbst wenn man nur ganz leicht an den Abzug kommt, fliegen die Kugeln in der Luft herum wie Wespen, die man aus dem Nest gescheucht hat. Es gibt an der P 5 keine Sicherung, sie ist immer geladen und entsichert – Ketchup zielt / Ketchup schießt / Ketchup erschießt zwei Türken / Ketchup schießt mich ins Bein. Ketchup entschuldigte sich, und sobald ich wieder aus dem Krankenhaus war, nahmen er und sein Freund Karate mich zum Segeln mit und zum Gleitsegeln (auf einer Jacht und einem Segelflugzeug). Die beiden behaupten, sie sammeln Briefmarken aus den französischen Kolonien (Superidee!) und verkaufen sie mit Riesengewinn bei Auktionen in Hongkong oder auf den Seychellen (sic!). Sie leben in einer hypothekenfreien Wohnung mit Blick auf die Amstel. Es geht das Gerücht, sie bekämen fünf Prozent von jedem Drogendeal in der Stadt. Aber das ist wahrscheinlich nur ein Gerücht.

Ich selbst habe keine Nebenverdienste. Nicht weil ich Idealist bin, sondern weil ich lieber in Ruhe lebe. Damals war ich viel mit einem Secondhandfahrrad unterwegs. In dem baufälligen Wohngebäude in der Marnix Straat schleppte ich es die drei Stockwerke bis zu meiner Wohnung hinauf. Zu meiner Unterhaltung las ich Bücher, die ich mir aus der Bibliothek an der Ecke auslieh. Bis auf ein Klavier, ein Bett und einen Ausziehtisch, eine Stereoanlage und ein paar CDs – meist Jazz von Chick Corea und dem Bassisten Miroslav Viteous – war die Wohnung leer. Onkel Franz, der die Notrufnummer an diesem Abend anwählte und zu mir durchgestellt wurde, fragte mich, ob ich immer noch in der «großen Leere» wohnte. Er wußte, daß ich nicht einsatzfähig war und deshalb Nachtdienst im Hauptquartier machte.

Die Notrufnummer ist nur für Notfälle. Ich argwöhnte, mein Onkel wollte mich mit einer seiner mündlichen philosophischen Auslassungen belästigen.

Onkel Franz sagte, sein Anruf habe durchaus etwas mit einem Notfall zu tun, auch wenn er bislang noch nicht eingetreten sei.

Ein künftiger Notfall?

Ich fragte mich besorgt, ob er wohl wieder zu trinken begonnen hatte. Vielleicht aber auch nicht. Er sprach zwar ziemlich langsam, aber er war immerhin in den Achtzigern und hatte schon immer längere Pausen zwischen den einzelnen Wörtern eingelegt, weil er lebte wie jemand, der Schach spielt und Zug um Zug vorausplant. Onkel Franz ist ein Supertyp. Im Zweiten Weltkrieg arbeitete er in Deutschland beim U-Boot-Bau, besser gesagt, er organisierte ein fehlerlos funktionierendes Netzwerk von Orten, wo die Einzelteile – U-Boote haben viele Einzelteile – montiert wurden. Onkel Franzens Genius ist neutral. Ich bin sicher, daß er niemals über Naziziele nachgedacht hat. Er jonglierte nur gern mit Zahlen und Fakten, um, wie er selbst sagte, «das allgegenwärtige Chaos zu manipulieren». Auf diese Weise verdiente er eine Menge Geld – an der Börse, als Immobilienmakler und auch beim Glücksspiel.

Onkel Franz ist ein Onkel meines Vaters. Unsere Familie stammt eigentlich aus Deutschland und hieß Müller, aber mein Vater nannte sich Muller. Onkel Franz behielt den Umlaut bei. Er studierte Mathematik und Physik an der Hamburger Universität und später, als meine Großeltern nach Holland zogen, an der Technischen Hochschule in Delft. Zu jenem Zeitpunkt war die Familie schon in Holland eingebürgert. Die deutsche Besetzung während des Kriegs machte aus ehemaligen Deutschen wie durch ein Wunder wieder echte Deutsche. Wir sollten Hitler dienen. Onkel Franz war zu klein fürs Militär. Mein Vater wurde Soldat. Weil man ihm, als Nazigegner, nicht trauen konnte, verbrachte er die Kriegsjahre in Norwegen, wo er für eine kaputte Kanone an der Küste die Verantwortung zu tragen hatte. Ich wurde 1961 geboren. Vater war damals schon über vierzig.

Meine Mutter starb bei meiner Geburt. Vater bekam Depressionen und schluckte Gift. Onkel Franz wohnte am Bickers Steeg, Ecke Wester Dok, in einem früheren Lagerhaus, das mein Großvater als Villa mit einem Rosengarten auf dem Dach wiederaufgebaut hatte. Er nahm mich bei sich auf.

Nach der Befreiung und nach seiner Rückkehr nach Amsterdam hatte man Onkel Franz wegen Landesverrats angeklagt, doch die Sache wurde niedergeschlagen, denn wenn Onkel Franz sich geweigert hätte, Deutscher zu werden, wäre er mit Sicherheit erschossen worden.

Bei ihm in seinem Haus zu wohnen war eine Erfahrung, doch an meinem achtzehnten Geburtstag zog ich aus. Sein Angebot, mir ein Studium zu finanzieren, lehnte ich ab. Ich erhielt ein Stipendium von der Stadt und machte einen Abschluß an der Polizeischule.

Sobald ich im Besitz meiner Polizeimarke war, verließ ich die Baracken und mietete die Wohnung in der Marnix Straat. Onkel Franz meldete sich nach wie vor. Wie es schien, tat es ihm leid, daß wir am Bickers Steeg ein so verrücktes Leben geführt hatten. Ich mied ihn keineswegs. Er hatte sich um mich gekümmert, und irgendwie war ich ihm dankbar dafür.

Meine Güte, Onkel Franz konnte wirklich ziemlich niederträchtig sein. Er sah auch schlimm aus. Die Straßenkinder riefen ‹Glatzenzwerg› hinter ihm her. Daraufhin versteckte er seinen großen Schädel unter einer Lockenperücke, die gern verrutschte. «Sag mir bloß», sagte er an diesem Abend, als er mich im Funkraum anrief, «wie viele von euch nehmen eigentlich das Telefon ab?» Es gab vier diensthabende Vermittler.

«Klasse», sagte Onkel Franz. «Eins zu vier, daß ich mit dir verbunden werde. Das ist ein gutes Omen, Neffe.»

Ich fragte ihn, um welche Art Notfall es sich handelte.

Bickers Steeg ist weit weg. Der Sommer war mild. ‹Drogentouristen› und Obdachlose bevölkerten die Ufer. Ein alleinstehender alter Mann konnte da leicht in ernsthafte Schwierigkeiten geraten.

«Bei dem Notfall handelt es sich um einen Streit, der zu Blutvergießen und mindestens einer Leiche führt», sagte Onkel Franz ruhig. «Ich dachte, ich rufe dich lieber an.»

Ich sagte, ich würde sofort eine Streife vorbeischicken.

«Sofort muß es nicht sein, mein Junge.»

Ein künftiger Notfall also? Ich sagte ihm, es täte mir leid, daß er betrunken sei.

Onkel Franz erinnerte mich daran, daß er vor über zehn Jahren Mitglied bei den Anonymen Alkoholikern geworden war. «Aus praktischen Erwägungen.»

Onkel mochte Kampfsportarten. Sogar in betrunkenem Zustand war er noch in der Lage, sich zu verteidigen. Als er älter wurde, wurde das anders, und eines Nachts, als er nach Hause torkelte, war er überfallen worden. Eine zerbrochene Brille und ein kaputtes Gebiß waren unerwünschte Komplikationen, die ihn dazu brachten, seine Gewohnheiten zu ändern.

In der Zeit, als ich bei ihm lebte, hatte er eine große Vorliebe für Zechgelage. Gern heuerte er Stripteasemädchen an, die zu meinem Klavierspiel tanzen sollten. Seine anderen Betätigungen waren auch recht sonderbar. Anstatt daß ich meine Hausaufgaben machte, ließ er mich meine Zeit bei ihm im Keller verbringen, wo ich ihm half, ein Labyrinth zu bauen, in dem elektrische Eisenbahnen sich verfahren konnten. Auf dem Dachgarten gab es Musikwettbewerbe, bei denen Onkel jodelte und Hähne krähten. Der Leithahn hieß immer Dizzy. Onkel und die Hähne betranken sich, und ich mußte darauf achten, daß keiner von ihnen vom Dach fiel. Aber es gab auch schöne Zeiten. Sonntag morgens gingen wir manchmal in den Zoo. Unseren Geburtstag am ersten August begingen wir immer stilvoll. Wir beschenkten uns gegenseitig. Ich schenkte ihm Blumen und Süßigkeiten, und er schenkte mir ein Fahrrad oder eine Jahreskarte für ein Museum.

An meinem zehnten Geburtstag flog er mit mir nach New York und zeigte mir dort die Sehenswürdigkeiten. Im Naturkundemuseum bewunderten wir den riesigen Globus.

«Das sind echte Farben, Walter, und nicht die künstlichen Farben, die du in einem Atlas siehst.»

«Ja, Onkel.»

«Kannst du irgendwelche Grenzen sehen, Linien zwischen den Ländern?»

«Nein, Onkel.»

«Weil es keine gibt, Neffe. Aber uns gibt es. Siehst du die vielen Flecken?»

Ich sah die verfärbten Stellen, die Städte.

«Die Menschen sind für diesen Planeten wie ein Ausschlag, Neffe.»

Die dunkle Seite seines Wesens ließ Onkel Franz tagelang abtauchen. Dann mußte ich für die Tiere und für mich irgend etwas zu essen zusammenkratzen. Ich trug dann ungewaschene Kleider und ging zu Fuß zur Schule, weil ich kein Geld für die Straßenbahn hatte. Wenn mein Onkel wieder auftauchte, hatte er manchmal jemanden dabei. Und dann gab es neue Orgien. Es kam vor, daß er mich aufweckte. «Neffe, das ist Yolande. Es geht ihr nicht gut. Rutsch zur Seite, sie möchte schlafen.» Eines Nachts stürzte der Grill um. Er ließ mich die Feuerwehr nicht rufen, weil er die großen Flammen beobachten wollte. Er erschien betrunken bei mir in der Schule und belästigte meine Lehrerinnen.

Aber all das war Jahre her. Jetzt war er schon lange brav gewesen.

«Bist du auf dem Dach, Onkel Franz?»

Onkel sagte, ja, er sei auf dem Dach. Es war der erste August. Vier Uhr morgens. Bald würde die Sonne aufgehen. «Es wird ein wunderschöner Tag, Walter. Da ist ein leuchtender dunkelroter Schein über Het IJ. Die Möwen segeln direkt hier übers Dach, wie schwarze Silhouetten, die aus einem metallblauen

Himmel ausgeschnitten wurden. Wirklich schade, daß du dich in diesem Bunker versteckst, wo du nicht hinausschauen kannst.»

Ich wußte, daß er meine Arbeit und auch das Viertel, in dem ich lebte, nicht gerade schätzte. Er behauptete immer, ich lebte auf dem ‹unteren Niveau›. Und er wollte mich ‹aufbrechen›.

«Spring über deine Grenzen, Walter.»

«Onkel Franz, das hier ist der Funkraum der Amsterdamer Stadtpolizei. Du bist auf einer Notrufleitung.»

«Dies ist ein Notruf, Neffe.»

«Bist du allein daheim, Onkel?»

Dizzy war bei ihm. Ich konnte ihn glucksen hören.

«Dizzy», sagte ich, «sag dem Onkel, er soll aus der Leitung gehen.»

Onkel sagte, daß am Bickers Steeg demnächst ein dramatisches Verbrechen stattfinden würde.

Ich sagte, ich würde die Leitung jetzt kappen.

Onkel imitierte die Stimme des Kommunikationsoffiziers Uhura von Star Trek. «*Alle Leitungen sind blockiert, Captain Kirk.*»

«Du hinkst etwas hinterher, Onkel. Wir sind inzwischen drei Star-Trek-Captains weiter.»

Er lachte. «Erinnerst du dich, was für schöne Zeiten wir zusammen hatten? Mit diesem Doktor McKoy? Wenn wir bei den Leichen gesessen haben. ‹Jim, er ist tot, oder?›»

«Onkel Franz, bitte...»

«So ist's besser, Neffe. Du mußt mich nehmen, wie ich bin. Hast du mir selbst gesagt. Wenn man mit gefährlichen Psychopathen spricht, ist es am besten, man läßt sie reden.»

«Bist du jetzt ein gefährlicher Psychopath, Onkel?»

Ich mußte an einen Verrückten denken, der um zwei Uhr morgens angerufen hatte: «Brigadier, da sind Frösche auf dem Hemweg!» Ich schickte einen Wagen hin, um es zu überprüfen. Der Hemweg, eine größere Durchfahrtsstraße, war von Millionen von jungen Kröten, die aus den Hafensümpfen kamen, bedeckt. Zerdrückte Kröten lassen Autos außer Kontrolle geraten. Wir sperrten die Straße ab und verhinderten größere Schäden.

«Sag, Onkel Franz, was glaubst du, wird am Bickers Steeg passieren?»

Es sei noch zu früh, sagte er, um Geheimnisse zu lüften. Er klang nicht betrunken.

Onkel litt an Muskelkrämpfen, gegen die Dr. Pottier ihm Codein verschrieb, das ihn oft high machte.

«Hast du Verstopfung, Onkel?»

«Ich habe keine Verstopfung, Neffe.»

Am Hafen fuhr ein nicht gekennzeichneter Patrouillenwagen Streife. Adjudant Grijpstra und Brigadier de Gier, beide Zivilpolizisten, sind Freunde von mir. Ich fragte mich, ob ich sie bitten sollte, mir auszuhelfen. In der Zwischenzeit erzählte ich Onkel Franz, daß ich später am Tag auf einen Sprung vorbeikommen würde.

«Um den Tag der brüllenden Löwen zu feiern? Du weißt doch, heute gehört die Welt uns. Kommst du zum Essen?»

Ich bedankte mich für die Einladung.

«Du kommst also?»

«Ja, Onkel Franz.»

«Aber du wärst ja ohnehin gekommen.» Er machte eine bedeutungsvolle Pause. «Wegen unseres Geburtstags.»

Ich hatte unseren Geburtstag vergessen. Geburtstage kümmerten mich nicht mehr.

«Wegen unseres Geburtstags, Onkel.»

«Und du hast auch schon ein Geschenk für mich gekauft.»

«Natürlich.»

«Du lügst.» Er klang traurig. «Macht nichts, Walter. Du bist auch ohne Geschenk willkommen.»

Ich dachte, damit hätte ich ihn besänftigt. «Du brauchst also jetzt keine Hilfe? Kann ich jetzt auflegen?»

«Noch nicht ganz.» Er telefonierte mit einem schnurlosen Telefon. Ich hörte seine Schuhe über den Kies auf dem Dachgarten schlurfen. «Walter? Hör mal. Unten, am Boden, habe ich zwei Mikrofone im Efeu versteckt. Willst du ein nettes Hörspiel hören? So wie damals, als du klein warst und sie die Cowboy-und-Indianergeschichten gespielt haben?»

Ich merkte, wie ich wütend wurde. «Onkel, verdammt noch mal, da kann jede Minute ein ernsthafter Anruf kommen...»

«Du bekommst gerade einen ernsthaften Anruf», sagte Onkel Franz. «Du hast es hier mit einer lebensgefährlichen Situation zu tun. Ich verbürge mich für ein schnelles Auto, Geschrei, eine Schlägerei, Schüsse und überhaupt jede Menge Action.»

Ich seufzte. «Bitte...»

Schweigen. Ich wollte gerade auflegen, als ich seine Stimme wieder im Ohr hatte. «Ich habe die Kokosnußschalen gesucht. Ich wußte, daß ich sie noch habe. Weißt du, daß ich jetzt Kokosnuß wegen meines Herzens essen muß? Hör mal, Neffe.»

Ich hörte Pferdehufe in der Prärie. Daram-daram-daram. Onkel Franz war ein Cowboy. «Yippiiiieee!»

«Onkel?»

Jetzt wurde er sentimental. «Genau so hast du immer ‹Onkel› gesagt, als du klein warst. Du warst so ein niedliches Kerlchen. Erinnerst du dich noch an den Zoo, mit dem wir gespielt haben? Die Tiere waren in Seidenpapier eingewickelt, und ich mußte sie auspacken, und du hast sie in ihre Käfige gestellt. Als dem Nashorn das Horn abbrach, hast du geweint, aber als ich es wieder angeklebt hatte, war wieder alles in Ordnung.»

«Onkel!»

Ich hörte ihn mit seinem Gebiß klappern, was er immer tat, wenn er nervös war.

Das machte mir nun wieder Sorgen. «Vielleicht komme ich doch mal eben vorbei, sobald ich hier rauskann. In einer Stunde ungefähr? Paßt dir das?»

«Paßt mir überhaupt nicht.» Er klang wieder ganz fröhlich. «Aber ich werde dich recht bald bitten, mir einen Streifenwagen herzuschicken.»

«Onkel», sagte ich, «es ist die Pflicht der Polizei, Störungen der öffentlichen Ordnung zu verhindern. Also sag mir, was da vor sich geht.»

Es klickte in meinem Hörer. Und dann hörte ich glockenklar das Morgenlied einer Drossel.

«Das ist Miles», sagte Onkel Franz. «Ich stehe morgens früh auf, um ihn singen zu hören. Er lebt unten im Efeu an der Mauer zur Straße. Ganz nah an meinen Mikrofonen.»

Ich hörte, wie Dizzy sich fertigmachte, um seinen Morgengruß loszuschmettern, doch plötzlich wurde sein Gekrächze abgeblockt.

«Er will immer mit Miles konkurrieren», sagte Onkel, «aber im Moment wird er nicht gebraucht. Habe ihm meinen Kaffeewärmer übergestülpt. Ah – jetzt geht's los.»

Durch das Telefon hörte ich, erst aus der Ferne, dann über das Mikrofon an der Straße schnell näher kommend, das Brummen eines Sportwagens.

«Eine goldene Kutsche», sagte Onkel Franz, «entworfen und gebaut von keinem Geringeren als meinem Freund und Kollegen Dr. Porsche.»

«Besucher?»

«Eindringlinge.»

Ich hörte die Wagentüren zuschlagen und hohe Absätze über den Bürgersteig klappern. Und dann eine Männerstimme mit Mittelschichtakzent. Sie nuschelte. «Zeit für ein kühles Bierchen. Für dich auch, Arlette?»

Die Frauenstimme schickte mir einen Schauer über den Rükken.

Ich dachte an Billy Holliday, die junge Ella Fitzgerald oder auch Marion Anderson.

«Nein, Freddy», sagte Arlette. «Nicht nach dem ganzen süßen Champagner im Club.»

Die Männerstimme knurrte. «Seit wann schenkt Fastbuck Freddy billiges Rülpszeug in seinem exklusiven Nachtclub aus?» Freddy wechselte den Ton. «Das sollte ein Witz sein, Arlette, oder? Also, dann zeig mir doch mal unser gegenseitiges

16

Geburtstagsgeschenk, das du natürlich von dem Geld bezahlt hast, das du mir vorher geklaut hast.»

Geburtstagsgeschenk? Mir brach der kalte Schweiß aus. Was für ein makabrer Zufall. Onkel Franz und ich hatten am selben Tag Geburtstag, und dieser großkotzige Zuhälter und die Lady mit der Jazzstimme offensichtlich auch?

«Im Porsche, Fred. Hat ein alter Ingenieursfreund von mir eingebaut.»

«Ach – hast du jetzt einen Geldonkel?» fragte Freddy. «Dir ist doch wohl klar, daß das gegen die Regeln ist, Süße?»

Sie versuchte, diese Beleidigung zu überhören. «Wir haben es zusammen ausprobiert. Es ist etwas mit Musik. Hier, am Wasser, klingt es wahrscheinlich noch viel besser. Unter dem Armaturenbrett ist ein Knopf, den mußt du drücken.»

Ich merkte, daß ich nervös den Kopf schüttelte. Ich wußte, daß Onkel Franz sich in Sexclubs herumtrieb. Hatte er etwas mit der Jazzlady? Und wollte er jetzt ihrem Zuhälter an den Kragen? Wurde mit diesem Knopf vielleicht eine Bombe im Porsche gezündet?

Ich kritzelte ‹Bickers Steeg 1› und die Namen der beiden Kriminalbeamten Grijpstra und de Gier auf einen Zettel und schob diesen der neben mir sitzenden Kollegin zu. Sie setzte unser Alarmsystem in Gang und reichte mir einen zweiten Hörer.

«Bickers Steeg?» fragte die heisere Stimme von Adjudant Grijpstra. «Wir sind beim Oranje Dok: Streitereien zwischen Touristen. Es ist dringend, sagst du?»

Meine Kollegin zog die Augenbrauen in die Höhe und schaute mich fragend an. Ich verfolgte immer noch die Vorgänge am Bickers Steeg. Also nickte ich und kritzelte dabei eine andere Notiz. «Fahrt hin», kommandierte die Kollegin, dann las sie Grijpstra vor, was ich aufgeschrieben hatte: «Alter Mann und Hahn contra Zuhälter, der eine Dame belästigt, Bickers Steeg, goldfarbener Porsche.»

«War das für uns bestimmt?» fragte Grijpstra.

Sie las es ihm noch einmal vor, und dann auch das, was ich als nächstes notiert hatte: «Alle haben Geburtstag.»

«Der Hahn auch?» fragte de Gier.

Ich schüttelte den Kopf.

«Das ist ein Minuspunkt, Sergeant.»

In meinem anderen Ohr hörte ich Onkel Franz lachen. Ich fragte ihn, wie es mit Fred und Arlette stand.

«Du mußt nicht flüstern», sagte Onkel Franz. «Das sind Einwegmikrofone.»

«Was sind das für Leute, Onkel?»

«Fastbuck Freddy ist ein gemeiner Hund», sagte Onkel Franz, «und Arlette ist eine wunderschöne, gutherzige Frau. Könnte gar nicht besser aussehen.»

Das war doch was. Onkel Franz kannte mich. Ich bin nicht der Aktivste, aber auf schöne Frauen fliege ich.

Ich hörte eine leere Bierdose über die Pflastersteine rollen.

«Mach keinen Dreck hier, Freddy», sagte Arlette.

«Und warum nicht, Süße?» Seine Stimme wurde schneidend, als er ihr befahl, die Dose nicht aufzuheben, «weil die Müllmänner sonst arbeitslos werden».

Jetzt hörte ich, wie Freddy die Autotür öffnete, dann schrie er, er könne nicht finden, was Arlette gesagt habe.

«Onkel?»

«Mein Gott», sagte Onkel Franz, «soviel sollte er immerhin wissen, daß man den Zündschlüssel erst rumdrehen muß, bevor man einen Knopf drückt.»

«Ist Arlette Stripteasetänzerin, Onkel? Wo hast du sie kennengelernt?»

«Dieser Freddy ist wirklich blöde. Kein Wunder, daß er sich als Zuhälter durchs Leben bringen muß. Stripteasetänzerin? Was verstehst du denn unter einer Stripteasetänzerin? Arlette ist ein nettes Mädchen, das ich zufällig mal in der Stadt kennengelernt habe.»

«Du hältst also immer noch Ausschau nach Busen und Hintern?»

Onkel kicherte. «Ist doch das Schönste an der Schöpfung, Neffe. Gefällt mir jedenfalls besser, als zuzuschauen, wie U-Boote ins Meer tauchen. Du weißt ja, daß es da Gemeinsamkeiten gibt, oder? Die See ist weiblich.»

Ich hörte eine erstickte Vogelstimme.

«Armer Dizzy», sagte Onkel, «hast du immer noch deinen Kaffeewärmer auf? Warte, ich nehme ihn dir ab. So, ist das besser?»

Dizzy gackerte glücklich.

«Arlette kann kochen», sagte Onkel Franz. «Du mußt mal ihre Fischsuppe probieren. Erinnerst du dich an meine Bouillabaisse? Die von Arlette ist noch besser.»

Onkel war ein hervorragender Koch. Seine Muschelsuppe mit Curry oder sein orientalisches Fischgericht mit den Riesenshrimps vergesse ich nie.

«Und die schöne Köchin ist jetzt unten in deiner Straße und wird von ihrem besoffenen Arbeitgeber neben einem goldenen Porsche, in den du eine Bombe eingebaut hast, mißhandelt?»

Onkel Franz brummelte: «Du Blödkopf, Freddy. Du mußt ihn andrehen, wenn dieses Elektrodings funktionieren soll.»

«Was ist das für ein Ding, Onkel?»

«Überraschung. Aber wenn Freddy so blöd ist... Pah.»

«Warum kaufst du Arlette nicht frei und heuerst sie als Haushälterin an?»

Er klang traurig. «Ich bin doch ein alter Mann, Walter...»

Das war neu. Franz war sich bisher nie zu alt vorgekommen, um sich irgendwelche Freuden zu versagen.

Jetzt stellte er seine Mikrofone wieder an. Ich hörte, wie Freddy mit seinem Saufkopf gegen das Wagendach hämmerte.

«Schönes Geschenk! Das Scheißding ist kaputt, Arlette?»

«Ich glaube, du mußt erst mal den Schlüssel rumdrehen.»

«Du Sau», schnaufte Freddy liebenswürdig. «Du hirnloses großbusiges Vieh. Was verstehst du schon von Technik? Die Scheinwerfer gehen doch auch, ohne daß man den Schlüssel rumdrehen muß, oder?»

«Versuch es doch bitte mal, Freddy.»

«Versuch es doch bitte mal, Freddy», äffte er ihre wunderbare Stimme nach. «Mein kleines Ferkel denkt wohl, weil es eine gute Figur hat, weiß es alles?»

Arlette klang nicht gerade glücklich. «Als der alte Herr auf den Knopf gedrückt hat, hat es funktioniert.»

«Klar», sagte Freddy. «Alte Mechaniker haben Schraubenzieher statt Finger.» Er fluchte und schlug wieder mit dem Kopf gegen das Wagendach.

Die Sache schien sich zuzuspitzen. Was war bloß mit meinen beiden Superpolizisten los?

Arlette schlug vor, lieber ins Haus zu gehen. Freddy wurde immer unleidlicher. «Bullen – ah? Mein Ferkelchen will sich doch nicht etwa verdünnisieren? Neinnein, Süße, ich dreh jetzt den Schlüssel rum, alles klar? Wie du's mir gesagt hast. So, und jetzt drücken wir auf den blöden Knopf.»

Eine Sirene heulte auf, volle Lautstärke. Mein Kopf dröhnte.

«Jetzt hat er's», brüllte Onkel Franz. «Dizzylein, komm, leg los jetzt.»

Dizzys Kikeriki dröhnte mir auch im Kopf.

Die Mikrofone an der Straße erfaßten Freddys Stimme aufs schärfste. «Arlette? Hast du das gehört? Das war ein Hahn? Ha ha ha!»

Freddy ließ die Sirene weiterheulen, und oben auf dem Dachgarten feuerte Onkel Dizzy an, so laut zu krähen, wie er konnte, und brüllte dann auf die Straße hinunter: «He! Du Döskopf mit deiner Blechbüchse da! Weißt du eigentlich, wie spät es ist?»

Freddy brüllte zurück: «Hast du selber keine Uhr, Opa? Sag deinem Gockel, er soll's Maul halten!» Dann fing die Sirene wieder an.

Über den Polizeifunk nahm ich Kontakt mit dem Streifenwagen auf. «Wo steckt ihr zwei eigentlich?»

«Hogedijk», sagte Brigadier de Gier. «Frag bloß nicht, wie wir da hingekommen sind.»

Mit Blick auf die große Wandkarte sagte ich: «Ihr hättet Catburg und Prins Hendrik Kade nehmen sollen.»

«Wir haben uns verfahren», sagte de Gier. «In Höchstgeschwindigkeit. Hier sind Straßenarbeiten, und da sind wir reingefahren, und jetzt steckt unser alter Fiat im Sand fest.»

«Wir haben ein Taxi gerufen», sagte Grijpstra. «Muß jeden Moment da sein.»

Ich hätte es wissen müssen. Grijpstra und de Gier sind tolle Polizisten, aber Orientierungssinn haben sie keinen. Ich griff wieder zum Telefon.

«Onkel?»

«Ja?»

«Wie steht's bei dir dort?»

«Was ist mit dem Polizeiauto passiert?» fragte er.

Ich hätte eine andere Streife rufen können, aber die Sache war zu heikel, als daß Uniformierte damit befaßt werden durften. Auch wenn ich nicht ganz verstand, was vor sich ging, wußte ich, daß die Strategien meines Onkels ziemlich trickreich sein konnten.

«Ist das nicht komisch?» fragte Onkel. «Ich kann Freddy ein- und ausschalten. Genau so muß es sein, Walter. Du bist noch zu jung, du meinst, daß alles aus sich selbst heraus geschieht, aber wenn du erst mal groß bist, dann wirst du merken, daß das ganze Universum aus nichts anderem besteht als aus dem, was du selbst erfunden hast.»

Das ist typisches Löwen-Gerede. Seit ich Onkel Franz kenne, muß ich mir das anhören. Was mich irritiert dabei, ist nur, daß ich manchmal diese Art von Unsinn zu verstehen scheine. Auch mir liegt die Arroganz des Löwen, des langmähnigen Dschungelkönigs, wie ihn die Astrologie für das Horoskopzeichen einsetzt, nicht ganz fern. «Das Universum», pflegt Onkel Franz zu sagen, «braucht meine Existenz.»

«Arlette», sagte soeben der Löwe Freddy, der zunehmend betrunkener wurde, «weißt du eigentlich, daß dieser erste August ein toller Tag ist? Ich habe jetzt seit genau vierzig Jahren meine eigene Erschaffung verfolgt, und du die deine seit fünfundzwanzig Jahren.»

Seitdem ich allein in der Marnix Straat lebe, einer von Straßenbahnen verstopften häßlichen Gasse, bin ich bescheiden geworden. Großmäuler gehen mir auf die Nerven.

«Onkel», sagte ich, «weißt du, was sie behaupten?»

«Was behaupten sie?» fragte Onkel Franz freundlich.

«Sie behaupten, daß Arroganz ein schlechtes Karma schafft.»

«Und weißt du, wer sie sind?» fragte er. «Das sind drei fette Zen-Mönche, die in einem Zimmer über dem Albert-Cuyp-Laden wohnen. Schüler von einem falschen Lehrer, einem Schwindler. Weil sie sich ständig gegenseitig ihre Fehler bestätigen, glauben sie ihren eigenen Unsinn. Sie sind zwar nicht miteinander verwandt, aber sie heißen alle drei de Vries.»

«Dann schafft Arroganz kein schlechtes Karma, Onkel?»

«Wirkliches Wissen geht über Karma, Neffe.»

Ich mußte lachen.

«Gut», sagte Onkel Franz, «weil du das begriffen hast, setze ich dich zu meinem Erben ein.»

Die Idee, in die Fußstapfen meines Onkels zu treten, gefiel mir nicht unbedingt. Was sollte ich mit all den von ihm angehäuften Besitztümern anfangen? Wie mit dieser sogenannten Weisheit umgehen? War nicht sein dekadentes Leben der Beweis für einen Mangel an Einsicht? Erwartete er von mir, daß ich es besser machen würde?

«Das läuft schief, Neffe.» Mein Onkel klang jetzt ängstlich. «Bist du sicher, daß du einen Streifenwagen geschickt hast?»

Ich hörte, wie es schieflief. Freddy schlug auf Arlette ein, und Arlette weinte. «Du Luder, rück den Schlüssel raus! Ich will die Sirene noch mal anmachen.»

Arlette erklärte schniefend, sie wolle den alten Herrn oben im Haus nicht mit seiner Sirene stören. Patsch, patsch, patsch, wurde sie von Freddy geohrfeigt.

Sie weinte lauter. Vom Dachgarten herab fluchte Onkel auf Freddy. Dizzy schrie jetzt auch aus voller Kehle. Freddy brüllte,

sie würden noch die Bullen herholen. Er brüllte auch, daß es
ihm persönlich ja völlig egal sei, wen sie herholten, weil alles,
was er, Freddy, täte, ohnehin illegal war. Seine sämtlichen Papiere waren eingezogen. Die Lizenz für seinen Nachtclub hatten sie ihm weggenommen. Arlettes Aufenthaltserlaubnis galt
nicht mehr. Der Porsche würde demnächst beschlagnahmt
werden, und den Führerschein hatten sie ihm abgenommen,
weil er die Strafen für seine Geschwindigkeitsübertretungen
nicht bezahlt hatte.

Bloß gut, daß er ein allgewaltiger Löwe war, der heute den
Tag seiner Erschaffung feierte.

Die Mikrofone wurden abgestellt.

«Walter?» fragte Onkel Franz. «Ist dir aufgefallen, daß
Freddy ein Löwe der niederen Art ist?»

Es gab also Löwen der höheren Art?

«Klar doch», sagte Onkel Franz. «Löwen der höheren Art
sind frei von ihrem Ego, Löwen der niedereren Art sind von
ihrem Ego gefangen. Du und ich, wir sind wahre Könige, aber
Freddy da unten ist ein falscher Regent.»

«Du und ich, Onkel, wir lieben unsere Untertanen?»

«Genau.»

«Und Freddy quält seine Untertanen?»

«So ist es.»

Wie üblich, hatte er nicht ganz unrecht. Er konnte andere be-
einflussen. Auch Freddy, der eine goldene Kutsche fuhr und
schöne Frauen auf seiner Bühne tanzen ließ, konnte das. Ich di-
rigierte Polizeiwagen in einer Metropole. Und ich fragte mich
nur, auf welche Art Arlette ihre königlichen Neigungen entfal-
tete. Vielleicht befand sie sich im Exil und wartete auf ihre
Chance.

«Onkel?»

«Ja, mein Junge.»

«Das ist alles dein Werk, nicht wahr? Du bist der gute König
und Freddy ist der böse König, der die fremde Prinzessin ge-
fangenhält und quält, und deswegen hast du dir diesen kleinen

Streich ausgedacht, diese Sache da mit der Sirene... die Sirene...»

Onkel lachte. «Ach?»

«Sirenen», sagte ich. «Die Lorelei. Dieser Felsen im Rhein. Sirenen verführen die gegnerischen Könige, die dann am Felsen zerschellen.»

«Wenn du meinst», sagte Onkel.

«Du hast deinem Rivalen Freddy einen tödlichen Unfall bereitet, damit du Arlette aus dem fremden Land zu deiner Spielgefährtin machen kannst?»

«Wo bleibt der Streifenwagen, Neffe?»

Meine Kollegen reichten mir ihre Kopfhörer. Adjudant Grijpstra redete. Die Verbindung war schlecht, weil er das Funkgerät eines Taxis benutzte.

«Wir sind wieder vom Weg abgekommen», sagte Grijpstra.

Wie war das möglich? Zwei Polizisten, beide in Amsterdam geboren und aufgewachsen, und ein Taxifahrer – und sie waren nicht in der Lage, Bickers Steeg zu finden?

«Wo bist du, Adjudant?»

Wenigstens das wußte Grijpstra. Das Taxi näherte sich Realengracht.

«Sag deinem Fahrer, er soll den Motor abstellen», sagte ich. «Und dann macht mal eure Ohren auf, alle drei, okay?» Ich nahm den Hörer des anderen Telefons wieder auf. «Onkel Franz? Kann Dizzy bitte mal seine Nummer abziehen?»

Dieser einfache Trick funktionierte. Dizzy explodierte förmlich mit seinem nächsten Kikeriki-iiii. Freddy entwand Arlette den Wagenschlüssel und stellte die Sirene wieder an. Realengracht liegt um die Ecke beim Bickers Steeg. Das Taxi fuhr auf das Haus von Onkel Franz zu. Onkel schaltete die Mikrofone im Efeu ein.

«Polizei», sagte Adjudant Grijpstra.

«Wirklich?» fragte Freddy. «Fährt die Polizei jetzt Taxi?»

«Guten Morgen.» De Gier hatte offensichtlich seine Polizeimarke vorgezeigt.

«Meine Verlobte und ich wollen gerade den Sonnenaufgang bewundern», sagte Freddy.

Bierdosen wurden über den Boden gekickt. «Machen wir hier nicht ein bißchen viel Müll in der Landschaft?» fragte Grijpstra.

Freddy fuhr auf. «Was heißt hier ‹wir›? Wir haben nichts Unrechtes getan. Lassen Sie uns also in Ruhe!»

«Wie heißen Sie?» fragte Grijpstra leise.

Freddy lachte lauthals. «Schau dir das an, Arlette! Das sind vielleicht Witzfiguren! Kommen mit Block und Bleistift und wollen wissen, wo wir geboren sind und warum.»

«Kann ich mal Ihre Autopapiere und Ihren Führerschein sehen?» fragte Adjudant Grijpstra.

«Hört, hört!» brüllte Freddy. «Jemals was von Ausbildung gehört, ihr Bubis? Ich habe mein Juraexamen gemacht. Kein Bürger muß sich ausweisen, solange nichts gegen ihn vorliegt.»

«Ich könnte mir einiges vorstellen, was gegen Sie vorliegt», sagte Grijpstra ruhig.

«Ach, könnten Sie?»

De Giers Stimme war schroff. «Trunkenheit am Steuer. Ruhestörung. Verunreinigung öffentlicher Straßen. Verstoß gegen die Ausweispflicht. Beamtenbeleidigung.»

Das Mikrofon wurde abgeschaltet. «Hast du das gehört?» fragte Onkel Franz.

Ich sagte, ich hätte es gehört. «Übrigens, Onkel, hast du was dagegen, Adjudant Grijpstra für einen Moment ins Haus zu bitten, damit er dich auch gleich festnehmen kann?»

«Weshalb das denn, Neffe?»

«Anstiftung und Einmischung in die Angelegenheiten anderer Leute. Du hast diese Sirene eingebaut, weil du ernsthaftes Ärgernis stiften wolltest.»

«Wird sich kaum nachweisen lassen», sagte Onkel Franz. «Außerdem bin ich zu alt, um noch festgenommen zu werden. Dr. Portier würde mir nie eine Gegenüberstellung mit einem Richter gestatten. Mein Herz, du weißt ja, Neffe…»

Die Mikrofone waren wieder an.

Freddy versuchte es jetzt auf die freundliche Tour. «Ich gebe ja zu, daß etwas gegen mich vorliegen könnte, aber es ist bestimmt nicht schwerwiegend. Sie haben gar nicht gesehen, daß ich mit diesem Wagen gefahren bin. Arlette, würdest du bitte diesen beiden netten Herren... nein, Augenblick mal, Arlette, wünschen wir doch erst einmal diesen beiden netten Herren einen wunderschönen guten Morgen.»

«Guten Morgen», sagte die wunderbare Stimme.

«Guten Morgen», sagten auch Grijpstra und de Gier. Ich hörte ihnen an, daß auch sie beeindruckt waren.

«Also», sagte Freddy. «Meine Verlobte ist gefahren. Und wie Sie ja sehen, ist Arlette nüchtern, die Anklage wegen Trunkenheit am Steuer muß also fallengelassen werden. Verunreinigung öffentlicher Straßen, sagten Sie? Haben Sie etwa gesehen, daß ich leere Bierdosen weggeworfen habe? Nein? Ich sage Ihnen, was wir tun werden. Arlette steigt jetzt in den Porsche ein, hübsch langsam, damit Sie Zeit haben, die schönsten Beine von ganz Amsterdam zu betrachten, und dann fahren wir weg und es gibt keinen Ärger mehr.»

«Wir haben Ihre Sirene gehört», sagte Grijpstra schroff. «Öffnen Sie mal die Kühlerhaube.»

«Nein», sagte Freddy.

«Letztes Wort?» fragte de Gier.

«Sie bluffen, Adjudant. Sie wissen, daß es keine gesetzliche Handhabe gibt. Da Sie keine Ursache haben für die Annahme, daß irgend etwas an meinem Wagen fehlt, muß er nicht geöffnet werden.»

«Wir hatten eine Beschwerde wegen Ihrer Sirene», sagte Grijpstra.

Freddy fand das komisch. «Etwa von Opa Alzheimer aus dem Dachgarten? Von dem alten Nörgler, der eifersüchtig ist, weil ich eine schöne Frau küsse? Wieso sollte ich eine Sirene in meinem Auto haben, können Sie mir das sagen?»

Mir wurde etwas mulmig. Freddy hatte recht. An Grijpstras Stelle würde ich aufgeben. Die Rechtsprechung ist nicht besonders mild gegenüber Polizisten, die einem Bürger illegalerweise die Freiheit rauben.

«Der Porsche hat eine Sirene unter der Kühlerhaube», sagte Arlette.

Freddy ging hoch. «Arlette, tickt's bei dir nicht richtig?»

«Brigadier», sagte Grijpstra, «kannst du den Taxifahrer fragen, ob er einen Schraubenschlüssel hat? Und stemm den Porsche auf damit.»

«Ich mache es schon», sagte Freddy. «Hier, bitte. Was sehen wir da? Ein Spielzeug, das mir meine Liebste zum Geburtstag geschenkt hat. Wir haben es nur ausprobiert. Es klingt hübscher, wenn man es in der Nähe einer großen Wasserfläche hört. Aber Arlette hat sich über mich geärgert. Das kommt vor in der Liebe. Jetzt geht es ihr schon wieder besser. Schau, Arlette, hier knie ich vor dir auf dem Pflaster und schlage mir die Knie wund, nur um dir zu zeigen, daß ich es wirklich bereue. Du Königin meines Herzens, vergib deinem unwürdigen Ritter.»

«Adjudant», sagte Arlette, «schauen Sie sich doch bitte meine Wangen an.»

Freddy protestierte, doch Grijpstra hatte wohl Arlettes verschwollenes Gesicht bemerkt. Dieser neue Vorwurf war ernst. Illegaler Besitz einer Sirene würde vielleicht mit einer Strafe von ein paar hundert Gulden geahndet werden, aber bei Körperverletzung war mit Gefängnis zu rechnen.

Freddy redete wieder. «Adjudant, tut mir leid, Ihnen das erzählen zu müssen, aber Arlette ist sexuell nicht normal veranlagt. Sie braucht es, daß man sie quält, und fordert es einem deshalb ab. Nicht einmal einen normalen Kuß kann sie genießen, wenn sie nicht vorher geschlagen wird.»

«Entspricht das der Wahrheit, Merrouw?» fragte Grijpstra feierlich.

Die wunderbare Stimme blieb ganz ruhig. «Nein.»

«Sind Sie sicher?»

«Ja.»

Freddy erfand alle möglichen Entschuldigungen. Er schwor,

Arlette zu lieben und alles zu tun, damit es ihr gutginge. Er versprach, er würde sie nie mehr anrühren. Er war den Tränen nahe.

Arlette widersprach. «Ich kann es nicht ausstehen, wenn du mich schlägst.»

Freddy – so erzählte Grijpstra es mir später – kroch zu Kreuze, er warf sich zu Boden, bettelte, schlug die Stirn wieder und wieder gegen das Pflaster und wimmerte: «Arlette, Liebste, ich meine es ernst. Fährst du mich jetzt nach Hause?»

«Dieser Mann», sagte Arlette, «hat mich gestern abend mit seinem Gürtel verdroschen.»

«Mit dem Gürtel, den er jetzt trägt?» fragte de Gier. «Der mit der silbernen Schädelknochenschnalle?»

«Ja», sagte Arlette. «Da klebt noch Blut von mir dran.»

«Sergeant, bitte», schmeichelte Freddy. «Sie wissen doch, daß diese Art Anklage immer abgewiesen wird. Hören Sie nicht auf sie, Sie verschwenden nur Ihre Zeit.»

«Merrouw...», sagte Grijpstra.

«Arlette Sanders.»

«Merrouw Sanders», sagte Grijpstra feierlich, «leider hat dieser Mann recht. Sind Sie sich wirklich ganz sicher, daß Sie wollen, daß wir ihn festnehmen?»

«Ich bin mir wirklich ganz sicher», sagte Arlette entschlossen.

«Wie heißen Sie, Tatverdächtiger?»

Der Tatverdächtige Frederik Ruiter wurde angewiesen, sich umzudrehen, die Hände auf das Dach seines Porsches zu legen und die Beine zu spreizen.

Die Mikrofone waren wieder aus. Im Dachgarten krähte Dizzy seine Siegesfanfare. Onkel Franz lachte mir ins Ohr. «Nett, oder, Neffe? Aber es wird noch netter. Zuhälter sind notorisch unzuverlässig. Wir werden sicher noch etwas Action bekommen.» Mit einem Klicken war ich wieder unten auf der Straße, wo de Gier gerade Freddy anschrie: «Umdrehen, auf der Stelle!»

Freddys Stimme ließ keine Regung erkennen: «Warum ziehen Sie denn Ihr Schießeisen, Adjudant? Sind Sie nervös?»

«Er ist bewaffnet», sagte Arlette leise.

«Drehen Sie sich um, auf der Stelle!» befahl Grijpstra.

«Passen Sie auf», sagte Arlette. «Er ist ein Killer.»

«Ja, passen Sie auf», sagte Freddy. «Sie glauben, Sie haben mich, aber Sie vergessen, daß ich nichts zu verlieren habe. Das macht mich unbesiegbar.»

Ich hörte einen Schuß. Was genau passierte, wurde mir später von Grijpstra und de Gier über den Taxisender mitgeteilt. Freddy hatte in seinem Gürtel einen Revolver stecken. Er zog ihn. In einem solchen Fall halten Polizisten sich nicht mit einem Warnschuß auf. De Gier feuerte auf Freddys Brust.

Alles war ruhig in Bickers Steeg. Dann redete Onkel Franz wieder. «Sehe ich dich heute abend?»

Mein Dienst war zu Ende. Daheim bereitete ich mir ein Omelett mit Pilzen. Dazu gab es Salat, den ich auf meinem Balkon ziehe. Außerdem machte ich Kaffee aus einer besonders guten Bohnensorte, die ich frisch gemahlen hatte. Mein Geburtstagsfrühstück. Nach einer ausführlichen Geburtstagsdusche schlief ich bis weit in den Nachmittag hinein. Dann rasierte ich mich gründlich mit einer frischen Klinge und reichlich parfümiertem Seifenschaum, zog meine Baumwollhosen und das Leinenhemd an und schleppte mein rostiges Fahrrad die Treppen hinunter. Ich kaufte eine Portion Minzbonbons, die ich in Geschenkpapier einwickeln ließ, und am Blumenstand an der Ecke ein Dutzend goldgelber Tulpen, und dann radelte ich zum Bickers Steeg hinüber.

Ich klingelte, aber niemand kam, um zu öffnen. Die Tür war nicht abgesperrt. Ich hätte meinen Revolver einstecken sollen. Irgend etwas mußte passiert sein. Leise betrat ich das Haus. In der Diele roch es nach gebratenem Fisch und nach Kräutern. «Onkel?» Durch die geschlossene Küchentür schmetterte ich laut meine Geburtstagsglückwünsche.

Arlette machte die Tür auf. «Komm herein, Walter.»

Der Traum meiner schlaflosen Nächte. Ich lief rot an und fing hinter meinen Tulpen an, zu stottern und zu zittern. Arlette sagte, sie würde mich kennen. «Franz» habe ihr Fotos gezeigt. Trotz meiner quälenden Eifersucht sah ich, nachdem ich die Blumen übergeben hatte, dem bevorstehenden Gourmetereignis mit Freude entgegen.

Der Tisch war mit Onkels bestem Silber und seinen schönsten Kristallgläsern gedeckt. Doch warum nur für zwei?

Arlette wies mit dem Finger auf einen Stuhl. «Du sitzt hier, Walter.»

«Ißt du etwa nicht mit uns, Arlette?»

Sie meinte, es sei an der Zeit, daß ich einen Whisky zu mir nähme. Sie goß mir ein großes Glas von Onkels Lieblingsmarke ein. Sie selbst nahm Weißwein. Wir prosteten uns zu.

Mir gefiel die Inszenierung – aber wo steckte der alte Herr? Hatte er vielleicht, völlig erledigt nach Ausführung seines cleveren Plans, sein Nachmittagsschläfchen ein wenig verlängert?

Arlette meinte, ich solle mich auf eine schlechte Nachricht gefaßt machen. Mein Onkel sei nämlich gestorben. Und dann erzählte sie, daß, als sie ihn am frühen Nachmittag habe besuchen wollen, gerade die Sanitäter mit seiner Leiche auf der Trage das Haus verlassen hätten. Dr. Portier sei im Haus gewesen. Onkel habe ihn gerufen, weil er Herzschmerzen gehabt habe.

Ich trank mehr Whisky. Sie redete leise. Es sei wohl, sagte sie, ein entsetzlicher Schock für mich. Es müsse hart sein, seinen einzigen Verwandten zu verlieren. Sie meinte auch, sie kenne mich bereits, nicht nur von den Fotografien, sondern auch, weil sie mich in dem Geschäft, in dem ich meine Jazzplatten kaufe, gesehen habe, und in der Leihbücherei, und im Amstel Park, wo ich oft bin und die Robben beobachte.

Ich verstand nicht.

Sie sagte, Onkel Franz habe meine Gewohnheiten gekannt und sie mitgenommen, aber immer darauf geachtet, daß ich sie nicht bemerkte. Ich stöhnte: «Dann ist also sogar dieses Essen geplant? Und sein Herzanfall etwa auch?»

Arlette erklärte, mein Onkel habe seine ganzen Medikamente auf einmal geschluckt und sie dadurch in tödliches Gift verwandelt. An sein Hemd habe er einen Zettel geheftet: «Eigenes Verschulden. Danke.»

«War die Polizei da, Arlette?»

Ein junger Inspecteur hatte sich die Sache angesehen und erklärt, alles sei ‹in Ordnung›.

«Verrückt, nicht wahr?» fragte Arlette. «War Franz nicht herrlich verrückt?» Es tat gut, die Spannung zu durchbrechen. Wir lachten miteinander. Dann weinten wir miteinander. Sie tröstete mich. Ich versuchte, sie auch zu trösten. Ich fragte sie, ob sie gewußt habe, daß Onkel Franz vorgehabt hatte, Schluß zu machen. «Nein», sagte sie und streichelte mein Haar.

Der Klang ihrer Stimme schwemmte mich fort, aber dennoch hörte ich auf das, was sie sagte. Onkel hatte noch einen Brief hinterlassen, in dem Topf der Pfefferminzpflanze, die in der Küche stand. Er wußte, daß Arlette gern ein Pfefferminzblättchen lutschte, wenn sie nervös war.

«Was stand in diesem Brief, Arlette?»

«Was wir als nächstes tun sollen», sagte sie.

Erst sollten wir das Geburtstagsessen zu uns nehmen, eine Fischsuppe, die sie zubereiten sollte und die nun auf dem Tisch stand, zusammen mit dem Brot, das er frisch gebacken im Ofen hatte stehen lassen. Brot mit richtiger Bauernbutter natürlich. Wir aßen, ohne allzuviel zu sprechen. Sie fragte, ob sie mir gefalle. Ich sagte ja, sie gefalle mir. Sie sagte, es gefalle ihr, daß sie mir gefiel. Sie arrangierte meine goldgelben Tulpen in einer Vase und die Minzbonbons in einer Kristallschale. Wir redeten über Geburtstagsgeschenke. Die Tulpen waren mein Geschenk für Onkel Franz. Die Zubereitung des Essens war Arlettes Geschenk für ihn. Die Bonbons waren mein Geschenk für Arlette. Aber was war Onkels Geschenk für uns?

Arlette wollte wissen, warum ich nicht glücklich aussah. Ich sagte, eigentlich wolle ich überhaupt nichts von Onkels Sachen haben. Ich mochte meine Wohnung und das ruhige Leben, das ich führte.

«Ich habe dich im Schallplattengeschäft gesehen», sagte Arlette, «und in der Bücherei und im Park beim Robben-Beobachten. Du hast einsam ausgesehen.»

Ich sei es gewohnt, einsam zu sein, antwortete ich.

Sie meinte, es sei schade, weil mir dann mein Geburtstagsgeschenk wohl nicht gefallen würde und weil sie ihres nicht bekommen könnte. «Verstehst du?»

Ich wagte nicht zu verstehen.

Also kamen wir zum letzten Teil von Onkels Anweisungen.

Wir mußten hinauf zum Dachgarten, wo Dizzy neben der Kaffeemaschine, die genau auf diesen Zeitpunkt programmiert worden war, auf uns wartete.

Nach dem Kaffee fragte ich sie, ob Onkel auch vorherbestimmt habe, daß wir uns gegenseitig als Geburtstagsgeschenk annehmen und miteinander für alle Zeit glücklich in seiner Villa leben sollten.

Sie sagte, ja, das habe er getan, und daß wir uns jetzt küssen müßten, aber erst sollten wir auf einen Knopf drücken. Sie drückte auf den Knopf. Die Mikrofone am Bickers Steeg schalteten sich ein. Die Drossel sang ein neues Lied. Arlette setzte sich auf meinen Schoß. Wir umarmten uns. Arlette flüsterte mir ins Ohr: «Weißt du, daß ich es war, die das alles zusammengeträumt hat?»

Ich sagte, ich wüßte es.

Sie nickte glücklich.

Wir küßten uns.

Deutsch von Elfi Hartenstein

Jerry Oster
ICH HAB NOCH EIN GESCHENK FÜR DICH

Cullen zeigte einem uniformierten Cop seine Dienstmarke. Auf ihrem Namensschildchen stand Beauchamps. Er fragte sich, wie das wohl ausgesprochen wurde: Bou-SCHOAHN oder BIE-tschamm.

Sie hob das Absperrband ein Stück, damit Cullen darunter durchtauchen konnte. «Dort drüben.» Sie wedelte mit einem Daumen. «Sie wollen das nicht sehen.»

Sie hatte recht, wollte er nicht. Zum Abendessen hatte er Lasagne gehabt, und auf dem Bürgersteig war überall Blut und Hirn. Die Arme und Beine des Opfers waren in Richtungen verdreht, für die sie nicht vorgesehen waren. Das Opfer war eine echte Blondine.

Eine Assistentin des Gerichtsmediziners kniete zwischen den Beinen des Opfers und machte einen Vaginalabstrich. Sie spürte Cullen hinter sich, oder vielleicht sah sie auch sein Spiegelbild in einer Ecke ihrer schicken, ovalen Brille, und warf ihm über die Schulter einen Blick zu. «Detective.»

Er war ihr schon mal begegnet, konnte sich aber nicht mehr an ihren Namen erinnern. Er sagte einfach nur: «Hi.»

Die Ärztin erhob sich in einer netten, geschmeidigen Bewegung und schob mit einem Zeigefinger die Brille auf der Nase hoch. «Ich dachte, ich kontrolliere einfach mal auf sexuelle Handlungen, wo sie ja nackt ist und alles und schon so praktisch hier liegt.»

Cullen erinnerte sich an einen Pornofilm – also, eine Parodie auf einen Pornofilm, und von daher schon okay, wenn Intellektuelle wie er ihn sich ansahen –, in dem ein Darsteller drauf und dran war, eine Leiche zu bumsen. «Du darfst dir was wünschen», sagte die Figur und spreizte dabei die Beine der Leiche.

«Und?»

Die Gerichtsmedizinerin hielt den Abstrich hoch und wartete, bis Cullen auch hinschaute, obwohl er eigentlich gar nicht wollte.

Er schaute hin und sah nichts und schaute die Ärztin an und zuckte mit den Achseln.

«Keine sexuellen Handlungen», sagte die Gerichtsmedizinerin, ließ den Abstrich in einen Plastikbeutel fallen und versiegelte diesen. «Sie sind Joe Cullen, stimmt's?»

«Stimmt.»

«Jane Blankenstein. Wir sind uns schon mal begegnet.»

«Genau.»

«Genau.» Sie wollte sich schon abwenden, sah ihn dann aber noch einmal an. «Sagen Sie, hören Sie. Es ist wohl kaum der richtige Augenblick, aber andererseits, wann ist es das schon? Ich habe für kommenden Sonntag ein paar Leute zum Brunch eingeladen. Ich würde mich sehr freuen, wenn Sie auch kämen. Falls Sie mit jemandem gehen, bringen Sie sie einfach mit. Oder ihn.»

Cullen schüttelte den Kopf.

Sie musterte ihn, zuckte dann die Achseln. «Ich bin nicht sicher, was das jetzt bedeutet» – sie schüttelte den Kopf – «daß Sie nicht mit einem Typen gehen, daß Sie nicht mit einer Frau gehen, daß Sie nicht kommen wollen.»

Cullen lächelte. «Die Hockeymannschaft meines Sohnes hat ein Spiel. Ich weiß nicht genau, um wieviel Uhr. Kann ich Sie anrufen?»

Sie verschränkte die Arme, war nicht sicher, ob sie auf subtile Weise einen Korb bekommen hatte. «Ich stehe im Telefonbuch von Manhattan. West Eighty-eighth. Ich hab allen gesagt, sie sollen gegen elf kommen.»

«Ich werd's rausfinden. Ich werde Sie anrufen.»

«Genau.» Sie zückte einen Kuli und senkte den Kopf, um den Plastikbeutel mit dem Abstrich zu beschriften. Sie hörte auf zu schreiben und schaute wieder auf. «Ach, übrigens, diese Frau hier ist durch einen Sturz aus beträchtlicher Höhe gestorben. Ich muß sie nicht erst aufschneiden, um Ihnen das zu sagen. Bei so was implodiert der Körper praktisch. Aber sie hat Prellungen an Handgelenken und Unterarmen. So was passiert Leuten, die nicht besonders gut kämpfen können. Sie wollen mit den Fäusten zuschlagen, stellen aber mehr Körperkontakt mit Handgelenken und Armen her.»

«Dann hat sie also mit jemandem gekämpft?»

«Durchaus möglich.»

«Danke.»

«Genau.»

Jerry Gavazov stand an einen Streifenwagen gelehnt und benutzte das Dach als Schreibtisch für sein Notizbuch. «Janey hat's Ihnen schon gesagt?»

Janey, registrierte Cullen. «Das mit den Prellungen?»

«Der Ehemann hat keine sichtbaren Verletzungen oder Prellungen, aber er hat die ganze Zeit einen Mantel getragen. In Anbetracht der Tatsache, daß er drunter nichts anhatte, habe ich darauf verzichtet zu fragen, ob ich mal seine Unterarme sehen könnte.»

Cullen sinnierte, daß er nicht die geringste Ahnung hatte, was passiert war – mal abgesehen davon, daß das Opfer in einen Kampf verwickelt gewesen war, aus beträchtlicher Höhe gestürzt war, keinen Sex gehabt hatte und daß er zum Brunch von einer Frau eingeladen worden war, die zumindest die Möglichkeit in Erwägung zog, daß er schwul sein könnte. «Ich bin eben erst gekommen, Jer. Setzen Sie mich ins Bild.»

Gavazov klappte sein Notizbuch zu und steckte es weg – ein Star, der keinen Spickzettel brauchte. «Das Opfer heißt Nadine Justice, ist weiblich und weiß, sechsunddreißig Jahre alt und

blond – eine echte Blondine, falls Sie's nicht bemerkt haben sollten –, hat grüne Augen, ist einsdreiundsechzig groß und neun-
undfünfzig Kilo schwer, so ungefähr, lebt draußen auf Long
Island, in Massapequa, und verkauft Immobilien. Sie und ihr
Mann, Charles Justice, Alter vierundvierzig, Immobilienanwalt
mit Kanzlei in Babylon, haben sich vor sechs Jahren bei der Arbeit kennengelernt und sind seit vier Jahren verheiratet, für beide
die zweite Ehe, sie kinderlos in beiden, er hat zwei im College-
alter aus erster Ehe, sie haben Samstag morgen im Waverly ein-
gecheckt, zum Wochenendtarif, Obstkorb, Blumen auf der
Kommode, freie Benutzung des Pools, der Sauna, Schokolade
auf den Kopfkissen, kleines Frühstück am Sonntagmorgen,
frisch gepreßter Orangensaft, soviel Bumsen, wie man in vierundzwanzig Stunden schafft, neunundachtzig fünfundneunzig
plus Steuern. Gestern hatte er Geburtstag, und so ist es dann
passiert. Er bekam gerade sein Geschenk, auf dem Balkon im
zwölften Stock, als sie den Halt verloren und sie einfach übers
Geländer plumpste. Wenn Sie soweit sind, er ist jetzt im Büro
des Nachtmanagers.»

«Sein Geschenk war also, es auf dem Balkon zu treiben?»

«Ja. Sie wissen schon. In aller Öffentlichkeit. Er sagte, Sie
wissen schon, das war ein Knaller.»

«Die meisten der Nachbargebäude hier sind Bürohäuser»,
sagte Cullen. «Nicht besonders viele Voyeure am Wochenende,
besonders nicht – wann war's noch gleich? – morgens um halb
eins.»

Gavazov zuckte die Achseln. «Das ist jedenfalls seine Story,
und er bleibt dabei.»

«Und außerdem sind es minus sieben Grad.»

Gavazov zuckte wieder die Achseln. «Es gibt nichts, was es
nicht gibt, Joe. Es gibt nichts, was es nicht gibt.»

«Mr. Justice?»

Charles Justice hob den Blick von seinem Schoß. Unter seinem Mantel war er nackt, oder doch zumindest fast. Die dün-

nen, nackten, behaarten Knöchel ließen seine teuren, glänzenden Halbschuhe ziemlich albern wirken.

«Ich bin Detective Sergeant Cullen. Ich muß Ihnen ein paar Fragen stellen.»

«Was zum Henker ist mit euch Typen? Redet ihr nicht miteinander? Ich habe Ihrem Kollegen doch schon alles erzählt.»

«In welcher Stellung befanden Sie sich? Sie und Ihre Frau?»

«Stellung? Wir waren auf dem Balkon. Hab ich dem anderen doch schon gesagt.»

«In welcher Stellung des Geschlechtsverkehrs?»

Justice sprang von seinem Stuhl auf und machte einen Schritt auf Cullen zu. Cullen rührte sich nicht.

«Sie können mich am Arsch lecken», fauchte Justice. «Ihr könnt mich alle mal am Arsch lecken.» Er setzte sich wieder und verstaute die nackten Beine unter dem Zelt seines Mantels. «Kann ich jetzt rauf und mir gottverdammt was anziehen? Ich erfriere.»

«In welcher Stellung des Geschlechtsverkehrs befanden Sie sich, Mister Justice?»

«Was sind Sie, so ein Perverser, dem bei dieser Scheiße einer abgeht? Sie war meine Frau, okay? Wir waren verheiratet, okay? Wir haben niemandem geschadet. Wie wir's miteinander treiben wollen, geht nur uns was an. Und auch wo wir's treiben wollen. Wir vergewaltigen niemanden und belästigen auch keine kleinen Kinder. Wir sind ein völlig normales Paar, verstehen Sie? Man hat eben manchmal Lust, es im Freien zu tun.»

«Sogar im Winter?»

«He, ich hab im Winter Geburtstag. Da kann ich nichts dran ändern.»

«Und das war also Ihr Geburtstagsgeschenk.»

Justice rührte sich nicht, starrte Cullen nur an.

Cullen hob die Augenbrauen.

Justice hob seine. «Oh, war das eine Frage? Ich dachte, Sie treffen nur eine Feststellung.»

«Möchten Sie nach Hause, Mister Justice?»

Justice fixierte Cullen schräg von der Seite. «Ist das Ihr Ernst?»

«In welcher Stellung befanden Sie sich?»

Justice sackte zusammen. «Geben Sie mir eine Chance, okay? Meine Frau ist tot. Ich habe noch versucht, sie festzuhalten. Ich hab's nicht mehr geschafft. Den Ausdruck auf ihrem Gesicht werde ich mein Leben lang nicht mehr vergessen.»

«Dann konnten Sie also ihr Gesicht sehen?»

«Häh?»

«Gehen wir nach oben», sagte Cullen. «Sie können sich was überziehen, und dann können Sie uns genau zeigen, was passiert ist.»

«Oben?»

«Sie können uns zeigen, was passiert ist.»

«Ich will da nicht wieder rauf. Ich will nie wieder da rauf.»

«Fünf Minuten», sagte Cullen. «Länger wird's nicht dauern.»

Justice umklammerte den Mantel dicht an seinem Hals. «He, ihr Typen werdet doch wohl nicht...»

Cullen wartete.

«Ihr denkt doch nicht, ich hätte sie gestoßen, oder was?»

«Haben Sie sie gestoßen?»

«Neiiiin», jammerte Justice.

Cullen packte Justices Arm oberhalb des Ellbogens und ermutigte ihn aufzustehen. «Dann kommen Sie einfach mit nach oben und zeigen uns, was passiert ist.»

Der Fahrstuhl war eine Glaskapsel, die im Atrium des Hotels auf und ab glitt. Gavazov stützte sich mit den Händen auf dem Geländer ab und schaute durch die Glaswand hinaus, genau zwischen seinen Beinen nach unten. Cullen und Justice blickten zur Tür.

«Von hier aus kann man astrein in massenhaft Dekolletés glotzen», meinte Gavazov. Er drehte sich um. «Tut mir leid, Justice. Das war unpassend.»

Justice beobachtete die Digitalanzeige über der Tür; seine Lippen bewegten sich, während er lautlos die Etagen mitzählte.

Zwei uniformierte Cops, ein Mann und eine Frau, lehnten mit den Schultern an der Wand vor Zimmer 1225 und flirteten miteinander. Sie richteten sich sofort auf, als sie die Detectives kommen sahen. Auf dem Namensschildchen des Mannes stand Ognibene, auf dem der Frau Bohaboy. Hatte überhaupt noch ein Cop einen Namen, bei dessen Aussprache man sich sicher sein konnte?

«Morgen», sagte Cullen.

«Morgen.»

«Morgen.»

«Wie steht's?» sagte Gavazov.

Cullen öffnete die Tür, trat dann zurück und bedeutete Justice hineinzugehen. «Ziehen Sie sich was über, Mister Justice. Wir geben Ihnen eine Minute, dann kommen wir nach.»

Justice zögerte. «Muß ich?»

«Reingehen? Ja. Sich anziehen? Das ist allein Ihre Entscheidung.»

«Witzig. Ihr Typen seht zu viele Krimis in der Glotze.»

Cullen versuchte, wie Jimmy Smits auszusehen, aber er war zu klein und nicht attraktiv genug.

Justice ging durch die Tür, knallte sie mit einer Schulter gegen die Wand.

Cullen stellte einen Fuß in die Tür, damit sie nicht ganz zufiel.

«Ist das eine gute Idee?» fragte Gavazov. «Er da drinnen, wir hier draußen?»

«Was soll er denn machen? Fliehen?»

«Er hat recht», sagte Gavazov. «Sie sehen zuviel fern.»

Zu Ognibene und Bohaboy sagte Cullen: «Habt ihr die Gäste auf dieser Etage vernommen?»

«Und auf der elften und dreizehnten auch», sagte Bohaboy. «Wir dachten, vielleicht haben die Leute drüber und drunter irgendwas gehört. Aber zero. Keine Augenzeugen, keine Ohrenzeugen.»

«Trotzdem, gute Arbeit», sagte Cullen. «Zero ist normal. Wieso macht ihr zwei nicht mal Pause?» Er warf einen Blick auf die Uhr. «Seid um Viertel nach wieder hier. Ach, Scheiße, sagen wir um halb.»

«Danke», sagte Ognibene.

«Danke», sagte Bohaboy.

«Sie sind ihr Held», sagte Gavazov, als die uniformierten Cops um die Ecke zum Fahrstuhl verschwunden waren.

Cullen klopfte an und drückte die Tür auf. «Wir kommen jetzt rein, Mister Justice.»

Justice kam aus dem Bad und trocknete sich das Gesicht mit einem Handtuch ab. Er trug eine schwarze Calvin-Klein-Jeans und einen königsblauen Baumwollrolli. Die Socken paßten zu seinem Rollkragenpullover. «Was müßt ihr Typen doch für ein Scheißleben führen. Unschuldige Menschen zu schikanieren.» Er warf das Handtuch aufs Waschbecken und schloß die Badezimmertür.

«Gehen wir nach draußen», sagte Cullen.

«Ich kann Ihnen auch hier alles erzählen», erwiderte Justice. «Wir müssen nicht raus.»

«Gehen wir nach draußen. Ziehen Sie sich Ihren Mantel über.»

«Sie können gottverdammt nicht anders, stimmt's?» sagte Justice. «Ich bin gottverdammt traumatisiert fürs Leben, und Sie müssen weiter unnötig drauf rumreiten.»

Cullen öffnete den Schrank, nahm Justices Mantel heraus und hielt ihn ihm hin. In dem Schrank hingen außerdem ein Damenmantel und ein leerer Wäschesack.

Justice zog den Mantel über und stieß die Hände tief in die Taschen. Er stand wie angewurzelt da. Cullen stand neben ihm, und Gavazov unmittelbar hinter den beiden. Die drei sahen aus, als warteten sie auf einen Bus.

«Zeigen Sie's uns», sagte Cullen. Er legte eine Hand auf Justices Schulter.

Justice schüttelte die Hand ab. «Seien Sie nicht so penetrant.»

«Tut mir leid.»

«Genau das macht ihr Typen, ihr tyrannisiert die Leute.»

Cullen ging zur Tür auf den Balkon und zog sie auf. Ein dikker fetter Brocken der winterlichen New Yorker Nachtluft kam herein, schwarz und kalt und gesundheitsschädlich und laut. Zwischen zwei hohen Bürohäusern konnte Cullen ein Stück von Queens sehen, dem Stadtteil, in dem er geboren war, seine Heimat; es sah wunderschön aus, wie mit glitzernden Edelsteinen übersät, die Tristesse des Tages unkenntlich hinter der Nacht und kaschierenden Lichtern.

Justice stand immer noch, wo Cullen ihn verlassen hatte. Gavazov befand sich zwischen ihnen und schaute wie Lots Frau von einem zum anderen.

«Zeigen Sie's uns», sagte Cullen.

«Ihr Typen haltet mich für einen Perversen oder so, stimmt's?» meinte Justice.

«Ganz und gar nicht», sagte Cullen. «Wenn sich mir die Gelegenheit dazu bietet, mache ich auch Liebe im Freien. Das gleiche gilt auch für Detective Gavazov, stimmt's nicht, Jerry?»

Gavazov riß die Hände hoch. «He, wann immer.»

«Jones Beach», sagte Cullen. «Van Cortlandt Park. Roosevelt Island.»

«Leckt mich», sagte Justice. «Ihr könnt mich am Arsch lecken, weil ihr euch über mich lustig macht. Mein Gott, meine Frau ist noch keine Stunde tot!»

Cullen streckte einen Arm aus. «Zeigen Sie uns, was passiert ist.»

Justice rührte sich nicht. Dann holte er tief Luft und marschierte auf Cullen zu, als ginge er seine letzte Meile, mit steifen Knien und schlurfenden Schritten. Kurz vor Cullen blieb er stehen und starrte ihm direkt in die Augen. «Was? Was wollen Sie wissen?»

Cullen trat zur Seite und deutete durch die Tür nach draußen. «Gehen wir hinaus.»

Den Blick keine Sekunde von Cullen nehmend, schob sich

Justice an ihm vorbei auf den Balkon hinaus. Seine linke Schulter drehte sich um den Türpfosten. «Und jetzt?»

«Erzählen Sie mir, was passiert ist. Das ist alles.»

«Wir haben, Sie wissen schon, es getrieben.»

«Ich weiß nicht, Mister Justice. Das ist es ja gerade. Ich weiß gar nichts. Haben Sie gelegen, haben Sie gestanden, hat Sie an Ihrem Schwanz gelutscht, haben Sie sie von hinten genommen, hat sie ihre Beine um Sie geschlungen? Das sind die Möglichkeiten, die ich kenne. Vielleicht kennen Sie noch andere.»

«Sie war, Sie wissen schon, auf dem Geländer.» Justice gestikulierte zum Geländer, blickte aber weiterhin direkt in Cullens Gesicht.

«Sie saß auf dem Geländer?»

«Nein. Sie wissen schon. Sie war, genau wie Sie gesagt haben, sie hatte ihre Beine um mich geschlungen, aber ihr Hintern war auf dem Geländer, also, so zur Stütze.»

«Das bedeutet, Sie standen genau wo?» fragte Cullen.

Justice gestikulierte. «Da.»

«Zeigen Sie's mir.» Cullen trat ans Geländer. Er bedeutete Justice, zu ihm zu kommen.

Justice sah Cullen genau in die Augen, rührte sich aber nicht. Seine linke Hand, verborgen in den Falten des Mantels, umklammerte den Türpfosten.

«Dann saß sie also auf dem Geländer und hatte ihre Beine um Sie geschlungen, und Sie waren in ihr?»

«Was?»

«Sie hatten eine Erektion. Sie waren in Ihrer Frau.»

«Ja. Ich meine, Sie wissen schon, so ist es passiert. Ich habe mich rein und raus bewegt. Es war toll. Sie hüpfte herum. Ich habe den Halt verloren. Sie hat den Halt verloren. Ich habe nach ihr gegriffen. Sie hat nach mir gegriffen. Ich habe ihr Gesicht gesehen. O mein Gott. Mein Gott, mein Gott, mein Gott.» Er hob die rechte Hand vors Gesicht und zog die Schultern hoch und zuckte.

Cullen wartete, bis Justice mit seiner pantomimischen Darstellung von Reue fertig war und wieder zu ihm aufschaute. Er streckte eine Hand aus und zog die Finger durch die Luft, wie ein Kellner, der Brotkrümel von einer Tischdecke wischt.

«W-was?» fragte Justice.

«Zeigen Sie's mir. Ich spiele Nadine, und Sie sind Sie.»

«W-warum?»

«Weil ich genau wissen muß, wie es passiert ist.» Er zog die Finger durch die Luft.

«Ich hab's Ihnen doch gerade gesagt, verdammt noch mal.»

«Das weiß ich. Aber ich muß es sehen. Ich bin ein visueller Mensch. Mein Partner hier» – er deutete auf Gavazov – «ist ein auraler Typ. Er hört etwas und sieht es dann plastisch vor seinem geistigen Auge. Ich muß es sehen.» Wieder wischte er durch die Luft.

Justice machte einen winzig kleinen Schritt, ließ aber den Türpfosten nicht los.

«Sie können es, Mister Justice», sagte Cullen.

Justice machte einen weiteren kleinen Schritt, und solange er noch in Bewegung war, so wenig schwungvoll sie auch sein mochte, trat Cullen dicht vor ihn und packte seinen Arm und wirbelte ihn zum Geländer.

Justice schlitterte weiter, die Knöchel starr, die Knie unbeweglich. Seine Augen waren fest geschlossen.

Cullen stand mit dem Rücken zum Geländer und hielt Justice an den Handgelenken. «War's so? Haben Sie so gestanden?»

Justice hatte die Zähne fest zusammengebissen, daher kam lediglich ein Zischen heraus. «Schhhhh.»

«Ja?»

«Schhhhh.»

Cullen warf einen Blick über die Schulter, runter runter runter auf die Straße. «Sie konnten also nach unten sehen, Sie konnten sehen, wo Nadine landen würde.»

Justice stieß einen Laut aus.

«Sehen Sie selbst. Können Sie bis dort hinunter sehen, wo Nadine gelandet ist?»

Justices Lider flatterten, doch seine Augen öffneten sich nicht. «Sehen Sie hin.»

Justice öffnete die Augen, sah aber nur Cullen an, sah ihm direkt in die Augen.

Cullen drückte Justices Handgelenke zusammen, wie ein Sadist es ihm einmal gezeigt hatte. «Sehen. Sie. Hin.»

Justice zuckte zusammen und schnappte nach Luft, sah Cullen aber weiterhin nur stur in die Augen.

Cullen blickte über seine Schulter und runter runter runter. Er sah Justice an, dessen Augen wieder geschlossen waren. «Hat sie geschrien?»

Justice stieß einen Laut aus.

«Hat sie geschrien: ‹Du hast mich gestoßen, du Arschloch›?»

«Ich... ich...»

«Sie haben Sie gestoßen.» Cullen ließ Justices Handgelenke los und trat zwischen Justice und dem Geländer weg und stellte sich hinter ihn und stieß ihn gegen das Geländer, umklammerte es links und rechts von ihm. «Sie hat sich im Zimmer ausgezogen und wollte wahrscheinlich ins Bett, und dann haben Sie die Tür aufgemacht und sie rausgeschleift und zum Geländer gezerrt und sie rübergestoßen, und sie hat geschrien: ‹Du hast mich gestoßen, du Arschloch.› An irgendeinem Punkt hat sie sich auch gewehrt. Sie hat Prellungen an den Handgelenken und Armen, und Sie ebenfalls, da, wo sie Sie geschlagen hat, als sie versuchte, Sie abzuwehren. Wir werden Sie zur offiziellen Anklageerhebung mit ins Präsidium nehmen, und dann werden Sie dem Richter diese Prellungen zeigen.»

Justice erschlaffte, sackte zwischen Cullen und Geländer zu Boden und kroch auf Händen und Knien über den Beton des Balkons. Seine Augen waren fest geschlossen, und er kroch rums! gegen den Türpfosten und schlug mit dem Kopf dagegen. Er taumelte zurück und schaffte es durch die Tür und lag mit dem Gesicht nach unten auf dem Teppich, umklammerte, so fest er konnte, den Boden.

Cullen kam herein und zog die Tür hinter sich zu. Er setzte

sich auf die Kante eines der Betten, die Füße dicht an Justices Kopf. «Der Gerichtsmediziner wird aussagen, daß Sie und Nadine kurz vor ihrem Tod keinen Geschlechtsverkehr hatten. Wir werden – und das ist nur eine Frage der Zeit – ein Reisebüro oder einen Hotelangestellten finden, der bezeugen wird, daß Sie ausdrücklich ein Zimmer in einem der oberen Stockwerke vorbestellt haben. Wir werden einen Freund oder einen Arzt oder einen Kollegen finden, der bezeugen wird, daß Sie unter Höhenangst leiden. Wir werden die Lebensversicherungspolice finden, die Sie gerade erst abgeschlossen haben, und die kleine Freundin, die Sie in der Mittagspause gebumst oder die Sie auf Geschäftsreisen mitgenommen haben. Sie wird uns sagen, daß Sie ihr versprochen haben, sie würden zusammensein, sobald Nadine erst von der Bildfläche verschwunden wäre. Sie wird uns von Ihren Ideen erzählen, wie Sie sich Nadine vom Hals schaffen könnten – der Autounfall, der fingierte Einbruch, der Auftragsmord. Das alles ohne jede Garantie oder nur unter Einschaltung anderer Leute, die sich später gegen Sie wenden und reden könnten. Ein Sturz von einem Hochhaus ist gottverdammt ziemlich narrensicher.

Der einzige Haken ist Ihre Akrophobie. Wie kommt es, daß Nadine nichts davon wußte? Hatten Sie schon immer die Idee im Hinterkopf, sie vielleicht eines Tages von einem Dach zu stoßen, weswegen Sie nicht verraten haben, daß Sie Angst vor Dächern haben, damit sie nicht mißtrauisch wurde, wenn Sie mit ihr die Aussicht genießen wollten? Das ist eine ausgesprochen weit vorausschauende Planung. So was bewundere ich. Ich kann nicht mal planen, einen Schuh zuzubinden, wenn ich noch damit beschäftigt bin, den anderen zuzubinden.»

Justice löste seine Umklammerung des Teppichbodens und wuchtete sich auf Hände und Knie und zog sich ein Stück auf das andere Bett hinauf. «Sie können nichts davon beweisen.»

«Dann passen Sie mal auf», sagte Cullen. Er stand vom Bett auf und ging zu dem Telefon zwischen den Betten. Er betätigte die Wiederwahltaste und hielt den Hörer an sein Ohr. Er zählte die Wahltöne – elf, ein Ferngespräch in eine andere Tarifzone.

Das Telefon in dieser anderen Tarifzone klingelte zweimal. Eine Frau meldete sich. Sie hatte noch nicht geschlafen. «Hallo?»

«Hi», sagte Cullen. «Wer spricht da?»

«Du Wichser», sagte sie und legte auf.

Cullen lächelte und drückte erneut auf die Wiederwahltaste und wartete. Nach viermaligem Klingeln meldete sie sich. «Charlie?»

«Bleiben Sie dran», sagte Cullen. «Er ist hier bei mir.» Cullen legte den Hörer neben Justice aufs Bett. «Es ist für Sie.»

Justice starrte das Telefon nur an.

Cullen nahm den Hörer wieder in die Hand. «Er kann nicht reden. Zu viele Emotionen sind hier im Spiel. Sie können mir jetzt Ihren Namen und Ihre Anschrift verraten, oder ich kann die Telefongesellschaft anrufen, und die werden es mir dann sagen. So oder so werden in allerspätestens einer halben Stunde einige Polizeibeamte vor Ihrer Tür stehen, daher sollten Sie sich anziehen, falls Sie nicht bereits angezogen sind.»

«Wer zum Teufel spricht da? Wo ist Charlie?»

«Und während Sie sich anziehen, während Sie auf die Cops warten – und dies gilt ebenfalls für Charlie, der mich hören kann, er ist direkt hier neben mir – wenn Sie schon Leute umbringen und anschließend darüber reden wollen, dann benutzt man dazu nicht das Scheißtelefon. Machen Sie Rauchsignale, benutzen Sie Spiegel, ja schreiben Sie meinetwegen sogar Briefe, denn Briefe kann man verbrennen, aber benutzen Sie nichts, wofür man Ihnen später eine Rechnung präsentieren kann. So was sagt einem einfach der gesunde Menschenverstand... Also, verraten Sie mir jetzt Ihren Namen und Ihre Anschrift?»

Justice sprang auf und riß Cullen den Hörer aus der Hand und brüllte hinein. «Sie heißt Donna Intilli, und sie wohnt Knollwood Avenue Nummer 50, in Madison, New Jersey, und es war ihre Scheißidee, es so zu machen. Ich hab mir bei einem Typen eine Kanone besorgt, alles war geregelt, es so zu machen, es gab keine Unterlagen, keine Möglichkeit, das Ding zurückzuverfolgen, sie sollte es tun, Donna sollte es tun, sie sollte in unserem Haus sein, wenn wir zurückkamen, und sie sollte Nadine erschießen, wenn sie von der Garage in die Küche kam, aber sie hat Schiß gekriegt und gottverdammt gekniffen und gesagt, ich sollte Nadine vom Dach eines Hotels stoßen, und ich hab gesagt, wie zum Henker kommt man aufs Dach, und sie hat gesagt, dann eben von einem Balkon, und ich hab gesagt, ich hab Höhenangst, und sie hat gesagt, dann wäre ich vielleicht nicht Manns genug für sie, und ich hab dir bewiesen, daß ich's wohl bin, ich hab's dir gottverdammt bewiesen. Erzähl mir bloß nicht, daß ich nicht genug Mumm habe. Ich hab genug Mumm. Ich bin Manns genug, Ich bin Manns genug.» Justices Beteuerungen verwandelten sich in Schluchzer, und er vergrub den Kopf auf dem Bett und ließ den Hörer auf den Boden knallen.

Cullen hob den Hörer auf und lauschte, aber da war nur statisches Rauschen, Donna Intilli hatte aufgelegt.

Gavazov hing bereits an seinem Handy, rief die Zentrale an, ließ sich mit den Cops in Madison verbinden und gab denen die Adresse an der Knollwood Avenue durch. Cullen trat hinaus auf den Korridor und winkte Ognibene und Bohaboy heran, die von ihrer Pause zurück waren. «Legt dem Burschen da drinnen bitte Handschellen an, okay? Steckt ihn in einen Streifenwagen, und dann bringen wir ihn ins Präsidium.»

«Verstanden», sagte Ognibene.

«Sie müssen echt gut sein», sagte Bohaboy. «Bei allem Respekt, Sergeant. Wir haben schon gehört, daß Sie gut sind. Aber diese Sache hier, also, eben erst passiert, und schon haben Sie den Täter.»

«Reines Glück», erwiderte Cullen.

Ognibene und Bohaboy gingen hinein und kamen nach einem Augenblick mit Justice wieder heraus, dem die Hände auf den Rücken gefesselt waren. Justice sah Cullen nicht an, und Cullen sagte keine Silbe zu Justice, es gab nichts mehr zu sagen.

Als die uniformierten Cops mit Justice im Fahrstuhl verschwunden waren, lehnte Cullen den Rücken gegen die Wand des Korridors und ließ sich daran entlang hinunterrutschen, bis er auf dem Boden saß.

Gavazov kam aus dem Zimmer, suchte Cullen und sah ihn dort unten sitzen. «Gute Arbeit.»

«Danke.»

«Als wir ihm die Handschellen angelegt haben, war da eine Prellung auf der Unterseite seines linken Handgelenks. Nicht, daß wir das jetzt noch brauchten... Mit Ihnen alles in Ordnung?»

«Ja.»

«Sie sehen nicht gut aus.»

«Ich habe Höhenangst.»

Gavazov lachte.

«Im Ernst. Also, eigentlich ist es keine Angst. Ich würd's eher einen gesunden Respekt nennen. Es macht mir überhaupt nicht zu schaffen, wenn ich in einem Raum auf einem hohen Stockwerk bin. Früher bin ich mit den Kids aufs World Trade Center gegangen, aufs Empire State Building. Ich kann mich ganz dicht vor ein Fenster stellen und direkt nach unten sehen, so wie Sie vorhin im Fahrstuhl. Aber nehmen Sie das Fenster weg, geben Sie mir nur ein Geländer und frische Luft, und ich erstarre.»

«Auf mich haben Sie aber vorhin einen ziemlich ruhigen und gelassenen Eindruck gemacht», sagte Gavazov. «Ich glaube, Justice wird staunen, wenn er das erfährt. Ich schätze, manchmal muß man eben tun, was man tun muß.»

«Ja, schätze ich auch», sagte Cullen.

«Wollen Sie eine Zigarette oder so? Einen Drink? Ich meine, ich weiß ja, daß Sie mit beidem aufgehört haben, aber, tja, vielleicht ist Ihnen jetzt danach, wieder damit anzufangen.»

«Helfen Sie mir einfach hoch, okay?» sagte Cullen und streckte eine Hand aus.

Gavazov stemmte einen Fuß gegen Cullens Schuh, ergriff seine Hand und zog ihn hoch.

Einen Augenblick sahen sie sich an, dann umarmten sie sich unbeholfen.

«Gute Arbeit», sagte Gavazov.

«Gute Teamarbeit», sagte Cullen.

«Erlauben Sie mir nur eine Frage», sagte Gavazov, «Roosevelt Island, Van Cortlandt Park – treiben Sie's da wirklich im Freien?»

Cullen schüttelte den Kopf. «Auf Anns Terrasse, einmal, an einem Labor-Day-Wochenende. Kein Mensch war mehr in der Stadt, und es war mitten in der Nacht. Jeder von uns hatte mindestens dreißig Moskitostiche, und anschließend haben wir uns gestritten, weil ich sie an ihren Stichen kratzen sollte und ich mich geweigert habe, weil ich schon immer der Ansicht war, daß sie dann nur noch mehr jucken.»

«Ann ist diejenige, die nach Kalifornien gezogen ist?»

«Ja.»

«Meine Ex und ich haben es einmal probiert, auf einem Strand auf Nantucket», sagte Gavazov. «Es wurde uns allerdings zu sandig, bevor wir, Sie wissen schon, fertig waren. Wir sind dann zurück ins Motel gefahren und haben uns erst mal gründlich abgeduscht, aber irgendwie war dann die Power weg.»

«Ich vermute, dann sind wir eben Drinnen-Typen», sagte Cullen.

«Öde, langweilige Drinnen-Typen.»

«'scheinlich.»

Sie gingen den Korridor hinunter zum Fahrstuhl.

«Wer schreibt den Bericht?» fragte Cullen.

«Das übernehme ich. Sie haben den Kopf hingehalten, ich werde den Bericht schreiben.»

«Danke. Ich spendier das Frühstück.»

«Klingt gut. Kommen Sie im Fahrstuhl klar, oder wollen Sie lieber die Treppe nehmen?»

«Ich komm schon klar.»

Sie beobachteten die Zahlen auf der Anzeigetafel über der Tür.

«Und, äh, wollen Sie wissen, was ich zu *meinem* Geburtstag kriege?» fragte Gavazov.

Cullen lachte. «Solange es nichts mit Höhe zu tun hat.»

«Death Valley. Ich wollte schon immer mal ins Death Valley – muß wohl irgendwie mit meinem Job zusammenhängen, oder so. Judy schenkt mir einen Trip dahin. Im April – als Geburtstagsgeschenk. Zum Fünfzigsten. Dort befindet sich der tiefste Punkt der Vereinigten Staaten, das wissen Sie wahrscheinlich, also finden wir da draußen vielleicht eine, äh, Stelle, wo wir's treiben können. Immer vorausgesetzt, daß ich noch einen hochkriege, wo ich ja nicht mehr der Jüngste bin und alles.»

«Nichts wie ran, Jer. Nur macht's nicht im Freien. Nach allem, was ich so höre, soll's da ziemlich heiß sein.»

Der Fahrstuhl kam.

«Nach Ihnen», sagte Gavazov.

«Nein, nach Ihnen, Alterchen.»

Deutsch von Jürgen Bürger

D. B. Blettenberg
WIE NEUGEBOREN

El Presidente seufzte, straffte die Schultern und betrachtete von der Veranda des Jachtklubs aus die alte Fregatte, die im Hafen dümpelte. Noch ein Sturm, und das Flaggschiff seiner Flotte brach auseinander. Auch der frische Anstrich konnte daran nichts ändern. Das helle Grau deckte die Rostbeulen nur notdürftig zu.

Die schneeweiße Admiralsuniform, die El Presidente trug, zierte hingegen einen immer noch kräftigen Körper, dem der Leibarzt gerade zum fünfundsiebzigsten Geburtstag eine nahezu unverwüstliche Gesundheit attestiert hatte. Darauf war der Präsident stolz. Fünfundsiebzig war ein stattliches Alter für einen Mann mit so vielen Todfeinden.

Er konnte die Musik und das Lachen im Ballsaal hören. Der Fünfundsiebzigste war ein öffentlicher Anlaß, dem er sich nicht entziehen wollte. Von können oder dürfen konnte nicht die Rede sein. Er herrschte mit absoluter Macht. Seine Kritiker und Feinde nannten ihn einen Diktator. Sie vergaßen dabei gerne die Wahlen, die er ab und zu gewann. Außerdem wußte die Opposition ihre wenigen Siege nie zu nutzen.

Unfähigkeit und Chaos. Das Volk hatte wieder und wieder nach El Presidente verlangt. Und hier war er – immer noch. Zuverlässig schulterte er die Bürde des Amtes. Auch im hohen Alter wollte er sich der Pflicht nicht entziehen. Er war Witwer und konnte sich ganz auf sein Amt konzentrieren. Zur Zeit hatte er ein fleißiges Parlament, das sich alle Mühe gab, und er selbst arbeitete gerne mit Dekreten. Das Modell bewährte sich. Die einen nannten es milde Diktatur, die anderen kontrollierte Demokratie. Damit konnte er sehr gut leben.

Er starrte über die dunklen Fluten zum Horizont. Kein Land in Sicht. Nicht nur bei Nacht, auch bei Tageslicht. Und trotzdem war das Meer, das seine Kriegsmarine befuhr, nur ein See, der dreitausend Meter hoch in den Kordilleren lag. Das Gewässer war groß, aber es war kein Ozean. Nie hatten die wenigen seetüchtigen Einheiten Salzwasser unter dem Bug gehabt. Der Rest der Flotte bestand aus drei Schnellbooten, deren Torpedorohre mangels passender Munition eingemottet waren, einem Minensucher, dessen Holzrumpf so leck war, daß er sich nur bei Dauerbetrieb der Lenzpumpen über Wasser hielt, und acht Landungsbooten, die meist als Ersatz für gekenterte Zivilfähren im Einsatz waren.

Oft genug hatte er die Tatsache verflucht, Staatschef eines Binnenlandes zu sein. Mehr noch hatte sich sein Zorn auf die Guerilla gerichtet, die seine Streitkräfte jahrelang im Bürgerkrieg gebunden und damit einen Krieg mit dem Nachbarland um einen Zugang zum Pazifik verhindert hatte. Vielleicht war es ihm eines Tages doch noch vergönnt, diesen lange überfälligen Feldzug anzuführen. Wenigstens ein schmaler Landkorridor mit einem eigenen Hafen, aus dem Schiffe unter der Nationalflagge in die ganze Welt auslaufen konnten, schwebte ihm vor. Das war wirklich nicht zuviel verlangt. Ein Traum, den er immer noch nicht aufgab.

Der bloße Gedanke an den Duft von Salzwasser ließ ihn sentimental werden. Flüchtig wischte er sich über die Augen, drehte der Süßwasserlache den Rücken zu und ging langsam über die Holzplanken zum Klubgebäude zurück, in dem die Bigband der Marine aufspielte.

Dieser eitle Gockel, dachte La Rubia mit einem flüchtigen Blick auf die ordengeschmückte Paradeuniform, als der Staatschef den Saal betrat.

Den ganzen Abend lang hatte der Mann ihr den Hof gemacht,

und schon steuerte er wieder auf sie zu. Geradezu unerbittlich setzte er nach, lächelte gewinnend und war auf eine altmodische Weise charmant. Er sah nicht einmal schlecht aus, hatte Manieren, wenn er nur wollte, und hielt sich ganz passabel für sein Alter. In den letzten Wochen hatte sie seine Aufmerksamkeit mit Bedacht auf sich gezogen. Der Alte haßte und begehrte sie. Sie hatte ihn immer wieder subtil animiert, hatte ihm Hoffnung gemacht, diesem Schwein.

La Rubia wußte immer genau, was sie tat. Sie war vierzig und dem Tod geweiht. Viermal hatte sie sich bewußt in Lebensgefahr begeben und dabei überlebt. Als Widerstandskämpferin im Untergrund hatte sie immer Glück gehabt. Diesmal gab es kein Entrinnen. Der Doktor hatte ihr schon vor einem Jahr die Wahrheit gesagt. Die Uhr lief ab. Das Leiden wurde langsam sichtbar. Alle Welt machte ihr Komplimente zu ihrer schlanken Figur und empfahl ihr, weniger zu arbeiten. Nur sie und ein Arzt, der an seine Schweigepflicht gebunden war, wußten Bescheid. Seit dem Friedensabkommen führte sie die Opposition im Parlament an. Inzwischen hatte sie diese Übung als Teil einer absurden Inszenierung durchschaut und jede Hoffnung auf Demokratie aufgegeben. Es war falsch gewesen, die Waffen abzugeben. Die angeblich frei gewählte Republik kam nicht zum Leben – und sie selbst war so gut wie tot. Diesmal mußte sie wirklich sterben. Aber sie wollte es zu ihren eigenen Bedingungen tun.

«Lassen Sie uns noch eine Flasche Champagner trinken, meine Liebe», warb El Presidente, als er sich setzte und ihre Hand ergriff.

La Rubia ordnete ihre dunkelblonden Locken.

El Presidente winkte einen der Kellner herbei und veranlaßte das Notwendige. Dann warf er einen Blick in die Runde. Er wußte um den Klatsch, mit dem sein neuester Flirt kommentiert wurde. Aber die Meinung seiner zahlreichen Gäste interessierte ihn wenig. Er brauchte nur etwas Bedenkzeit, suchte nach einem Gesprächsthema, mit dem er den weiteren Abend bestreiten konnte. Es war an der Zeit, etwas intimer zu werden, etwas

Persönliches zu erzählen. Er mußte endlich ihr Vertrauen gewinnen, um ihren Körper zu erobern. Sein Blick fiel auf einen der im Saal verteilten Leibwächter, die diskret für seine Sicherheit sorgten, und während der Champagner serviert wurde, schaute er wieder die Frau mit den blonden Haaren an und sagte mit gedämpfter Stimme: «Ich muß Ihnen etwas gestehen...»

El Presidente stieß mit seiner Tischdame an, nahm einen Schluck und schwieg, um die Bedeutung der Mitteilung zu unterstreichen.

La Rubia nippte nur an ihrem Glas. «So geheimnisvoll?»

«Eigentlich bin ich erst fünf.»

La Rubia zog die Stirn in Falten.

El Presidente lächelte schwach. An seinem fünfundsiebzigsten Geburtstag hatte er bereits vier Wiedergeburten hinter sich. Genaugenommen, waren es fünf. Denn abgesehen von den vier Anschlägen, die er überlebt hatte, war er auch schon bei der Entbindung so gut wie tot gewesen. Die Hebamme des kleinen Bergdorfes, in dem er zur Welt gekommen war, hatte ihn gerettet. Noch bevor er das Leben aushauchen konnte, hatte sie es ihm wieder eingeprügelt. Fünfmal leben und überleben. Das waren die eigentlichen Geburtstage. Die anderen brachten einen nur dem Tod näher.

«Meine Reinkarnationen, wenn Sie so wollen. Ich habe fünfmal den Tod besiegt. Das ist etwas anderes, als Jahr für Jahr einfach älter zu werden.» Er lauschte der Rumba.

«Sie meinen die Attentate?» La Rubia war damals an allen vier beteiligt gewesen, aber nie gefaßt worden.

«Die auch. Aber schon den Tag meiner Geburt habe ich nur mit Glück überlebt.»

Noch bevor El Presidente vom heroischen Akt seiner Hebamme erzählen konnte, bat La Rubia ihn um einen Tanz. Geschmeichelt führte er sie über das Parkett und genoß den Applaus und die Hochrufe der Menge, während sie sich unter die anderen Paare auf der Tanzfläche mischten. El Presidente tanzte mit eleganten Bewegungen und führte seine Partnerin dabei mit der ihm eigenen Entschlossenheit. Die Bigband spielte *La Barca*. Es war sein Lieblingsstück.

El Presidente war ein Opfer seiner Gene.

Oberst Culebra war von dieser Erklärung absolut überzeugt. Seit er es zum Chef der Sicherheitskräfte gebracht hatte, beschäftigten ihn Erbanlagen ganz besonders. Nicht weil der Boss ihn ab und zu liebevoll El Mono nannte. Nein. Dieser Affe war immerhin einer der erfolgreichsten Folterspezialisten in Argentinien gewesen, und Culebra eiferte ihm insgeheim nach. Deshalb betrachtete er den Spitznamen durchaus als Kompliment. Aber an der Sache mit den Genen war trotzdem was dran. Er hatte es in *La Vista* gelesen. Und das war schließlich ein politisches Magazin, das El Presidente im Laufe der Jahre bereits mehrmals verboten hatte. Steinalt sein und ihn noch hochzubekommen, mußte seine Gründe haben. Es war ein Rätsel, dessen Entschlüsselung Carlos Culebra brennend interessierte. Er war zwar erst Mitte Vierzig, aber insgeheim mußte er sich eingestehen: Nicht jedes Abenteuer, das er in den letzten Jahren in fremden Betten hinter sich gebracht hatte, war ein Sieg gewesen. Wie machte der Alte das nur? Vielleicht war es nur ein Märchen. Aber daran konnte Culebra nicht so recht glauben, denn er selbst hatte im Palast eindeutige Geräusche gehört und nicht wenige Frauen mit glasigen Augen aus dem Schlafzimmer des Präsidenten kommen sehen. Alles echt. Kein Zweifel.

Und jetzt trieb der Alte es auf die Spitze. Er war auf dem besten Weg, La Rubia rumzukriegen. Unglaublich. Alarmstufe eins. Der Feind im inneren Bereich. Und trotzdem schien El Presidente wieder einmal alles im Griff zu haben. Die Dinge schienen nach seinem Wunsch zu laufen. Die Weiber waren eben doch alle käuflich – auch wenn Oberst Carlos Culebra trotz eindeutiger Angebote erst vor kurzem ein paar Abfuhren erhalten hatte. Vielleicht mußte er ja heute abend nur genau zuschauen, um etwas dazuzulernen.

Nachdem das Paar wieder Platz genommen hatte, legte El Presidente den Arm um die Taille der Blonden.

La Rubia ließ es geschehen und rückte etwas näher. Beim Bolero hatte sie den Alten mit sanftem Spott einen verkappten Buddhisten genannt. Prompt hatte er auf seine letzte Audienz im Vatikan verwiesen. Er war natürlich Katholik. Wohl deshalb blieb ihr die dramatische Geschichte seiner allerersten Wiedergeburt erneut erspart. Aber dafür erzählte El Presidente ausführlich von den Mordanschlägen. Es war nicht uninteressant, seine Version zu hören Die Bombe. Die Rakete. Die gesprengte Brücke. Der Helikopterabsturz. Wohl wahr: Er hatte alles überlebt, und ihr und ihrem Kommando war alles mißlungen.

Die Bombe war während eines Kongresses in einem Luxushotel hochgegangen. Die Druckwelle hatte El Presidente aus dem Sessel gehoben und gegen eine Wand geschleudert. Der ganze Tagungsraum war über ihm zusammengebrochen. Aber er hatte sich wie Phoenix aus der Asche erhoben, sich den Staub von der Uniform geklopft und strahlend gelächelt. Er war unverletzt und unverwundbar. Es war bewiesen. Das Volk glaubte es. Und so ging es weiter. Die Boden-Luft-Rakete holte lediglich das Jagdflugzeug vom Himmel, das seinen Privatjet begleitete. Einen Drink in der Hand, sah er durch das Kabinenfenster zu, wie der Begleitschutz sich in einem Feuerball auflöste. Bei der Landung war er völlig betrunken, aber unversehrt. In einer improvisierten Rede auf dem Flughafen sprach er zum ersten Mal von der Vorsehung, die es gut mit ihm meinte. Drei Monate später gewann er die Wahlen ohne Mühe. Ein halbes Jahr danach steuerte sein Konvoi auf eine Brücke zu. Drei Fahrzeuge der Vorhut stürzten bei der Sprengung in die Tiefe, während er noch damit beschäftigt war, seinen Fahrer zu beschimpfen, weil der gepanzerten Limousine nur hundert Meter vor der Überquerung das Benzin ausgegangen war. Und als zwei Jahre darauf der Hubschrauber auf dem Rückflug zur Hauptstadt wie ein Stein aus dem Himmel fiel, saß El Presidente noch fröhlich im Offizierskasino eines Luftwaffenstützpunktes in der Provinz, spielte Karten und ließ sich von einer Sanitäterin das Bett machen, in dem er sie zu vögeln gedachte.

«Das Leben...», stöhnte El Presidente mit Inbrunst und versuchte La Rubia zu küssen.

Sie wehrte sich nicht, legte eine Hand auf seinen Oberschenkel und hielt die Lippen fest geschlossen. Sie hatte ihn, wo sie wollte. Er lief heiß. Umgangsformen bedeuteten ihm nicht viel.

Sie tranken Champagner.

Einmal ließ sich La Rubia noch auf die Wange küssen. Dann griff sie nach der Handtasche und entschuldigte sich, um sich die Nase zu pudern.

Was für ein Weib! dachte El Presidente.

Er trank ein weiteres Glas Champagner und ignorierte den besorgten Blick seines Sicherheitschefs. Alles Memmen. Was sollte schon passieren? Warum war dieser Schwächling so nervös? Niemand im Raum war bewaffnet. Fürchtete der Feigling etwa, die Dame würde ihm einen Stöckelschuh auf den Kopf hauen? Er hatte wahrlich andere Kaliber überlebt. Oder hatten seine Leibwächter Angst, sie könne ihn mit ihrer stattlichen Oberweite erdrücken? Er lachte amüsiert. Ein Angriff, der ihm gar nicht unangenehm gewesen wäre.

Der Saal war immer noch brechend voll. Niemand traute sich zu gehen und ihn zu verstimmen – nicht einmal die ausländischen Diplomaten. Diejenigen, die lieber das Weite gesucht hätten, betranken sich, um die Feierlichkeiten durchzustehen. Heuchler und Schlappschwänze, die hinter seinem Rücken jammerten, aber nicht wagten, ihm in die Augen zu sehen. Aus Anlaß seines Geburtstages hatte er fünfundsiebzig politische Gefangene begnadigt und mit dieser Geste sogar den Besuch des Vorsitzenden der Menschenrechtskommission erzwungen.

Leise summte El Presidente das Stück mit, das die Bigband spielte. Er orderte eine frische Flasche Champagner. Das Leben war die reine Freude. Seine Frau war tot. Die Kinder waren erwachsen und gingen ihrer eigenen Wege. Kein ernstzunehmender Konkurrent war als Nachfolger in Sicht. Man war auf ihn angewiesen. Er war alt, aber gesund. Er spürte es deutlich.

Dulce Bucaram saß auf der Damentoilette und blätterte in einer Sonderausgabe von *Life*.

Jackie neben JFK. Auf dieser Jacht mit den Kindern. Im Weißen Haus mit den Hunden. In Berlin an der Mauer. Auf Long Island mit Pferden am Strand. Die First Lady und ihr Mann. Die First Lady und ihre ganze Familie. Traumhaft. Einfach traumhaft. Es kam gar nicht so sehr darauf an, wie groß das Land war, das man regierte. Es war eine Frage des Stils. Wenn das richtige Paar sich fand, war alles möglich.

Zugegeben, Al Dente, wie sie ihren Liebhaber nannte, war nicht mehr der Jüngste. Aber er war mächtig und potent. Sie hatte es zu spüren bekommen und es mit Anstand hinter sich gebracht. Alles hatte seinen Preis. Jungfrauen – und werdende Mütter erst recht. Weiß war die Farbe der Unschuld und der Traumhochzeit. Weiß.

«*Jacqui – te quiero, te amo*», flüsterte Dulce ihrem Vorbild zu.

Dann seufzte sie tief und hörte, wie jemand den Waschraum betrat.

La Rubia trug etwas Lippenstift auf und beobachtete dabei im Spiegel die junge Frau mit den breiten Schultern, die sich am Handtuchspender zu schaffen machte.

Draußen im Saal spielte die Band einen Tusch, und das Volk johlte laut. La Rubia zog sich die Augenbrauen nach und wartete so lange vor dem Waschbecken, bis das Biest endlich aufgab und die Damentoilette verließ. Eine von diesen Zicken, die im Exil in Miami gescheitert waren und nach der Rückkehr bei der Geheimpolizei anheuerten, weil El Presidente im Wahlkampf Arbeitsplätze für Frauen versprochen hatte.

Das Rauschen der Wasserspülung erklang, und die junge Erbin von *Casa Bucaram* huschte, ohne sich die Hände zu waschen, an ihr vorbei nach draußen.

La Rubia lächelte sich im Spiegel an. Nun war sie endlich allein. Sie nahm die winzige Pillendose aus der Handtasche.

Einige Lakaien hatten sich an den Tisch geschlichen und versuchten unterwürfig, auf El Presidente einzureden.

Während er so tat, als höre er zu, beobachtete er, wie der deutsche Braumeister persönlich in bayrischer Tracht ein frisches Faß Bier aus der Nationalbrauerei anzapfte. Der Präsident liebte diesen Hauch von Oktoberfest, und als der *Aleman* herüberschaute, winkte er zurück und grinste breit. Der Mann strahlte. El Presidente nickte. Es war so einfach, die Leute glücklich zu machen. Er mußte der Lederhose bei Gelegenheit einen Orden verleihen.

Mit der siebzehnjährigen Tochter des libanesischen Kaufhauskönigs, die ihm ab und zu einen schmachtenden Blick zuwarf, lagen die Dinge anders. Er hatte sie geschwängert. Noch war nichts zu sehen, aber die Zeit drängte. Er war fest entschlossen, die junge Frau als Delegierte zu einem Jugendkongreß ins Ausland zu entsenden und das Problem bei der Gelegenheit in einer Privatklinik beseitigen zu lassen. Noch gab sie sich bockig, faselte von heiraten und bildete sich tatsächlich ein, First Lady zu werden. Nun, bislang hatte er jede überredet. Und wenn sie nicht bald vernünftig wurde, gab es noch andere Lösungen. Unfälle passierten.

Als La Rubia zurückkam, scheuchte er die Kriecher von seinem Tisch weg. Höflich erhob er sich und rückte ihr den Stuhl zurecht. Sie aber nickte nur stumm zur Tanzfläche, nahm seine Hand und zog ihn sanft mit sich.

El Presidente verstand. Genug der Worte!

Zwei Dinge spürte La Rubia sehr intensiv, als sie lasziv-langsam zu einem Habanero tanzten: die Erektion, die an ihren Bauch drückte, und die Kapsel in ihrem Mund.

Daß der alte Bock ihn noch hochbekam, erstaunte sie nicht. Es war Teil des Plans. Es erforderte keinerlei Fingerspitzengefühl. Er war geil, und sie mußte es sich in Maßen gefallen lassen. Sie befanden sich in einem Saal voller Menschen und nicht im Bett. Sie legte ihren Kopf an seine Schulter, und er drückte sie noch eine Spur fester an sich. Der Umgang mit der Kapsel unter der Zunge war schwieriger und verlangte Feingefühl. Sie hatte nicht vor, sich selbst umzubringen. Wäre sie je bei einem fehlgeschlagenen Kommando gefaßt worden, sie hätte die Giftkapsel zerbissen, um der Folter zu entgehen. Diesmal wollte sie nicht scheitern. Auch wenn sie später dafür sterben mußte.

Während das Paar sich langsam im Kreis drehte, schaute La Rubia noch einmal in die Runde. Die meisten Gäste waren bereits betrunken. Nicht wenige Frauen und Männer aus dem eigenen Lager straften die Blonde mit verächtlichem Blick. Sie konnte es ertragen. Nicht lange, und ihre Kritiker würden sie heiligsprechen. Zuvor jedoch genoß sie es, noch einmal den vollen Abscheu ihrer Parteifreunde auf sich zu ziehen. Langsam strich sie dem Alten über das Haar und bot ihm ihre Lippen an.

Nur zu gern ging El Presidente auf diese Einladung ein. Bevor er wußte, wie ihm geschah, spürte er ihre Zunge in seinem Mund. Überrascht erwiderte er den Kuß und drückte dabei seinen Unterkörper nicht mehr ganz so energisch an ihren Bauch, damit es ihm nicht vorzeitig kam. La Rubia warf den Kopf in den Nacken und lächelte ihn strahlend an. Der Alte war wie berauscht. Er spürte den kleinen Fremdkörper zwischen seinen Zähnen kaum. Und schon rammte ihm die Frau seiner Träume ihren Schädel unter das Kinn. Ein leises Knirschen in der Mundhöhle war das letzte Geräusch, das er bei vollem Bewußtsein hörte. Den Duft der blonden Locken nahm er schon nicht mehr wahr.

Erst als El Presidente auf die Knie fiel, sich mit beiden Händen an den Hals griff, würgte und der erste Schaum aus seinem Maul quoll, jagten die Leibwächter seiner Dame ein halbes Dutzend Projektile in den Leib.

Während La Rubia langsam auf dem Parkett verblutete, fühlte sie sich wie neugeboren. Die Männer des Präsidenten hatten sie zur Märtyrerin gemacht. Noch bevor ein halbwegs geeigneter Nachfolger für die Diktatur gefunden war, würde der Befreiungskrieg wieder aufflackern. Sie hatte den Funken geschlagen, der den Brand auslösen mußte. Was sie im Parlament nicht geschafft hatte, war auf der Geburtstagsfeier fast nebenbei zu erledigen gewesen.

Der Chef der Sicherheitskräfte persönlich gab der Attentäterin den Fangschuß.

Oberst Culebra war wütend auf sich selbst. Er hätte es ahnen müssen. Es war eine persönliche Niederlage. Nur mit Mühe beherrschte er sich, setzte ihr routiniert die Mündung an den Hinterkopf und drückte ab.

Wie so oft bei Schüssen aus kürzester Distanz, zuckte der Leichnam ein letztes Mal und veränderte dabei seine Position auf der Tanzfläche.

Susan Moody
BRAVES MÄDCHEN

Kein einziger Tag verging, ohne daß sie Groll empfand über das, was geschehen war. Oder sich fragte, was aus ihr geworden war. Manchmal dachte sie, noch sei es nicht hoffnungslos. Sie würde wieder in ihre alte Haut schlüpfen und dieselbe sein, die sie vorher gewesen war: gescheit, ehrgeizig, etwas überkandidelt und schon ziemlich weit oben auf der Karriereleiter. Die stellvertretende Leiterin eines bekannten Verlagshauses, die nach nur zwei Jahren bereits ihre Fühler nach einer Vorstandsposition ausgestreckt hatte. Mit der ihr mehr Macht zufallen würde, mehr Geld, und, im Lauf der Zeit, immer noch mehr, viel mehr. Dann wieder war ihr klar, daß sie verloren war. Daß es kein Entkommen gab, bis alles vorbei war, wann immer das sein würde. Was sie am meisten erschreckte, war die Geschwindigkeit ihres Niedergangs. Zuerst, als sie den Anruf aus dem Nachbarhaus bekommen hatte und es sich abzeichnete, daß sie nach Cornwall hinunterfahren mußte und daß es nicht schnell gehen würde, war sie noch optimistisch gewesen. Immerhin gab es Modems, Faxgeräte, e-mail – sie konnte ohne weiteres von zu Hause aus arbeiten, sie würde die Kontakte halten und mit der Arbeitsbelastung klarkommen.

Leichter gesagt als getan.

Wirklich: leichter gesagt als getan.

Die Hände links und rechts an den Schläfen, starrte sie ihr Spiegelbild an. Nein, besonders gut sah sie bestimmt nicht aus – nur: Wie lang war es her, daß sie besonders gut ausgesehen hatte? Früher war sie attraktiv gewesen, elegant. Sie hatte Kleider von Armani, Gucci, Joseph getragen, sogar von St. Laurent. Jetzt sah sie aus wie eine Herumtreiberin. Aber wo hatte sie schon Gelegenheit, ihre Designerklamotten auszuführen, da sie doch hier unten festsaß? Bei Privateinladungen vielleicht, ein- oder zweimal im Jahr. Allerdings fiel es ihr sogar bei diesen seltenen Einladungen zunehmend schwerer, sie tatsächlich wahrzunehmen. Selbst wenn sie zugesagt hatte, zu einem Cocktail oder einem Abendessen zu erscheinen, war es möglich, daß sie, wenn es soweit war, doch nicht hingehen konnte. Weil sie daheim gebraucht wurde. Meistens schlüpfte sie morgens einfach in dieselben Jeans und Pullover, die sie tags zuvor getragen hatte. Es war schließlich gleichgültig. Hier unten sah sie ja doch niemand.

Ein Opfer war sie.

Ein Opfer familiärer Loyalität.

Ein Opfer der Liebe.

Sie griff nach dem Glas auf ihrem Toilettentisch und spülte den letzten Rest Gin Tonic hinunter. Es war schon der zweite, und sie hatte ihn stärker gemixt als den ersten. Nötig hatte sie es weiß Gott. Mußte sich Mut antrinken. Sie nahm ihr Jean-Muir-Kleid vom gepolsterten Bügel und legte es aufs Bett. In ihm hatte sie immer gut ausgesehen. Und es war wichtig, daß sie heute abend gut aussah. Sie wollte nicht zeigen, wie tief sie gesunken war, vor allem nicht den beiden Frauen. Sarah, Anthonys Frau, war rassig, schlank und wunderschön, und Vanessa war blond und anschmiegsam und niedlich. Nein, ihre Schwägerinnen sollten sich keine mitleidigen Blicke zuwerfen und dabei zu ihr herüberschielen, mit einem Gesichtsausdruck, der nur allzu deutlich verriet, was sie dachten: Du lieber Gott, was ist bloß mit Felicity passiert? Pflegt sie sich jetzt gar nicht mehr? Ein wenig zusammenreißen könnte sie sich doch. Hat sie denn keinen Stolz?

Stolz? Nicht den kleinsten Funken mehr. Es war jetzt drei Jahre her. Drei Jahre, seit dieser verheerende Blutsturz aus dem kräftigen, gesunden Mann, der ihr Vater gewesen war, einen an den Rollstuhl gefesselten Pflegefall gemacht hatte. Anfangs war sie zurechtgekommen damit, aber er wurde immer abhängiger von ihr, er war ängstlich, wenn sie nicht um ihn herum war, unruhig. Inzwischen war ihr sein ständiges Quengeln verhaßt: «Felicity, ich brauche... Felicity, wo bist du?... Felicity, laß mich nicht allein.»

Nein, sie würde ihn nicht allein lassen. Sie versprach es, ihm und sich selbst. Niemals würde sie ihn allein lassen.

Manchmal holte sie abends die Fotoalben heraus. Er hatte sie mitgenommen in dieses kleine Haus, in dem er wohnte, seit sie alle fort waren. Sie blätterte durch die dicken Bögen, studierte die Schwarzweißfotografien und zwang sich, sich dabei an den Mann zu erinnern, der er einmal gewesen war. Vater in seiner Marineuniform, unter dem Arm die weiße Schirmmütze. Vater und Mutter an ihrem Hochzeitstag. Vater, mit Krawatte um den Hals und einer Pfeife in der Hand, wie er an seinem Wagen lehnt. Stark, resolut, das dunkle Haar windzerzaust, während er ein kleines Boot in die ablandige Brise lenkt oder lachend Bälle über das Tennisnetz schlägt. Genau so war er gewesen, auch wenn er jetzt anders war. Sie wußte es ja, aber es fiel ihr manchmal schwer, sich wieder ins Gedächtnis zu rufen, wie amüsant er gewesen war. Amüsant, ja.

Was man jetzt von ihm sicher nicht behaupten konnte. Nicht mehr.

Wahrscheinlich haßte er seinen momentanen Zustand ebenso wie sie. Sie sagte es sich immer und immer wieder. Es änderte nichts. Der Ärmste.

Natürlich gab es Altenheime. Eines war sogar ganz in der Nähe, wo seine Freunde ihn hätten besuchen können und ihm der Blick aus dem Fenster vertraut gewesen wäre. Aber es kam ihr so unfair vor. So, als würde man Müll beseitigen. Ihn beseitigen. Ihn einfach vor die Tür setzen, wegräumen.

«Eine Möglichkeit wäre es», hatte Anthony am Telefon gesagt, doch sie hatte ihm widersprochen.

«Er wäre völlig desorientiert und verwirrt. Ich finde, wir sollten vorläufig versuchen, ihn zu Hause zu behalten, wenn es irgendwie geht. Abwarten, was passiert. Der Arzt meint, daß er in ein paar Wochen schon über den Schlaganfall weg sein könnte.»

Und weil er ein so guter Vater gewesen war und ihnen drei eine so schöne Kindheit bereitet hatte, hatte sie das Gefühl, das mindeste, was sie tun konnte, um ein wenig von ihrer Schuld abzutragen, sei, von London herunterzukommen und sich um ihn zu kümmern, bis die Auswirkungen des Schlaganfalls abgeklungen wären. Hinterher würde er natürlich auch Pflege brauchen. Ihre Brüder und sie hatten in Erwägung gezogen, eine Haushälterin einzustellen, eine Tagespflegerin, eine Zugehfrau. Geld war genug da. Es würde nicht zu schlimm werden.

Wirklich nicht?

Manchmal, wenn sie ihn am Küchentisch beobachtete, wie er, ein Lätzchen um den Hals, dasaß und versuchte, sich sabbernd Essen in seinen verzerrten Mund zu schieben, mußte sie die Augen schließen und die Fäuste ballen, um nicht nach einem der schweren Kochtöpfe zu greifen. Es wäre so einfach. So fürchterlich leicht. Dieser zarte rosa Schädel unter dem dünnen Haar: Es gehörte nicht viel dazu, die mürben Knochen zu zerschmettern und ihm das Leben auszutreiben.

Manchmal, wenn sie ihn furzen hörte und wußte, sie würde bis zu den Ellbogen in seiner Scheiße stecken, falls sie ihn nicht eiligst zur Toilette brachte und ihm noch rechtzeitig die dicken Kordhosen herunterzog, wollte sie ihn umbringen. Schlicht und einfach umbringen wollte sie ihn. Ihn und sich aus diesem Elend befreien. Und wenn sie ihm dann den Hintern abwischte – dieser Horror. Diese Demütigung. Für ihn wie für sie. Eine Tochter sollte ihrem Vater nicht den Hintern abwischen müssen. Sie sollte es nicht tun dürfen.

Sie hörte ihn jetzt im Eßzimmer, wo sie ihn an den Tisch gesetzt hatte, damit er wartete, bis die anderen kämen. «Felicity… Felicity… Ist denn niemand da? Laß mich nicht allein…» Unentwegt, schlimmer als ein quengelndes Kind oder ein tropfender Wasserhahn, immer und immer dasselbe, tagein, tagaus, noch wenn er vor Erschöpfung längst hätte still werden müssen, holte er sie aus dem Schlaf, indem er nach ihr rief, rief und rief, bis ihre Nerven dünn waren wie gesponnenes Glas.

«Ich komme», rief sie und versuchte, ihre Stimme fröhlich klingen zu lassen. Schließlich konnte er nichts dafür. Er konnte nicht anders. Aber wie oft sie sich dies auch vorsagte, sie verabscheute trotzdem, daß es so weit gekommen war. Sie verabscheute es, und, um ehrlich zu sein, sie verabscheute ihn.

Heute morgen war der Arzt dagewesen. «Alles Gute zum Geburtstag, Ralph», hatte er gesagt, sich über seinen alten Freund gebeugt, seinen alten Tennispartner, und ihm eine Flasche Macallan in die zitternden Hände gedrückt. «Hoffe doch, daß dein Jungvolk hier auftaucht und dir Glück wünscht für die nächsten Jahre.»

«Kommen abends zum Essen, Jim», hatte ihr Vater gesagt und die Worte waren ihm aus dem Mund gerollt wie Kieselsteine. «Geburtstagsessen.»

«Recht so», sagte der Doktor, «so soll es sein.»

Und draußen in der Diele, als sie ihn zur Haustür begleitete, hatte er auf seine Armbanduhr geschaut und fröhlich zu ihr gemeint: «Wenn du ein paar einfache Vorsichtsmaßregeln beachtest, macht er es ohne weiteres noch einige Jährchen.»

Verraten Sie mir diese Vorsichtsmaßregeln, hätte sie am liebsten gesagt, verraten Sie sie mir bitte, damit ich sie vermeiden kann. Damit er es nicht noch einige Jährchen macht. Statt dessen hatte sie genickt und den Mund zu ihrem üblichen fröhlichen Lächeln verzogen. Ihm schien es gar nicht in den Sinn zu kommen, daß sie sich irgend etwas anderes wünschen konnte als die Verlängerung dieses Fünfzig-Prozent-Lebens ihres Vaters. Oder doch? Als er durch die Tür ging, drehte er sich noch einmal zu ihr um. «Bist ein braves Mädchen, Fliss», sagte er und tätschelte ihren Arm, «du machst es richtig.»

Ein braves Mädchen? Himmel, sie war über dreißig. Und genau so sah sie im Moment auch aus. Ihre Hände, ihr Haar... Am Anfang hatte sie sich ja noch Mühe gegeben, war einmal die Woche zum Friseur gegangen, hatte Make-up aufgelegt, ihre Schuhe geputzt, so getan, als wäre sie noch berufstätig, eine Karrierefrau. Auch so getan, als wäre da nicht diese ständig präsente, nörgelnde Stimme: «Felicity, mir ist etwas hinuntergefallen... Felicity, gibt's noch kein Frühstück... Felicity... Felicity...» Doch wen kümmerte es denn noch, wie sie aussah? Wem war das wichtig? Ihr selbst jedenfalls nicht. Und ihm auch nicht. Neulich war er sich nicht einmal mehr sicher gewesen, wer sie eigentlich war. Hatte sie Laura genannt, als wäre sie ihre eigene, längst verstorbene Mutter.

Sie mußten bald hier sein. Die Brüder mit ihren Frauen. Vater würde es genießen. Der Gedanke an sein Geburtstagsessen hatte ihn in freudige Erregung versetzt. Er hatte gelächelt, als sie Luftballons aufblies, hatte wohlgefällig genickt, als er sah, daß sie einen Kuchen glasierte und ihn mit farbigen Verzierungen versah, und wieder genickt, als sie ihm die Lammschulter zeigte, die sie braten wollte. Nicht, daß er etwas davon würde essen können, der Ärmste, aber vielleicht schaffte er ja wenigstens ein bißchen Kartoffelbrei mit Soße und ein wenig Rosenkohl. Doch ihm gefiel es, daß sie sich seinetwegen so ins Zeug legte, daß sie sich solche Mühe gab. «Du bist ein braves Mädchen, Fliss», sagte er, genau wie vorher der Doktor, und sie wünschte sich nur, sie könnte wirklich brav sein und müßte sich nicht so über ihn ärgern, nicht über ihn und nicht über das, was sie und ihn hier gefangenhielt.

Haß schwappte in ihrem Inneren wie Öl in der Flasche, dickflüssig und klebrig. Nicht Haß auf ihn, natürlich, aber auf die Situation, in der sie sich jetzt ungewollt befand.

«Ich muß nach Hause fahren», hatte sie Tom beim Abendessen erzählt, als es geschehen war, und dabei hatten ihre Opalohrringe wie kleine Flammen gezüngelt. Seit über einem Jahr waren sie zusammen, Tom hatte ihr schon vorgeschlagen, zu ihm zu ziehen, aber sie hatte ihre Unabhängigkeit nicht aufgeben wollen. Gott, was für ein Fehler! Wenn sie nur bereit gewesen wäre, ein wenig Abhängigkeit zu akzeptieren, wäre sie jetzt nicht hier. Mit an Sicherheit grenzender Wahrscheinlichkeit wäre sie jetzt nicht hier.

«Wie lange?» Tom hatte die Augenbrauen hochgezogen und nach ihrer Hand gegriffen. «Weißt du, es tut mir ja wirklich leid um Ralph, wir sind immer gut klargekommen miteinander, aber ich kann mir nicht vorstellen, daß er von dir erwartet, daß du seinetwegen deine Karriere aufgibst.»

«Natürlich erwartet er das nicht. Und es wird auch nicht soweit kommen. Bloß: Damals, als meine Mutter gestorben ist, hat er wirklich alles für mich und meine Brüder getan.»

«Dann sollten auch deine Brüder jetzt einen Teil dieser Bürde übernehmen. Noch dazu, wo sie so viel näher bei ihm wohnen als du.»

«Aber Anthony hat Kinder», sagte Felicity. «Und die Frau von William – nun ja, sie ist etwas schwierig.»

«Jedenfalls nicht so schwierig, daß die beiden nicht im Winter zum Skifahren und im Sommer nach Barbados fahren können.»

«Na ja, für mich ist es eben einfacher», sagte Felicity, «ich bin nun mal diejenige, die nicht verheiratet ist.»

Und was sie jetzt noch die Fäuste ballen und die Augen vor Enttäuschung zusammenkneifen ließ, war dieses Wissen, daß sie, selbst wenn Tom sich in diesem Moment über den Tisch zu ihr hin gebeugt und sie gefragt hätte, ob sie ihn auf der Stelle heiraten wolle, nur gelacht und ihm einen Korb gegeben und gesagt hätte, nein, nicht gerade jetzt, Liebster, nicht bevor es Vater wieder bessergeht.

Was er jedoch sagte, war: «Du siehst wohl gar nicht, daß du genau in die Falle läufst, die die Gesellschaft für euch Frauen aufstellt. Mußt du denn unbedingt die einzige sein, die sich kümmert und die die Verantwortung übernimmt, nur weil du keinen Mann hast?»

«Meine Brüder kümmern sich sehr wohl», hatte Felicity gesagt. «Sie kümmern sich durchaus.»

«Dann laß sie doch verdammt noch mal damit klarkommen.»

«Es ist meine Pflicht.» Und das hatte sie auch wirklich geglaubt.

Aber das war vor drei Jahren gewesen, und inzwischen hatte sie das Gefühl, daß sie diese Pflicht mehr als abgeleistet hatte, daß Tom recht gehabt hatte und daß es an der Zeit war, ihre Brüder nun ihren Teil übernehmen zu lassen, damit sie wieder die werden konnte, die sie einmal gewesen war.

Nicht, daß dann alles wieder so sein würde wie früher. Im ersten Jahr war Tom ja ein paarmal nach Cornwall heruntergekommen. Dann aber waren andere Dinge dazwischengekommen, meistens irgendwelche jungen Damen, dann eine bestimmte junge Dame, und schließlich hatte er ihr geschrieben, er werde heiraten und es tue ihm leid und er hoffe, sie werde es ihm nicht zu sehr übelnehmen. Und sie sah deutlich, wie all das, was sich zwischen ihnen hätte entfalten können, zunichte gemacht worden war, weil sie unvermutet in einem mit grünem Teppich ausgelegten Schlafzimmer festgehalten wurde.

Sie zog die Schublade auf und holte die Diamantbrosche ihrer Mutter heraus. Beim letzten Mal, als sie sie getragen hatte, hatte Anthony darauf hingewiesen, daß diese Brosche eigentlich ihm, dem ältesten Sohn, für seine Frau zustünde. So eine Frechheit! Sie hatte ihm unverhohlen erklärt, wohin er sich diese Idee stecken könnte. Sollte er für Sarah, wenn er wollte, daß sie Diamanten trug, doch selbst eine Brosche kaufen, leisten konnte er es sich schließlich ohne weiteres. Die Brosche hob sich hübsch von der marineblauen Seide ab. War das Jean Muir gewesen oder wer sonst, der gesagt hatte, Pink sei das Marineblau Indiens? Oder so ähnlich. Nicht, daß es darauf ankam. Sie legte sich die Diamantarmbanduhr ums Handgelenk, die ihr der Vater zum einundzwanzigsten Geburtstag geschenkt hatte. Jetzt würden sie gleich da sein.

«Felicity, mir ist die Zeitung hinuntergefallen...» Die dünne Greisenstimme stach durch das Haus wie das Gesumm einer Stechmücke. «Felicity, ich habe... Wo bist du denn, Fliss, ich muß mal, Fliss...»

«Ich komme», rief sie. Du liebe Zeit, wenn er sich jetzt einnäßte, hieß das, daß sie seine Hosen wechseln und das Kissen von seinem Stuhl in die Maschine stecken und ein anderes finden mußte, das nicht gegen seine alten Knochen scheuerte. Einen Augenblick lang ließ sie den Kopf in die Hand sinken. Was sie dafür geben würde, wenn alles vorbei wäre. Wirklich... Wenn er noch einmal einen Schlaganfall hätte, einen tödlichen diesmal, würde sie weinen. Weinen um den Vater, der er einmal gewesen war, um den weißgekleideten Tennisspieler, um den lachenden Segler in dem gestreiften Pulli, aber nicht um den Vater, den sie jetzt hatte.

Sie hörte Autoreifen auf dem Kies knirschen. Sie waren da. Sie erhob sich. Fangen wir an mit dem Geburtstag. Das hatte Vater immer gesagt, wenn er die Torte mit den brennenden Kerzen hereinbrachte, während die Kinder mit großen Augen um den Tisch herum saßen und zusahen, wie sie die kleinen blauen Flämmchen ausblies, so viel sie auf einmal schaffen konnte. Damals war das einfach gewesen: es waren nur fünf, an diesem ersten Geburtstag nach Mutters Tod. Sie hatte sie mit einem einzigen Atemzug ausgeblasen und deshalb einen Wunsch frei gehabt, und dieser Wunsch war gewesen, daß Vater nie etwas zustoßen sollte, nie, niemals, so wie es mit Mutter passiert war.

Es läutete an der Haustür, und sie rannte hinunter und öffnete die Tür, um die kühle Abendluft hereinzulassen und ihre Familie willkommen zu heißen. Sie waren übereingekommen, ohne die Kinder zu feiern, da es zu laut sein würde und Vater mit so vielen Menschen nicht zurechtkam.

«Und was ist mit den anderen?» fragte sie und schielte an ihren Brüdern vorbei. «Wo sind Sarah und Vanessa?»

«Tut mir leid, Schätzchen», sagte Anthony, nahm sie in die Arme und hob sie in die Höhe, «tut mir wirklich fürchterlich leid, aber Sarah hat es im letzten Moment doch nicht mehr geschafft. Da ist irgendwas in der Schule... um diese Zeit gibt es immer so viel zu tun... sie dachte, sie könnte fort, aber dann, in letzter Sekunde... unser Babysitter... du weißt ja, wie das ist...» Und während sie seine kleine Lügengeschichte anhörte, stand ihr die Szene genau vor Augen, wie Sarah schmollend in ihrem schönen Salon saß und sagte: Müssen wir wirklich dorthin, Anto, zu deinem Vater, es ist doch so weit, und außerdem glaube ich, er weiß ohnehin nicht mehr, wer ich eigentlich bin. Und wie sie, als Anthony protestierte, hinzufügte, außerdem ist er dein Vater, Liebling, und nicht meiner, und ich bin sowieso ein bißchen erkältet, und leichte Kopfschmerzen habe ich auch, warum kannst du denn nicht ohne mich fahren, nur dieses eine Mal?

«Und was ist mit Vanessa?» fragte sie kalt.

«Entschuldige», sagte William, der sie nicht ganz so überschwenglich begrüßte wie Anthony und sie mit seinem Bart kratzte, als er seine Wange an ihrer rieb, «aber Vanessa hat eine Krise.»

Eine dieser angenehmen Krisen, dachte Felicity. Die sich immer dann einstellen, wenn es etwas gibt, was sie nicht gern tut, wie zum Beispiel einem Kranken zum Geburtstag zu gratulieren, einem alten Mann, der furzt und rülpst und abstoßend aussieht, wenn er versucht zu essen.

«Es geht ja nicht um mich», sagte sie. «Es ist nur, daß Vater sehr enttäuscht sein wird, wenn er sie nicht sieht.»

«Wir werden demnächst noch einmal vorbeikommen», sagte Anthony. «Ich bin sicher, daß Vater Verständnis dafür hat.»

Sie führte sie ins Eßzimmer, wo Ralph schon am Tisch saß.

«Vater», rief Anthony und legte ihm eine Hand auf die Schulter, «wie geht es unserem Geburtstagskind?»

«Gut, gut», murmelte der und schielte, in Erwartung der beiden hübschen Frauen, zur Tür hinüber.

«Du siehst hervorragend aus, Vater.» Anthonys Stimme triefte von falscher Freundlichkeit.

«Genau, hervorragend», sagte William überlaut und langsam, als würde er zu einem Ausländer sprechen. «Und munter wie ein Fisch im Wasser.»

Er ist nicht senil, wollte Felicity sagen, aber in seiner Gegenwart brachte sie es nicht über die Lippen. Ihr müßt mit ihm nicht sprechen wie mit einem Idioten.

«Wo sind die Mädels?» brachte der Vater heraus. «Ich habe heute Geburtstag, wo bleiben sie?»

«Tut mir fürchterlich leid, aber sie haben es nicht geschafft», hauchte Anthony und ließ noch einmal seine unehrlichen Erklärungsversuche vom Stapel.

Dem alten Mann traten Tränen in die Augen. «Aber ich habe doch Geburtstag», sagte er wieder. Er klang wie das Kind, zu dem er geworden war.

Felicity schenkte den Brüdern Wein ein und hob ihr Glas. «Fangen wir an mit dem Geburtstag», sagte sie, und einen schrecklichen Augenblick lang glaubte sie, sie würde gleich in Tränen ausbrechen, mit ihrem Glas nach Anthony oder William werfen und aus dem Zimmer, aus dem Haus laufen, um nach London zu fahren und nie mehr zurückzukommen.

Sie saßen im Kreis um den polierten Mahagonitisch, wie sie es als Kinder getan hatten, Vater an seinem Platz und Felicity ihm gegenüber. Der Computer, an dem Felicity zu arbeiten pflegte, war in eine Zimmerecke geschoben und mit einer roten Plüschdecke verhängt. Durch die roten Fransen des Lampenschirms hindurch fielen rosarote Schatten auf ihre Gesichter. Vom Silberbesteck, den Gläsern und dem goldverzierten Service, das sie extra für diesen Abend aus dem Schrank geholt hatte, funkelten Lichtreflexe. Auf der Anrichte standen eine Käseplatte und eine Schale voller Früchte bereit: Mangos, die aussahen wie rot angelaufen, papageiengrüne Äpfel, Birnen, rosig und golden wie Barmädchen, eine dicke Canteloupe-Melone, die zerfurcht war wie Elefantenhaut.

«Nicht schlecht», sagte Anthony, als er von dem Wein kostete. Er prüfte den Schluck wie ein Kenner, wobei er die Lippen nach innen zog und nach außen wölbte wie ein Fisch. «Hast du den selbst ausgesucht, Fliss?»

«Klar.»

Anthony schaute seinen Bruder an. «Bei Wein traue ich Frauen nicht über den Weg.»

«Überhaupt auch bei nichts sonst», sagte William und lehnte sich, beide Hände in den Hosentaschen, in seinem Stuhl zurück. Sie lachten glucksend, obwohl Felicity nicht verstand, was daran so komisch sein sollte. Ihre Wangen brannten. Vielleicht hätte sie den zweiten Gin lieber nicht trinken sollen.

«Hab noch nie eine mit Geschmack getroffen», setzte Anthony nach, studierte das Flaschenetikett und füllte dann sein Glas wieder nach, als hätte der Wein soeben einen Test bestanden.

«Es gibt da diese Fernsehexpertin», sagte Felicity, «Janice Irgendwer. Die ist zum Beispiel eine Frau.»

«Ein Naturapostel, meine Liebe, sonst nichts.» Anthony hielt seinem Vater die Flasche hin. «Du auch?»

«Du mußt es ihm hier hinein einschenken.» Felicity reichte ihm die Kinderplastiktasse mit dem Deckel. Sie hatte herausgefunden, daß Ralph sich mit ihr am besten behelfen konnte.

«Mein Gott.» William stieß die Luft aus. Alle drei lauschten schweigend dem Schlürfen und Schlucken des alten Mannes.

Dann sagte Anthony: «Ich habe noch etwas ganz Besonderes mitgebracht, für nachher, zum Käse. Einen 1984er Portwein. Wirklich ein Klassetröpfchen, falls ich das sagen darf.»

Warum sollst du das nicht sagen, fragte sich Felicity. Oder hast du Angst, daß du es selbst sagen mußt, weil sonst vielleicht niemand es sagen könnte? Sie servierte Räucherlachs mit Avocado-Mousse und dann Lamm in Rosmarin-Portwein-Sauce mit Johannisbeergelee. Sie leerten zwei Flaschen Rotwein, und Anthony machte sich mit dem Korkenzieher über eine dritte her. Die Gesichter der beiden jüngeren Männer wurden immer röter, als sie miteinander lachten und Witze rissen; das des Vaters zitterte, die Züge strafften sich und entspannten sich wieder, wurden weicher, zerflossen, während er die Söhne beobachtete.

Felicity fragte sich, ob er sich amüsierte oder ob er sie mit derselben plötzlichen Erkenntnis betrachtete wie sie selbst. Anthony trug einen dunklen Nadelstreifenanzug und eine gewichtige Hornbrille, wie es sich für Angestellte des mittleren Managements schickte. William, der Theaterdozent, saß recht steif in einem modischen Outfit da, durch das er seine künstlerischen Ambitionen kundtat. Der Bart, die Wildlederjacke, die engen Jeans mit der männlichen Ausbuchtung an der richtigen Stelle signalisierten jedem, der es sehen wollte, daß er aus der kreativen Ecke kam und nicht bereit war, sich die Hände an den Geschmacklosigkeiten des Big Business schmutzig zu machen. Was großartig war, denn klugerweise hatte er eine junge Dame aus gutem Hause geheiratet, die ihn vor den Folgen der Tatsache schützte, daß er bislang noch keines seiner Theaterstücke verkauft hatte.

In Felicitys Kopf kamen die Gedankengebilde, die sie mühsam gezähmt hatte, in Bewegung, sie schwangen hin und her und rissen an den Vertäuungen. Ihr Leben lang hatte sie ihre großen Brüder bewundert – jetzt, beinahe ohne daß es ihr bewußt wurde, hatte sich plötzlich ein ballonartiges Gebilde mit der Aufschrift ‹Schwesterliche Ergebenheit› losgerissen. Ihr Angeber, dachte sie, ihr eingebildeten Machos. Sie hatte diese beiden wirklich einmal verehrt. Keiner von ihnen besaß auch nur das kleinste Fünkchen Originalität. Keiner von ihnen interessierte sich im geringsten für Vater oder sie oder für irgend etwas, was nicht direkt mit ihren eigenen egoistischen Belangen zu tun hatte. Warum hatten sie ihre Frauen nicht dazu gebracht, heute abend mit hierher zu kommen? Warum konnten sie nicht einfach ein Machtwort sprechen? Oder viele Machtworte? Ihr Gesicht war heiß, und sie merkte, wie ihre Hemmungen schwanden. Das Leben hatte schon einmal sein Versprechen gehalten, das konnte wieder passieren. Es *würde* wieder passieren.

Ihr Vater furzte. Laut und unüberhörbar. Der Geruch seines sich langsam zersetzenden Inneren zog über den Tisch. «Hoppla, mein Lieber», grinste Anthony, «besonders fein ist das nicht. Noch dazu in Gegenwart von Damen.»

«Er kann doch nichts dafür», sagte Felicity wütend. Sah dieser selbstgefällige Einfaltspinsel denn nicht, wie entsetzlich peinlich das für Ralph war? «Vielleicht kannst du ihm zur Toilette helfen, während ich hier den Tisch abräume?»

«Ich?» fragte Anthony fassungslos.

«Oder William – einer von euch eben.» Felicity blieb hart. Gib's ihnen. Zeig ihnen, womit du hier klarkommen mußt. Sie erhob sich und fing an, die Teller zusammenzustellen, den Tisch abzuräumen und den Nachtisch zu servieren, während die Brüder widerwillig und mit Abscheu im Blick den Vater die Treppe hinunter zum WC brachten und sich seinen Körperfunktionen widmeten.

«Mein Gott», sagte Anthony später, viel später, als die Geburtstagstorte gegessen, der Champagner getrunken und Ralph zu Bett gebracht worden war. «Ich sag dir, das möchte ich nicht öfters machen müssen.» Er starrte auf seine Hände und betrachtete sie von allen Seiten, als frage er sich, ob sich nicht vielleicht unter den Fingernägeln oder zwischen den Knöcheln Fäkalienreste des Vaters festgesetzt hatten.

«Ich muß es machen», sagte Felicity. «Ich mache es schon drei Jahre lang.»

«Aber diese Schwester Rawlins... du bist doch zufrieden mit ihr, oder?» Anthony lehnte sich in seinem Sessel zurück. «Unser alter Herr macht einen recht guten Eindruck – offenbar legt sie sich ziemlich ins Zeug.»

«Und was ist mit mir und wie ich mich ins Zeug lege?»

«Was?» Die beiden Männer starrten sie an.

«Wie gesagt.»

«Himmel, Fliss. Du glaubst doch nicht etwa, wir verstehen nicht? Was du alles aufgegeben hast...»

«Verannworttunnsefühl...», sagte William. Trotz all seiner aufgesetzten Bemühungen, sich als Bohemien zu geben, war er nie richtig trinkfest geworden.

«Natürlich verstehen wir das. Und schätzen es sehr, nicht wahr, Will?»

«Absolut. Hundertprozentig.»

«Kann mir nicht vorstellen, daß Sarah ihren Vater auf die Toilette setzt, kannst du mir glauben.»

«Schätze und bewundere es überaus, Flishh –»

«Deshalb haben wir doch auch auf Schwester Rawlins bestanden», setzte Anthony hinzu.

«Dassu bissen mehr Zeit für dich hast», nuschelte William.

«Jaja.»

Schwester Rawlins wurde von Anthony und William bezahlt. Drei Nachmittage die Woche kam sie, um Felicity zu entlasten – und ihren Brüdern das Gefühl zu geben, sich korrekt und rechtschaffen zu verhalten.

Anthony öffnete eine neue Flasche Champagner und füllte ihre Gläser. Er hob seines zu Felicity hin: «Auf dich, Schwesterherz...»

«Besse Schwesser auffer Welt», sagte William, «allerbesse.»

«...aber verrat uns doch auch, was du damit anfängst.»

«Womit?» Du besoffener Trottel, wollte Felicity sagen, was ich womit anfange? Was habe ich denn noch, womit ich etwas anfangen kann? Ihr war klar, daß sie reichlich sauer war. Es war ein herrliches Gefühl.

«Mit dieser ganzen freien Zeit, die du jetzt hast, seitdem Schwester Rawlins dir etwas von deiner Last abnimmt.»

Nichts sagen! In Felicitys Kopf blinkten plötzlich Alarmsignale auf. Sag ihnen bloß nichts. «Nichts», sagte sie. «Drei Nachmittage die Woche machen das Kraut auch nicht fett.»

«Hör mal», sagte Anthony ernsthaft, «wenn es dich wirklich runterzieht, sollten wir uns vielleicht doch nach einem Heim für ihn umsehen. Ich meine, ich war mir wirklich nicht bewußt, wie schlimm es geworden ist. Daß er so herumfurzt...»

«Und wie er ißt... Armer Teufel.» William hickste laut. «Echt ekelhaft. Weiß ja, daß er mein Vater ist, aber mir fällt kein anderes Wort dafür ein. Wie du das nur aushältst, tagein, tagaus.»

«Ich halte es aus, weil er mein Vater ist. Und er kommt nicht in ein Heim.» Felicity hämmerte mit einem der schweren silbernen Pokale, die sie als Wassergläser bereitgestellt hatte, obwohl bisher niemand etwas Nichtalkoholisches getrunken hatte, auf den Tisch ein. Die Kerzen in den dicken Leuchtern schwankten, als zöge ein Sturm durchs Zimmer.

«Ruhig, ruhig.» William drohte mit dem Finger.

«Es wäre immerhin eine Möglichkeit», sagte Anthony, wie er es seit eh und je zu sagen pflegte. «Aber wenn du immer noch nicht nachgeben willst...»

«Ich will immer noch nicht.»

«Also – was treibst du denn nun an deinen freien Nachmittagen?» Er lächelte breit und knöpfte sich die Weste auf. «Ich kenne dich doch, Schätzchen. Irgend etwas hast du doch vor, oder?» Nichts sagen! Denk daran, wie sie dich früher verraten haben: wie sie deine Puppenstubenspiele kaputtgemacht haben, wenn sie mit Kartoffelkügelchen aus ihren Spielzeugmaschinengewehren darauf geschossen haben, denk an die rosa Würmer, die sie dir ins Bett gelegt haben, an das Gekichere, wenn du ihnen deine Gedichte vorgelesen hast, denk daran, wie sie deine Kleinmädchengeheimnisse weitererzählt haben, denk an ihre vielen unbewußten Grausamkeiten und ihre Schikaniererereien. Sag ihnen nichts!

Aber gleichzeitig sah sie auch wieder vor sich, wie oft Anthony sich von ihr mit Gänseblümchenketten hatte behängen lassen, wie er ihr das erste Paar Schuhe mit hohen Absätzen gekauft hatte, wie geduldig William sich von ihr die Haare zu Zöpfen hatte flechten lassen und wie er sie auf dem Schulweg an der Hand gehalten hatte. Einmal hatte Anthony mit unendlicher Geduld eine Puppe für sie repariert, und beide hatten sie auf Partys immer wieder zum Tanzen geholt, nur damit sie nicht als Mauerblümchen herumsitzen mußte.

«Los, Fliss», drängte William, «nun sag schon. Du siehst aus, als ob du irgendein heimliches Laster vor uns versteckst.»

«Oder einen heimlichen Liebhaber», grinste Anthony.

«Supermöglichkeiten dafür hier», sagte sie bitter. «Ich bin

wahrscheinlich in der ganzen Gegend mit mindestens vierzig Jahren Abstand die Jüngste.»

«Keine Panik», sagte Anthony, «eines Tages kommt schon der Richtige.»

Du gönnerhafter Mistkerl, dachte sie. «Wann eines Tages?»

«Sag uns, was du an deinen freien Nachmittagen tust», sagte William. Sein rosa Hemd stand fast bis zu der Wölbung, die einmal seine Taille gewesen war, offen. «Du kannst uns doch vertrauen.»

«Nein.» Felicity fummelte an ihrem Weinglas herum. Nur ein ausgesprochener Schwachkopf würde William glauben. Andererseits wollte sie so gern darüber sprechen. Sie verging fast danach.

«Warum nicht?»

«Weil ihr mich auslachen würdet.»

«Auslachen? Wir? Dich? Bestimmt nicht», versprachen sie. Und Anthony, der spürte, wie verletzlich sie war, beugte sich vor und setzte mit seiner ganzen Aufrichtigkeit, die ihm in seinem Job so gute Dienste erwies, hinzu: «Du bist doch unsere kleine Schwester. Warum sollten wir dich auslachen? Wir interessieren uns doch für dich und für das, was du tust.»

Sag ihnen nichts... Doch das Warnsignal war schon schwächer geworden, Wein, Gin Tonic und Champagner hatten es gedämpft. Sie zögerte, der Ballon mit der Aufschrift ‹Selbstschutz› türmte sich noch vor ihr auf, aber dann verschwand er in den alkoholgetränkten Winkeln ihres Gehirns.

«Also, wenn ihr es wirklich wissen wollt, ich habe nämlich...» Noch jetzt, im Begriff, ihr Geständnis abzulegen, zögerte sie.

«Du hast nämlich was?»

«Ich habe etwas geschrieben.»

Seit ihrer Kindheit hatte sie immer geschrieben, Notizen, Geschichten, Artikel, Theaterstücke. Nachdem sie ihr Examen in Englisch abgelegt hatte, wäre sie gern Schriftstellerin geworden, doch da ihr klar war, daß sie ihren Lebensunterhalt verdienen mußte, hatte sie sich für die zweitbeste Möglichkeit entschieden. Verlagsarbeit. Und während sie die Idee, selbst zu schreiben, nie ganz an den Nagel gehängt hatte, hatte sie sich in die Verlagsarbeit gestürzt und sich dort mit ihrem natürlichen Spürsinn qualifiziert. Vaters Schlaganfall hatte dem zwar erst einmal einen Riegel vorgeschoben, aber als dann Schwester Rawlins kam, waren ihre langgehegten Wünsche wieder zum Leben erwacht.

«Schreiben – hm?» nickte Anthony bedächtig. «Damit hast du dich doch schon beschäftigt, als wir noch Kinder waren, oder?»

William runzelte die Stirn. Er war eifersüchtig und fühlte sich in seinem literarischen Status bedroht. «Was für eine Art von Schreiben meinst du?»

«Na ja, einen Liebesroman eben.»

«Wirklich?» Anthony schien so beeindruckt zu sein, daß er lachen mußte.

Alle Vorsicht außer acht lassend, sagte sie: «Ja. Tatsächlich bin ich mit dem ersten Durchgang schon fast durch.»

Das Manuskript wollte sie an den Verlag schicken, bei dem sie arbeitete, und zwar an eine ihrer ehemaligen Kolleginnen, von der sie wußte, sie würde ihr eine ehrliche Beurteilung und nicht nur einfach eine Absage zukommen lassen.

«Du liessuns doch hoffennlich was davon vor», sagte William. Sein Kopf wackelte ihm auf den Schultern hin und her. «Habe gar nicht gewusstass wir eine kleine Barbara Cartland hier unter uns haben.»

Anthony blinzelte ihm zu. «Genau. Lies uns was vor. Wir sind so gespannt.»

«Nein.» Jetzt bekam Felicity Angst. Sie kannte die beiden zu gut. Sie war in ihre Falle getappt, hatte sich der Lächerlichkeit preisgegeben. Sie hatte ihr eigenes künstlerisches Produkt verraten. «Kommt nicht in Frage.»

Doch William war schon aufgestanden und fing an, im Zimmer herumzuschleichen. «Wetten, daß du hier schreibst?» sagte er. «Ich würde es jedenfalls tun, das ist das wärmste Zimmer im ganzen Haus, und hier kannst du dich auch abgrenzen von allem, was sonst vor sich geht. Außerdem steht dein Computer ja auch hier.»

«Setz dich hin», sagte Felicity, «und hör auf damit.» Ich hasse dich, wollte sie noch sagen, du selbstzufriedener, aufgeblasener talentloser kleiner Wicht. «Ich werde euch gar nichts vorlesen –» aber da war es schon zu spät.

William, der das mittlere Schränkchen der Anrichte geöffnet hatte, sagte triumphierend: «Aha! Täuschen mich meine Augen, oder haben wir hier etwa ein noch unentdecktes Manuskript von Felicity Faraday, der bekannten Verfasserin von Liebesromanen?»

«Guter Name für eine Romanschriftstellerin», meinte Anthony eifrig. «Komm schon, Will, hol's her und laß es uns ansehen.»

«Nein», sagte Felicity, hin und her gerissen zwischen Stolz und Sich-verraten-Fühlen. «Bitte nicht.»

«*Vergebung aus Liebe* von –», William unterbrach sich und hob die Augenbrauen, «– von Sabrina Fairchild?»

«Stop!» Felicity versuchte, nach seinem Arm zu greifen, aber er hielt das Manuskript über ihrem Kopf in die Höhe.

«Stell dich nicht so an, Fliss», sagte Anthony, «wir sterben doch vor Neugier.»

«Vanessa liebt solche Geschichten», sagte William. Er blätterte durch die Seiten. «Himmel, da sind ja heiße Szenen, Anto. Das ist echt herzerweichend.»

«Bitte nicht», bettelte Felicity. «Bitte...» Doch sie kam sich nicht einmal selbst sehr überzeugend dabei vor. Ein Teil von ihr fürchtete, sie würden auf etwas herumtrampeln, was sie tief in ihrem Inneren empfunden und liebevoll niedergeschrieben hatte. Aber ein anderer Teil verlangte danach, zu hören, was sie von ihrem dunkeläugigen Helden hielten, von dem Mann, der ihre einsamen Stunden gefüllt hatte und der jetzt für sie so echt war, wie es eigentlich nur ein wirklicher Verehrer sein konnte. Wie leidenschaftlich hatte sie diese aufregenden Momente miterlebt, als er, der düstere Vicomte, ihre Heldin Jessamyn zum ersten Mal in den Armen gehalten hatte. Und wie schlimm war es gewesen, als er sie zugunsten der kühlen, blonden Babette dann abgewiesen hatte. Wie stürmisch war ihre Versöhnung vonstatten gegangen, und wie zärtlich hatten sie sich schließlich geküßt. Und wie mißlungen das alles war. Sie wußte es ja. Kitschzeug für Frauen wie Vanessa, in deren Leben es nichts Aufregenderes gab als den nächsten Aerobic-Kurs, den nächsten Lunch mit den Freundinnen, den nächsten Urlaub. Trotzdem hatte ihr das Schreiben Spaß gemacht, und sie hatte geglaubt, daß es trotz allem gut sein könnte. Oder zumindest, wenn schon nicht gut, dann doch etwas besser als bloß passabel. Sie hatte schon die nächste Geschichte im Kopf, die Figuren, den Handlungsverlauf.

Als William nach der ersten Seite griff, setzte sie sich. Anthony beugte sich vor und schenkte die Gläser wieder voll. Als er sich noch einmal ein dickes Stück von Vaters Geburtstagstorte abschnitt, blitzte und funkelte es von den Schatten über seinem Kopf rot wie Feuer in seinen Brillengläsern auf, und einen Moment lang wirkte er wie jemand, der direkt aus der Hölle kam. Er stopfte sich den Mund voll und sagte kauend: «Hören wir uns mal an, was Sabrina Fairchild so schreibt.»

Sie machten alles nieder. Nicht mit Worten, was vermutlich leichter zu ertragen gewesen wäre, sondern durch ihr Gelächter. Zuerst zeigte es sich nur auf ihren Gesichtern. Wie sich auf heißer Milch, wenn sie abkühlt, Haut bildet, so verzogen sich ihre Augen, Nasen und Stirnen bei dem Versuch, die Lachkrämpfe, die sie beide von innen her erschütterten, zurückzuhalten. Dann lief es zuckend und unkontrollierbar von der Nase zum Mund hinunter. Erst einer, dann auch der andere beugte sich über die Überreste des Geburtstagsmahles und wußte nicht, wohin mit seinem Lachen.

Anthony riß dem Bruder die Seiten aus der Hand und blätterte bis zum Ende weiter.

«Jessamyn – Liebste!» rief er mit lächerlichem französischem

Akzent, wobei seine Unterkiefer aus Lachen über den eigenen Witz ins Zittern gerieten. «Ach, mein Vicomte», antwortete er sich selbst mit zarter Fistelstimme, «diese ganzen vertanen Monate, da ich dachte, du würdest mich hassen.» Und nun wieder mit französischem Akzent: «Oh, nischt dooch, Angebetetää, wie könntää isch jemals disch assään.»

Felicity allerdings konnte Anthony hassen. Und tat es. Was wußten er oder William schon von dem schmerzhaften Prozeß, den es bedeutete, Wort um Wort zusammenzufügen zu einem Satz, einem Absatz, einer Seite, einem Kapitel? Was wußten sie von dem tiefen Schauer, den schöpferische Arbeit mit sich brachte, wenn aus dem Unterbewußten Worte hervorsprudelten wie ein Fluß, wenn Charaktere sich auf dem Papier entfalteten, deutlich und klar wie Tintentropfen, die von der Feder geschüttelt werden? Und hinzu kam, daß keiner von ihnen sich jemals Gedanken über sie gemacht hatte, über ihre Schwester oder das Leben, das sie führen mußte, weil sie von ihrem falsch verstandenen Pflichtgefühl, von ihrer Liebe und einer unpassenden Nostalgie gezwungen wurde, mit einem kranken alten Mann zusammenzuleben.

Was kümmert sie das schon?

In ihrem Kopf fing das ballonartige Gebilde mit der Aufschrift ‹Hemmungen› an, zu schweben und zu zerren, bis er sich endlich losgerissen hatte. Sie stieß ihren Stuhl zurück. William las laut mit bebender Baßstimme: «Er riß sie in seine Arme und drückte sie an sein Herz. Sie zitterte, als sie fühlte, wie ihre Willenskraft sich wie Wasser verflüchtigte und ihr Puls nervös zu hämmern begann. Was dieser Mann auch von ihr fordern würde, sie wußte, sie mußte es tun. Was sein starkes männliches Verlangen erheischte, sie würde es ihm gewähren.»

«Jesus», rief Anthony und schlug mit der Faust auf den Tisch. Lachtränen rollten ihm über die Wangen. «Guter Gott, Fliss, sag, daß du das nicht ernst meinst. Sag, daß es ein Witz ist.»

«Jetzt reicht es», sagte sie laut. «Genug jetzt.»

Sie beachteten sie gar nicht. Lachten und lachten. «Jessamyn, Geliebtää...», sagte William.

Sie griff nach einem der schweren Kerzenleuchter. Die Flamme flackerte.

«‹Liebster›, wisperte Jessamyn im Schutz seiner Umarmung, ‹niemand soll uns je wieder trennen.› – ‹Isch werrde disch nie mehrr verlassään...›»

«Halt die Klappe», brüllte Felicity, «halt verdammt noch mal endlich die Klappe.» Doch keiner der beiden hob auch nur den Blick, bis die immer noch brennende Kerze aus dem silbernen Kerzenleuchter auf den Tisch fiel, über seine polierte Platte rollte und dabei Wachstropfen verspritzte.

«Was in Dreiteufelsnamen –?» Jetzt sah Anthony zum ersten Mal zu ihr empor und registrierte ihren Gesichtsausdruck. Sekundenlang starrte er sie verständnislos an, dann versuchte er, seinen Stuhl zurückzuschieben. «Felicity! Um Gottes willen! Was ist denn los mit dir? Wir haben doch nur...»

Wild entschlossen holte sie zum Schlag aus und hieb zu, einmal, zweimal, genußvoll hörte sie das Geräusch platzender Haut. Das wuchtige, bleischwere Ende knirschte gegen etwas Festes. Glas splitterte, Scherben stoben in alle Richtungen.

Wieder hob sie den Leuchter empor. William versuchte zu entkommen, doch er war zu betrunken, um aufzustehen. «Nicht!» schrie er. «Fliss! Entschuldige bitte, ich wollte doch nicht...»

Sie beachtete ihn nicht. Noch einmal fuhr der Leuchter kraftvoll durch die Luft, noch einmal hörte sie den häßlichen Ton zerreißenden Stoffes, das Schmatzen, als er durch weiches Fleisch fuhr und auf einen Widerstand traf und zum Stillstand kam.

«Ihr wollt es ja nicht anders», keuchte sie. Sie fühlte sich wild und verrückt, als könnte sie sie mit bloßen Händen in Stücke reißen. «Ihr wollt es ja verdammt noch mal nicht anders!»

Sie hielt inne und betrachtete, was sie angerichtet hatte. Über das Rauschen und Pochen des Bluts in ihren Ohren nahm sie schwach die Stimme ihres Vaters wahr: «Felicity, ich habe mich naß gemacht... ich habe... Felicity, laß mich nicht allein...» Schluchzend rannte sie aus dem Zimmer.

Hinter ihr lagen die Seiten von *Vergebung aus Liebe* auf dem Teppich verstreut, die den erschrockenen Brüdern aus den Händen geglitten waren. Der Kerzenleuchter blieb dort, wo sie ihn fallen gelassen hatte. Und Anthony und William saßen schockiert und schweigend da und starrten auf Glas- und Geschirrscherben, die zwischen den zerhackten Stücken der Melone hervorschimmerten.

Deutsch von Elfi Hartenstein

Lawrence Block
LEBENSKRISE

Im Grunde genommen war das, was Royce Arnstetter passierte, nicht gerade die ungewöhnlichste Sache der Welt. Ihm passierte bloß, daß er achtunddreißig Jahre alt werden würde. Das ist etwas, was die meisten Leute irgendwann mal durchmachen, also nichts besonders Ungewöhnliches. Nur eine weitere Station auf der Straße des Lebens, irgend so ein Streckenposten in der Mitte zwischen zweiunddreißig und vierundvierzig, könnte man sagen.

Für die meisten von uns dürfte es wohl kaum das bedeutendste Ereignis des Lebens sein. Da es dem lieben Gott beliebt hat, die große Mehrheit von uns mit zehn Fingern auszustatten, schenken wir Geburtstagen, die mit einer Null enden, eine wesentlich größere Aufmerksamkeit. Na ja, es gibt natürlich auch noch ein paar andere Großereignisse – achtzehn, einundzwanzig, fünfundsechzig –, aber normalerweise sind es Zahlen wie dreißig, vierzig oder fünfzig, die einen kurz mal innehalten lassen, um sich ein paar grundlegende Gedanken über das Leben zu machen.

Für Royce Arnstetter aber war es die gute alte Achtunddreißig. Als er am Abend so gegen zehn Uhr zu Bett ging – er ging eigentlich immer um zehn Uhr zu Bett –, sagte seine Frau Essie zu ihm: «Tja, wenn du morgen früh aufwachst, wirst du achtunddreißig sein, Royce.»

«Sieht so aus», antwortete er.

Woraufhin sie das Licht ausmachte und ins Wohnzimmer zurückging, um die Wiederholung einer Folge von «Hee Haw» zu sehen. Royce drehte sich um und schloß die Augen. Und schon war er eingeschlafen. Damit hatte er eigentlich nie Probleme gehabt.

Genau acht Stunden später öffnete er wieder die Augen und war achtunddreißig Jahre alt. Er stieg leise aus dem Bett, um Essie nicht aufzuwecken, und ging ins Badezimmer, wo er sein Gesicht studierte, sozusagen als Einstimmung auf die Rasur.

«Heiliger Strohsack», sagte er. «Achtunddreißig Jahre. Mein Leben ist halb vorbei, und ich hab überhaupt noch nie irgendwas Vernünftiges gemacht.»

Obwohl relativ wenige Menschen über die Fähigkeit verfügen, das genaue Datum ihres Todes vorauszusagen, gibt es erstaunlich viele, die fest daran glauben, es bereits zu wissen. Einige stellen Risikostatistiken auf und erfinden Ausnahmeregeln. Andere sehen im Traum ihr Ende nahen und entdecken das Datum auf einer Zeitungsseite. Manche verdanken ihre Erkenntnis der Handlesekunst oder der Physiognomik oder der Astrologie oder der Numerologie oder so was Ähnlichem. (Royces Geburtstag, von dem wir bereits gesprochen haben, fiel in diesem Jahr wie in jedem anderen auch auf den vierten März. Das bedeutete, daß er astrologisch betrachtet ein Fisch war, mit Stier im Aszendenten, mit dem Mond im Löwen, der Venus im Steinbock, Mars im Stier und knapp über dreihundert Dollar auf einem Konto der First National Bank des Schuyler County. Bei seinem Bankkonto kannte er sich aus, von Astrologie aber hatte er überhaupt keine Ahnung. Ich hab's nur erwähnt für den Fall, daß Sie sich für so etwas interessieren. Natürlich hatte er Linien auf der Handfläche und eine Physiognomie im Gesicht, aber darum hat er sich im einzelnen nie gekümmert, also wüßte ich nicht, warum Sie oder ich das tun sollten.)

Schwierig zu sagen, wieso Royce darauf kam, daß er sechsundsiebzig Jahre alt werden würde. Wenn man zusammenrechnete, wie alt seine vier Großväter geworden waren, dann bekam man die Zahl zweihundertsiebenundneunzig heraus. Und wenn man die durch vier teilte (eine Arbeit, die ich Ihnen bereits abgenommen habe), dann lautet das Ergebnis vierundsiebzige-inviertel. Royces Vater war mit dreiundsechzig noch immer gut beieinander, und seine Mutter war vor einigen Jahren im Alter von einundfünfzig während eines Gewitters gestorben, als ein vom Blitz getroffener Ahornbaum auf den Wagen kippte, in dem sie gerade drinsaß.

Royce war ein Einzelkind.

Also, ich meine, man kann mit Zahlen jonglieren, bis einem die Puste ausgeht, und wird im Zusammenhang mit Royce Arnstetter auf alles mögliche kommen, nur nicht auf sechsund-siebzig. Vielleicht hat er die Zahl irgendwann mal geträumt, vielleicht hat er «The Music Man» gesehen und die Posaunen gezählt, oder vielleicht war er einfach nur besessen von der Un-abhängigkeitserklärung aus dem Jahr 1776.

Worauf ich hinauswill, ist folgendes: Es kommt überhaupt nicht darauf an, wie sich diese Idee in Royces Kopf festgesetzt hat. Aber sie war nun mal da, und zwar seit er zu denken begon-nen hatte. Wenn man sechsundsiebzig durch drei teilen könnte, hätte er vielleicht vor einigen Jahren einen ziemlich schlechten Morgen erlebt. Hätte er sich für fünfundsiebzig oder siebenund-siebzig entschieden, wäre es unter Umständen möglich gewe-sen, das Problem einfach zu übergehen, aber er hatte sich die sechsundsiebzig ausgesucht. Und selbst Royce wußte, daß die Hälfte von sechsundsiebzig achtunddreißig war. Genauso alt war er heute geworden.

Er hatte, um es mal mit den Franzosen zu sagen, die für alles ein tolles Wort haben, eine *idée fixe*. Wenn Sie jetzt glauben, daß sei so was wie eine fixe Idee, dann liegen Sie fast richtig. Gefixt und verflixt klingt irgendwie ziemlich ähnlich, und da können Sie sich ja schon denken, was es mit solchen Ideen auf sich hat.

Vielleicht können Sie's auch nicht, aber das ist sowieso nicht der Punkt. Kommen wir lieber auf Royce zurück, der immer noch vor dem Spiegel steht und sich anstarrt. Was er tat, war ziemlich normal. Er seifte sich ein und begann, sich zu rasieren.

Aber diesmal hörte er einfach auf, nachdem er sich exakt die Hälfte seines Gesichts, die Hälfte seines Halses, eine Wange, die Hälfte seines Kinns und den halben Schnurrbart rasiert hatte, und wusch sich den restlichen Schaum ab.

«Halb fertig und halb unfertig», stellte er fest.

Er sah ziemlich lächerlich aus, falls Sie das interessiert.

Wie ich schon beinahe etwas früher erwähnt hätte, ist bekanntlich das einzig Interessante an der Nummer achtunddreißig – es sei denn, man heißt zufälligerweise Royce Arnstetter – die Tatsache, daß es ein Pistolenkaliber mit der gleichen Nummer gibt. Hier könnte nun ein netter ironischer Unterton mitschwingen, zumindest beim ersten Mal, wenn ich es erwähne, aber ehrlich gesagt, ist dies eine ziemlich banale Feststellung. Das einzige Mal, daß Royce eine Pistole in die Hand genommen hat, war, als man ihn für sechs Monate in die Nationalgarde gesteckt hat, weil er nicht zur Armee wollte. Dort bekam er eine 45er Automatik, aber er hatte keine Gelegenheit gehabt, sie zu benutzen.

Was den Besitz von Schußwaffen betrifft, war Royce dennoch kein unbeschriebenes Blatt. Er besaß ein ganz hübsches Kleinkalibergewehr. Es war mal eine ganz anständige Waffe gewesen damals, als Royces Vater sie erstanden hatte. Das war, noch bevor Royce Essie Handridge geheiratet und sich eine Wohnung am Stadtrand gesucht hatte. Damals hatte er in seinem Schlafzimmer Posten bezogen, um auf Murmeltiere und Kaninchen zu schießen, die immer wieder versuchten, an die Bohnen und den Salat von seiner Ma zu kommen. Besonders oft hatte er nicht getroffen. Es war selbstverständlich immer noch die Flinte seines Vaters, und Royce hatte sie nur genommen, weil sein Vater mit dem Trinken angefangen hatte, kurz nachdem seine Mutter von dem Ahornbaum erschlagen worden war. «Letzten Freitag hab ich 'ne ganze Batterie Fenster zerschossen und kann mich noch nicht mal dran erinnern», hatte Royces Vater gesagt. «Also warum paßt du nicht eine Weile auf das Ding hier auf? Ich muß mir auch so schon genug Sorgen machen.»

Royce bewahrte die Waffe in seinem Schrank auf. Er besaß keine Munition dafür. Wofür sollte er die auch benutzen?

Das andere Gewehr war eine Worthington Kaliber 12, eine Schrotflinte für so gut wie alle Anwendungsmöglichkeiten. Royces Modell besaß zwei nebeneinanderliegende Läufe, und es gab keinerlei Automatik bei dem Ding. Nachdem man beide Patronen abgefeuert hatte, mußte man stehen bleiben, den Verschluß öffnen, die leeren Hülsen rausholen und ein paar neue Patronen reinschieben. Ein- oder zweimal im Jahr, wenn die Jagdsaison begann, ging Royce auf die Pirsch und versuchte, ein Kaninchen oder einen Fasan zu erlegen. Manchmal klappte es und manchmal nicht. Ab und zu packte ihn die Lust, es mit einem Reh zu versuchen, aber er fand keins. Seit dem Ende des Kriegs gab es nur noch sehr wenige Rehe in diesem Teil des Staates.

Grundsätzlich hatte Royce also nicht besonders viel für Gewehre übrig. Er ging lieber angeln, denn dabei stellte er sich einigermaßen geschickt an. Sein Vater war immer ein sehr guter Angler gewesen, und Angeln war so ungefähr das einzige, was die beiden gern zusammen taten. Royce war zwar nicht geschickt genug, seine eigenen Fliegen anzufertigen, weshalb sein Vater ihm ab und zu dabei unter die Arme griff, aber er konnte gut werfen und er wußte, welchen Köder man für welchen Fisch benutzen mußte, und den ganzen anderen Quatsch, den Angler wissen müssen, wenn sie die Absicht haben, was zu erreichen. Royce kannte sich damit ziemlich gut aus, und er achtete darauf, daß seine Anglerausrüstung immer hundertprozentig in Ordnung war, denn es handelte sich um absolute Qualitätsprodukte. Einiges hatte er second hand erstanden, aber es war echte Markenqualität, und er bemühte sich, die Sachen in bestem Zustand zu halten.

Wie gut er mit einer Angelrute umgehen konnte und wie er möglicherweise mit einem Gewehr hantierte, spielte letzten Endes keine Rolle, denn wie zum Henker soll man denn einen Banküberfall zustande kriegen, wenn man nur mit einer Angelrute bewaffnet ist?

Jetzt aber mal ernsthaft, ja?

Nun gut, Royce befand sich dort um zwanzig Minuten nach neun, also elf Minuten nachdem die Bank geöffnet hatte, was sie so gerechnet exakt neun Minuten zu spät getan hatte. Es war nicht nur die First National Bank des Schuyler County, es war sogar die einzige Bank überhaupt, national oder sonstwie, im ganzen Bezirk. Wenn also Buford Washburn seinen Schalter ein paar Minuten zu spät aufmachte, dann würde niemand zur Konkurrenz auf der anderen Straßenseite wechseln, weil sich auf der anderen Straßenseite nur Eddie Joe Tylers Sportgeschäft befand. (Royce hatte den größten Teil seiner Anglerausrüstung bei Eddie Joe gekauft, bis auf die Greenbriar-Angel, die er sich besorgt hatte, als George McEwans Nachlaß versteigert worden war. Sein Vater hatte die Worthington-Schrotflinte vor Jahren in Clay County von einem Mann gekauft, der sie in der Bezirkszeitung Weekly Republican annonciert hatte. Ich weiß nicht, was das mit all dem zu tun hat, aber die Flinte ist sehr wichtig, denn Royce hatte sie über der Schulter, als er in die Bank hineinmarschierte.)

Es gab nur eine einzige Angestellte hinter dem Tresen, die Kassiererin, aber es gab auch nur einen einzigen Kunden, und das war Royce. Buford Washburn saß hinter seinem Schreibtisch auf der anderen Seite des Raums und stand auf, als er Royce hereinkommen sah. «Na, so was, Royce», sagte er.

«Tja, Mr. Washburn», sagte Royce.

Buford setzte sich wieder hin. Er stand nie länger als unbedingt nötig. Er war vielleicht sechs, sieben Jahre älter als Royce, aber wenn er es bis sechsundsiebzig schaffen würde, wäre das ein absolutes Wunder, denn sein Blutdruck war so hoch wie das Getreide im Juli, und sein Bauchumfang maß schon vor dem Frühstück gut und gerne 130 Zentimeter. Außerdem trank er. Niemals vor dem Abendessen, aber danach hat man schließlich noch eine Menge Zeit, wenn man ein Nachtmensch ist.

Die Kassiererin hieß Ruth Van Dine. Als sie zwölf oder dreizehn geworden war, hatte ihre Mutter ihr vorgeschlagen, ein Korsett zu tragen, aber Ruth hatte erklärt, daß ihr das egal sei.

Ein schwerer Fehler ihrerseits, würde ich sagen. «Na, so was, Royce», sagte sie. «Was kann ich für dich tun?»

Also schob Royce sein Sparbuch über die Theke des Bankschalters. Fragen Sie mich bloß nicht, wieso er das verdammte Ding mitgebracht hatte. Ich könnte es Ihnen sowieso nicht sagen.

«Einzahlen?»

«Abheben.»

«Wieviel?»

Jeden verflixten rostigen Cent, den ihr hier in der Bank finden könnt, wollte er eigentlich sagen. Aber was dann aus seinem Mund kam, war nur: «Jeden verflixten rostigen Cent.»

«Dreihundertzwölf Dollar und fünfundvierzig Cent? Dazu kommen wohl noch einige Zinsen, denke ich. Ich werd gleich mal ausrechnen, wieviel das ausmacht.»

«Also –»

«Füllst du bitte noch eins von diesen Formularen aus, Royce? Die sind gleich dort hinter dir.»

Er drehte sich um, wollte nach den Auszahlungsvordrucken greifen, und da war plötzlich Buford Washburn, stand einfach so da. «Habt ihr heute einen freien Tag in der Sägemühle, Royce? Hab gar nichts läuten hören.»

«Nein, ich glaub schon, daß sie arbeiten, Mr. Washburn. Schätze, ich hab mir den Tag freigenommen.»

«Kann ich dir nicht verdenken, ist ein herrlicher Tag heute. Was hast du vor? Willst du auf die Jagd gehen?»

«Nicht im März, Mr. Washburn.»

«Ist wohl überhaupt keine Jagdsaison zur Zeit?»

«Keine Chance. Ich wollte das Ding hier nur zu Eddie Joe rüberbringen. Muß sich mal ein Büchsenmacher ansehen.»

«Tja, es heißt ja, Eddie Joe versteht sein Handwerk.»

«Schätze, das tut er, Mr. Washburn.»

«Was nun das Abheben von deinem ganzen Geld betrifft», sagte Buford. Er bildete sich ein, lässiger als jeder andere vom Smalltalk zum harten Geschäftsgespräch wechseln zu können.

Glaubte er wirklich. «Ich denke, es handelt sich hier wohl um eine Art Notfall.»

«So ungefähr.»

«Nun ja, vielleicht willst du es ja so machen, wie's die meisten tun, also ein paar Dollar auf dem Konto lassen, damit es nicht erlischt. Nur für alle Fälle. Sagen wir zehn Dollar? Oder du hebst einfach eine runde Summe ab, zum Beispiel glatte dreihundert Dollar. Oder –» Und er exerzierte alle möglichen Varianten durch, wie Royce einen Kredit aufnehmen könnte, um den vollen Sparbetrag zu erhalten, und wie er das Zinsaufkommen erhöhen könnte, und den ganzen anderen Kram, den ich an dieser Stelle nicht weiter ausführen möchte.

Letzten Endes lief es darauf hinaus, daß Royce dreihundert Dollar abhob. Ruth Van Dine zahlte ihm den Betrag in Zehnern und Zwanzigern aus, weil er dastand wie der Ochs vorm Berg, als sie ihn fragte, wie er es gerne hätte. Dreimal mußte sie ihre Frage wiederholen, und sie gehörte nicht zu den Mädchen, die es gewohnt sind, ihre Stimme zu heben. Und jedesmal war es, als würde sie gegen eine Wand reden, also zählte sie das Geld in Zwanzig- und Zehndollarnoten ab und händigte es ihm zusammen mit seinem Sparbuch aus. Er dankte ihr und verließ die Bank, in der einen Hand das Sparbuch und die Geldscheine, in der anderen die Worthington Kaliber 12, die er immer noch über seine Schulter gelegt hatte.

Bevor er in seinen Lieferwagen einstieg, sagte er: «Die Hälfte meines Lebens, mein Gott, die Hälfte meines verflixten Lebens.»

Dann stieg er ein.

Als er wieder zu Hause war, traf er Essie in der Küche an, wo sie gerade die Etiketten von einigen leeren Marmeladengläsern löste. Sie drehte sich um, sah ihn, drehte den Wasserhahn zu, wandte sich ihm zu und sah ihn noch mal an. «Aber Royce, Liebling, was machst du denn auf einmal hier? Hast du irgendwas vergessen?»

«Ich hab überhaupt nichts vergessen», sagte er. Was er vergessen hatte, war, die Bank zu überfallen, wie er es sich vorgenommen hatte, aber er verzichtete darauf, es zu erwähnen.

«Du bist nicht entlassen worden», sagte sie mit trauriger Stimme. (Ich hab kein Fragezeichen hinter den Satz gestellt, weil sie ihre Stimme am Ende nicht anhob. So wie sie es sagte, klang es, als ob es in Ordnung wäre, wenn Royce von der Sägemühle entlassen worden wäre, denn sie beide hätten ja immer noch die Möglichkeit, raus in den Hof zu gehen, um Dreck zu fressen. Essie hatte immer so eine lockere Art, die Dinge zu sehen, Tatsache.)

«Ich bin nicht zur Arbeit gegangen», sagte Royce. «Heute ist mein verflixter Geburtstag.»

«Na klar, das stimmt ja! Ich hab dir noch gar nicht zum Geburtstag gratuliert, aber das liegt daran, daß du schon weg warst, bevor ich aufgestanden bin. Also, herzlichen Glückwunsch zum Geburtstag und so weiter. Neununddreißig Jahre ist kein schlechtes Alter.»

«Achtunddreißig.»

«Was hab ich gesagt? Na, so was, ich hab neununddreißig gesagt. Hast du Worte. Ich weiß doch, daß du achtunddreißig geworden bist, natürlich weiß ich das. Warum schleppst du eigentlich diese Flinte mit dir herum? Ich glaub, wir haben schon wieder Ratten draußen bei den Mülltonnen.»

«Die Hälfte meines Lebens», sagte Royce.

«Meinst du nicht auch?»

«Mein ich was?»

«Daß da schon wieder Ratten bei den Mülltonnen sind.»

«Woher zum Teufel sollte ich wohl wissen, ob da Ratten bei den Mülltonnen sind?»

«Aber du hast doch die Flinte bei dir, Royce.»

Das merkte er jetzt auch gerade. Er nahm sie von der Schulter und hielt sie in beiden Händen vor sich hin, um sie anzusehen und festzustellen, daß es die schönste Sache der Welt war, gleich nach einem neugeborenen Kalb.

«Das ist deine Schrotflinte», sagte Essie.

«Das weiß ich selber. Mein halbes verflixtes Leben.»

«Was ist mit deinem halben Leben?»

«Die Hälfte meines Lebens ist vorbei», sagte er. «Und was hab ich damit angefangen, kannst du mir das sagen? Ich bin nie weiter von zu Hause weggekommen als bis Franklin County, und ich habe nicht mal dort übernachtet. Bin bloß hingefahren und wieder zurückgekommen. Die Hälfte meines Lebens, und ich bin nicht mal aus diesem verflixten blöden Staat rausgekommen.»

«Ich hab gedacht, wir würden vielleicht mal nach Silver Dollar City rüberfahren diesen Sommer», sagte Essie. «Dort sieht es aus wie in einer alten Westernstadt, die wieder zum Leben erweckt wurde. Das wäre gleich hinter der Staatsgrenze, fällt mir dabei ein.»

«Ich bin nie irgendwo gewesen, hab verflixt noch mal nie irgendwas Tolles unternommen. Hab nie eine andere Frau gekannt bis auf dich.»

«Nun ja.»

«Ich hau ab nach Paris.»

«Was sagst du?»

«Ich hau ab nach Paris, das hab ich gesagt. Ich werd Buford Washburns Bank ausrauben, und bei der Gelegenheit werde ich ihn nicht Mr. Washburn nennen. Ich hau ab nach Paris in Frankreich, kauf mir einen Cadillac so groß wie eine Lokomotive und mach alles, was ich bisher versäumt hab. Mein halbes Leben, Essie.»

Tja, sie runzelte die Stirn. Kann man ihr nicht verdenken, oder?

«Royce», sagte sie, «ich glaub, du legst dich besser mal hin.»

«Paris, Frankreich.»

«Weißt du, was ich mache», sagte sie, «ich ruf gleich mal Dr. LeBeau an. Du legst dich hin, stellst den Ventilator an. Ich mach nur noch schnell die Marmeladengläser fertig, und dann ruf ich den Doktor. Weißt du, was? Noch zwei Kisten, und wir haben den ganzen Pflaumenmus von Mutter verbraucht. Zwei Kisten mit jeweils vierundzwanzig Gläsern, das sind insgesamt noch achtundvierzig Gläser, und dann ist Schluß. Ich hätte nie gedacht, daß uns der Pflaumenmus ausgehen könnte, den sie gemacht hat, aber bald ist Schluß mit dem Mus, würde ich sagen. Hast du gehört, was ich gesagt habe? Schluß mit Mus. Das hab ich einfach so dahingesagt, ohne nachzudenken.»

Normalerweise war Essie nicht so brillant mit Worten. Manchmal vielleicht beinahe, aber meistens eher nicht. Im Moment war sie einfach besorgt, was Royce betraf, weil er sich so benahm, als wäre er nicht mehr ganz bei sich.

«Das Problem ist, daß man immer wieder in den alten Trott gerät», sagte Royce. Er sprach jetzt mehr zu sich selbst, nicht zu Essie. «Das Problem ist, daß man eine günstige Gelegenheit hat, aber plötzlich den Schwanz einzieht, bloß weil's so einfacher ist. Genau wie eben in der Bank.»

«Royce, willst du dich nicht ein bißchen hinlegen?»

«Einen verflixten Auszahlungsvordruck ausfüllen», sagte Royce.

«Royce? Weißt du, was? Du hast wirklich was Urkomisches getan heute morgen, Liebling. Weißt du, was du getan hast? Du bist losgegangen, dabei hattest du dir erst die eine Hälfte deines Gesichts rasiert. Du hast die eine Hälfte rasiert, und die andere Hälfte hast du vergessen.»

(Diesen Umstand hatten sowohl Ruth Van Dine als auch Buford Washburn bereits registriert. Und ehrlich gesagt, haben sie beide versucht, es Royce mitzuteilen, natürlich äußerst freundlich. Ich hätte es schon früher erwähnt, aber ich dachte mir, wenn ich diesen Aspekt der Geschichte andauernd wiederhole, wäre das ungefähr so interessant für Sie, wie dabei zuzusehen, wie Farbe trocknet. Aber ich mußte es an dieser Stelle erwähnen, weil Essie es ihm vorsichtig mitzuteilen versuchte, denn es waren die letzten Worte, die diese Frau jemals sprechen würde. Kaum daß sie es gesagt hatte, hob Royce seine Schrotflinte und ballerte ihr den Inhalt des einen Laufs direkt ins Gesicht. Fragen Sie mich bloß nicht, welcher Lauf es gewesen ist.)

«Jetzt gibt es nur noch eins, weitermachen», stellte Royce fest. «Alles vorbereiten und durchdenken, damit nichts Unvorhergesehenes passiert, und tun, was man tun muß.» Er ging zum Küchenschrank, holte eine Schrotpatrone heraus, öffnete den Gewehrverschluß, ließ die leere Patronenhülse rausfallen, schob die neue Patrone rein und klappte die Flinte wieder zu.

Als er sich auf den Weg nach draußen machte, fiel sein Blick auf Essie, und er sagte: «Du warst gar nicht so übel, schätze ich.»

Royce fuhr also wieder zur Bank zurück und parkte seinen Wagen direkt vor dem Eingang, obwohl dort ein Parkverbotsschild stand. Er trat in die Bank mit der zwölfkalibrigen Flinte in der Hand. Diesmal hatte er sie nicht geschultert. Mit seiner rechten Hand umklammerte er den Gewehrlauf genau in der Mitte – oder jedenfalls fast –, um sie auszubalancieren. (Es ist nicht die schlechteste Art, eine Flinte zu halten, obwohl man es nie jemandem in einem Sicherheitskurs für Waffenbesitzer beibringen würde.)

Später wurde er gefragt, ob er zu diesem Zeitpunkt vielleicht bedauert hätte, was er Essie angetan hatte. Das war eine von diesen dämlichen Fragen, die sie einem stellen, und sie war besonders dämlich angesichts der Tatsache, daß Royce mit dem Begriff «bedauern» überhaupt nichts anfangen konnte, aber ehrlich gesagt empfand er so was auch gar nicht. Er hatte eher das Gefühl, daß etwas in Bewegung geraten war.

Und in dieser Hinsicht fühlte er sich ziemlich gut. Weil er nämlich achtunddreißig Jahre lang absolut still gestanden hatte und ihm das nie aufgefallen war. Jetzt war er endlich in Bewegung geraten, und da kam es kaum noch darauf an, in welche Richtung er ging.

«Ich will jeden verflixten rostigen Cent, den ihr in dieser Bank habt!» rief er laut aus, und Buford Washburn platzte beinahe ein Äderchen im rechten Auge. Ruth Van Dine glotzte nur blöd, und die alte Cristendahl, die nur mal eben in die Stadt gefahren war, um sich die Zinsen auf ihrem Sparbuch gutschreiben zu lassen, stand einfach da und kniff die Augen zu, weil sie wohl dachte, dann könne ihr nichts Böses passieren. (Ich schätze, das hat ganz gut funktioniert. Die Frau lebt immer noch, und sie war bereits sechsundsiebzig Jahre alt, als Calvin Coolidge seine letzte Chance vergeigt hat. Die ganzen Cristendahls leben so ungefähr ewig. Glücklicherweise vermehren sie sich nicht übermäßig, sonst wäre der ganze Planet längst gerammelt voll mit Cristendahls.)

«Ihr rückt jetzt auf der Stelle das ganze Geld raus», sagte er zu Ruth. Und er wiederholte es immer wieder, und sie zitterte wie Espenlaub.

«Ich kann nicht», sagte sie endlich, «zum einen gehört die Auszahlung größerer Beträge nicht in meinen Aufgabenbereich, weshalb ich nicht zuständig bin, und außerdem ist hier noch eine Kundin vor Ihnen, die ich bedienen muß. Sie können sich höchstens an Mr. Washburn wenden.»

Und Buford sagte folgendes: «Also Royce, hör mal, Royce, du willst doch wohl erst mal diese Flinte da runternehmen.»

«Ich fahr nach Paris in Frankreich, Mr. Washburn.» Sie werden bemerken, daß er schon wieder was vergessen hatte. Er nannte ihn immer noch Mr. Washburn. Alte Gewohnheiten sind schwer zu unterdrücken.

«Royce, du hast ja immer noch nicht deine Rasur beendet. Was ist denn los mit dir, Junge?»

«Ich hab meine Frau erschossen, Mr. Washburn.»

«Royce, warum setzt du dich nicht erst mal hin, und ich hol dir ein schönes kühles Glas Mineralwasser. Hier nimm meinen Stuhl.»

Also richtete Royce das Gewehr auf ihn. «Sie geben mir jetzt besser das Geld», sagte er, «oder ich drück ab und schieß Ihnen Ihren blöden Kopf von den dämlichen Schultern.»

«Aber Junge, weiß denn dein Vater überhaupt, was du hier veranstaltest?»

«Ich wüßte nicht, was mein Pa damit zu tun haben sollte.»

«Weil dein Pa bestimmt nicht einverstanden wäre mit dem, was du gerade tust, Royce. Nun setz dich doch erst mal auf meinen Stuhl hier, hörst du?»

Ab diesem Punkt war Royce ziemlich verstimmt, und außerdem fühlte er sich plötzlich ganz schön frustriert. Da ging er los, hinterließ verbrannte Erde, indem er seine Frau umbrachte, und was passierte? Er hing hier in dieser Bank fest, wo keiner ihn ernst nehmen wollte. Was tat er also? Er schwenkte sein Gewehr durch den Raum und zerschoß das große Schaufenster. Sie glauben nicht, was das für einen Lärm machte. Als würde jemand zum Jüngsten Gericht blasen.

«Tja, jetzt hast du es also getan», sagte Buford. «Ist dir eigentlich klar, was die Glasscheibe für so ein Schaufenster kostet? Royce, mein Junge, damit hast du dir eine Menge Ärger eingehandelt.»

Und was tat Royce? Er erschoß Ruth Van Dine.

Das klingt vielleicht nicht so, als würde es besonders viel Sinn machen, aber Royce hatte seine Gründe, wenn man so weit gehen will und es unter diesem Gesichtspunkt betrachtet. Er konnte Buford nicht umbringen, dachte er sich, weil Buford der einzige war, der anordnen konnte, ihm das Geld zu geben. Außerdem hat er nicht daran gedacht, die alte Cristendahl umzulegen, weil er sie überhaupt nicht wahrgenommen hatte. (Möglicherweise, weil sie ihre Augen zusammengekniffen hatte. Vielleicht ist der Vogel Strauß doch ein ganz cleverer Bursche. Ich wäre der letzte, der das Gegenteil behaupten wollte.)

Außerdem hat Ruth ziemlich laut geschrien, und das ist Royce echt auf die Nerven gegangen.

Ehrlich gesagt, war er kein besonders guter Schütze, wie ich vielleicht vorhin schon mal angedeutet habe. Obwohl er ziemlich nah vor Ruth stand, hat er sie nicht hundertprozentig getroffen. Eine Schrotladung kann ein ziemliches Unheil verursachen, wenn sie aus so kurzer Entfernung abgefeuert wird, aber der größte Teil war an ihrem Kopf vorbeigeflogen. Das, was

getroffen hatte, genügte für seinen Zweck, aber es dauerte eine
Weile. Sie war nicht sofort tot. Es blieb noch genügend Zeit, sie
ins Schuyler-County-Memorial-Krankenhaus zu fahren und in
den OP zu schieben. Es dauerte geschlagene sechs Stunden, bis
sie starb, und manche behaupten, bei besseren Ärzten hätte sie
eine reelle Überlebenschance gehabt. Das ist eine Frage, die sich
für mich nicht stellt. Viele meinten, sie sei ohnehin schon arm
dran gewesen, als sie noch lebte. Also ist es so vielleicht am besten.

Tja, das war dann so ungefähr alles. Buford fiel in Ohnmacht,
was wahrscheinlich das Schlaueste war, was er tun konnte, und
die alte Cristendahl stand da mit zusammengekniffenen Augen,
die Finger in die Ohren gesteckt, während Royce Arnstetter hinter den Schalter ging, die Kassenschublade öffnete und damit
begann, stapelweise Geldscheine rauszuholen. Er packte das
ganze Geld auf den Tresen. Es war nicht gerade wahnsinnig viel.
Dann suchte er nach einer Tasche, worin er alles verstauen
konnte, als zwei Passanten von draußen reingestürmt kamen,
um nachzusehen, was hier los war.

Royce griff nach der Flinte und warf sie gleich darauf ange-
widert fort, denn in den Läufen befanden sich nur noch zwei
leere Patronenhülsen. Er hätte sie nicht mal neu laden können,
selbst wenn er gewollt hätte, denn er hatte völlig vergessen,
Ersatzmunition einzustecken, als er das Haus verlassen hatte.
Gerade zwei Patronen hatte er mitgenommen, und die eine war
für das Schaufenster draufgegangen, während die andere das
Lebenslicht der armen Ruth ausgeknipst hatte. Also schmiß er
das Gewehr einfach weg, stieß einen ordentlichen Fluch aus
und dachte darüber nach, was für ein totaler Versager er doch
war, weil er die erste Hälfte seines Lebens glatt verschwendet
hatte und die zweite Hälfte schon am ersten Tag vermasseln
mußte.

Vor Gericht hätte er sich gern schuldig bekannt und vielleicht
mildernde Umstände rausschinden können, aber sein junger

Pflichtverteidiger wollte aufs Ganze gehen. So kam es, wie es kommen mußte, und Royce wurde zu neunundneunzig Jahren bis lebenslänglich verurteilt, was sich für mich irgendwie verkehrt herum anhört, denn ein durchschnittliches Menschenleben endet meistens, bevor man neunundneunzig Jahre alt geworden ist, vor allem, wenn man mit dem Zählen erst im Alter von achtunddreißig beginnt.

Er wurde in das Staatsgefängnis drüben in Millersport eingeliefert. Es ist nicht ganz so weit von seinem Heimatort entfernt wie Franklin County, wo er mal gewesen war, aber damals konnte er ja auch nicht über Nacht bleiben. Diesmal ist die Übernachtung selbstverständlich inbegriffen.

Immerhin gibt's dort Leute, mit denen er sich unterhalten kann, und er lernt eine Menge. Sein Vater hat ihn ein paarmal dort besucht. Sie hatten sich nicht besonders viel zu sagen, aber wann war das schon mal der Fall gewesen? Vor allem reden sie über die Zeit, als sie zusammen angeln gegangen waren. Ist alles halb so schlimm.

Ab und zu denkt er an Essie. Aber ich weiß wirklich nicht, ob er es mit Bedauern tut.

«Ich bleib hier drin, bis ich sterbe», sagte er eines Tages. Und ein Mitinsasse nahm ihn beiseite und erzählte ihm einiges über Bewährung und Straferlaß wegen guter Führung und eine Menge andere Spitzfindigkeiten. Dieser Typ holte sogar Zettel und Bleistift hervor und rechnete Royce vor, daß er mit großer Wahrscheinlichkeit in ungefähr dreiunddreißig Jahren wieder ein freier Mann sein würde.

«Das bedeutet, daß ich dann noch fünf Jahre für mich habe», sagte Royce.

Sein Kumpel sah ihn schief an.

«Ich werde sechsundsiebzig Jahre alt», erklärte Royce. «Achtunddreißig sind schon vorbei, und dreiunddreißig kommen noch, das macht wieviel? Einundsiebzig, richtig? Sechsundsiebzig minus einundsiebzig macht fünf, hab ich recht?

Also bleiben mir noch fünf Jahre, wenn ich hier rauskomme.»
Er kratzte sich am Kopf und sagte dann: «Tja, was mach ich
denn dann mit den fünf Jahren?»

Schätze, darüber sollte er sich ein paar Gedanken machen.

Deutsch von Robert Brack

Michael Z. Lewin
DIE WAHRHEIT

Als der Junge hinter der Bar in die andere Richtung schaute, nahm Walter sich ein Glas Weißwein vom Tisch. Um seine Beute nicht sehen zu lassen, drehte er sich um und ging schnell, wenn auch nicht auffällig eilig, in den nächsten Raum.

Dort wurde er Zeuge einer Auseinandersetzung. Eine große Frau mit kupferrotem Haar und pfirsichfarbenen Wangen sagte: «Ist mir egal, Edward, ob das dein Geburtstag ist oder nicht. Ich liebe zwar Geburtstage, aber ich hasse Lügen. Und ich bin noch nie bei jemandem geblieben, der mich angelogen hat. *Noch nie.*»

Edward war groß, hatte ein Kindergesicht und bettelte: «Aber – Bran!»

«Hau ab, Edward, und komm mir bitte nie wieder unter die Augen.»

Edward sagte: «Gib mir doch wenigstens eine Chance, es zu erklären. Es war doch kein böser Wille.»

«Hast du mir eine Unwahrheit aufgetischt oder nicht?»

«Ja, Bran, das habe ich getan, aber –»

«Nichts aber. Vergiß es.» Bran wandte sich zum Gehen.

«So kannst du mich nicht behandeln!» Edward machte einen Schritt nach vorn.

Aber Walter trat schnell zwischen ihn und die kupferhaarige Frau. «Die Dame hat doch eindeutig gesagt, was sie will.»

«Hören Sie, das ist ein privates Gespräch», sagte Edward zu Walter.

«Das an einem öffentlichen Ort geführt wird, Edward. Sie benehmen sich wirklich unmöglich.»

«Wer glauben Sie denn, wer Sie sind?» fragte Edward.

«Sir Lancelot», sagte Walter. «Also verpiß dich, Freund-chen.»

Edward fuhr zurück und schien nicht abgeneigt, die Diskussion mit Walter handgreiflich werden zu lassen. Walter hätte keineswegs etwas dagegen gehabt, doch im selben Moment wankte eine etwas angeheiterte Frau herein und hängte sich an Edwards Arm.

«Ohh, Eddie», sagte sie, «jetzt wäre ich fast gefallen. Eddie, du bist meine Rettung.»

Edward mußte der Dame Hilfestellung geben, damit sie nicht zu Boden ging und ihn mitriß. «Nenn mich bitte nicht *Eddie*», sagte er.

Während Edward abgelenkt wurde, nahm Walter die etwas verwirrte Bran am Ellbogen und führte sie in das Zimmer zurück, aus dem er gerade gekommen war. An der Seite eines echten Hausgastes brauchte er niemanden zu fürchten.

«Ich hatte es nicht unbedingt nötig, daß man mich retten kommt», sagte Bran.

«Ich würde nie jemanden retten, der es nötig hat», antwortete er.

Bran stutzte, aber nur ganz kurz. Und Walter, eingedenk dessen, was er in ihrem Gespräch mit Edward belauscht hatte, sagte: «Um ehrlich zu sein, ich bin derjenige, der Hilfe brauchte.»

«Wirklich?»

«Ich bin nämlich gar nicht eingeladen. Ich habe bloß mit meinem Lieferwagen die Getränke gebracht und mitgeholfen, alles aufzubauen. Eigentlich hätte ich dann wegfahren und erst morgen wiederkommen sollen, um das Leergut wegzukarren.»

Bran trat einen Schritt zurück, um ihn zu mustern. «Haben Sie etwa im Dinnerjacket Flaschen geliefert?»

«Das Jackett habe ich zusätzlich mitgebracht», sagte Walter. «Nachdem ich meine Aufträge erledigt hatte, bin ich nicht mit dem Wagen fortgefahren, sondern habe mich nur hinten drin umgezogen.»

«Warum denn?» fragte Bran.

«Immerhin kommt es nicht alle Tage vor, daß ich mit meinem Wagen Check Point Charlie passieren und zu einem so piekfeinen Ort wie diesem hier vordringen kann. Außerdem liebe ich Geburtstagsfeste. Habe ich schon immer getan.»

«Im Ernst?» fragte Bran. Es klang zweifelnd.

«Geburtstagsfeste sind etwas so Ehrliches», sagte Walter. «Jemand, der eine Party zu seinem Geburtstag gibt, kann einfach nicht leugnen, daß er ein Jahr älter geworden ist. Wir werden alle älter. Also müssen wir, wenn wir auch nur ein bißchen Anstand haben, das Beste daraus machen. Sagen Sie, würden Sie mir einen kleinen Gefallen tun?»

Bran zog eine Augenbraue in die Höhe. «Und das wäre?»

Walter trank sein Glas leer. «Wenn es Ihnen nichts ausmacht, daß ich hier bin, ohne eingeladen zu sein, was halten Sie dann davon, mir auch noch zu einem richtigen Geburtstagsschluck zu verhelfen?»

Bran zuckte die Schultern. «Bitte. Was soll es sein? Scotch?»

«Ich dachte an Champagner», sagte Walter, «schönen prikkelnden Champagner. Für einen kräftigen Schluck von diesem Blubberzeug kann man von mir praktisch alles haben.»

«Reicht das?» fragte Bran, als sie mit einer Flasche und zwei hohen Champagnergläsern zurückkam.

«Ich komme mir vor wie im Himmel», sagte Walter. «Außer daß ich mir Sorgen gemacht habe.»

«Worüber?»

«Daß Sie mir gleich sagen werden, daß Sie das reiche verwöhnte Töchterlein von den Leuten sind, die Edward vor die Tür setzen, und daß ich mich lächerlich gemacht habe.»

«Kein Grund zur Besorgnis», sagte sie. «Ich bin bloß das arme verwöhnte ungezogene Cousinchen, und man duldet mich hier nur, weil ich so schön bin.»

Er sah sie an, als versuchte er, sie zu klassifizieren.

«Sie werden mir doch nicht etwa erzählen, daß ich nicht schön bin?» Es klang wie: ‹Es interessiert mich aber kein bißchen.›

«Nein», sagte Walter bedächtig. «Aber die Art, wie Sie aussehen, ist nicht jedermanns Geschmack. Schön ja, aber hübsch nicht. Sie erregen Aufmerksamkeit und ziehen die Blicke auf sich.»

«Wenn Sie möchten, daß man Sie für ein bißchen ungehobelt hält – sollten Sie dann nicht die großen Worte und komplizierten Gedankengänge meiden?»

«Was ‹man› von mir hält, ist mir ziemlich gleichgültig.» Es war ihm anzuhören, daß er meinte, was er sagte.

«Ent... entschuldigen Sie», murmelte Bran.

«Klingt nicht gerade so, als wäre Ihnen diese Formulierung geläufig», sagte Walter.

«Ich habe Ihnen ja gesagt, daß ich ein verwöhntes Kind bin.»

«Und daß Sie nie lügen.»

«Und daß ich nie lüge», sagte sie. «Deshalb halten viele mich für eine unbequeme Gesellschafterin.»

«Mir ist es lieber, daß ich weiß, wie ich bei jemandem dran bin, als daß ich raten muß», sagte Walter. «Die meisten Frauen sind so daran gewöhnt zu lügen, daß sie glauben, es sei ein Zeichen von Schwäche, wenn man die Wahrheit sagt.»

«Und wie ist das bei Männern?» fragte Bran.

«Noch schlimmer», sagte Walter. «Männer belügen sich selbst. Für den Fall, daß es Ihnen nicht unangenehm ist, wenn ich so einen komplizierten Gedankengang zum Ausdruck bringe...»

«Ist es mir nicht», sagte Bran.

«Eher halten Frauen mich für ein bißchen glatt», sagte Walter. «Ich habe nämlich ein Faible für Zimmermädchen und für Kellnerinnen, und die mögen es im allgemeinen, wenn man ein paar Worte mehr als nötig für sie übrig hat.»

«Und wo haben Sie diese paar Worte mehr aufgegabelt?» fragte Bran.

Damit war Walter klar, daß er sie geködert hatte. Weil sie jetzt nicht mehr ausschließlich über sich selbst redete. «Ich lese», sagte er. «Sie müssen nicht glauben, daß ich dumm bin.»

«Glaube ich ja nicht», lächelte Bran.

Walter goß Champagner nach. «Wie heißen Sie eigentlich? Sie nennen sich doch nicht etwa Guinevere?»

«Mein Taufname ist Brandy.»

«Oh.»

Sie schaute ihn an.

«Ich heiße Walter. Aber sagen Sie bitte nicht Wally zu mir.»

«Also, Wally», sagte Bran, «Sie sehen aus, als wenn Sie verheiratet wären. Sie kommen mir vor wie einer von denen, die heiraten, bevor sie herausgefunden haben, wie leicht man auch ohne den ewigen Treueschwur kriegen kann, was man will.» Sie musterte ihn. «Aber vielleicht haben Sie ja auch nicht weiter herumgesucht, weil Sie zu weich sind oder weil ein Kind da ist. Jedenfalls behaupte ich, daß Sie noch verheiratet sind – stimmt's?»

Er zögerte.

«Sie werden mich doch nicht *anlügen*?»

«Frau – ja. Kinder – nein», sagte er.

«Ganz schön clever, nicht wahr, daß ich Ihnen das angesehen habe?»

«Kann man wohl sagen», nickte er. «Aber wir leben nicht zusammen. Sie wohnt in Brighton.»

«Sie glauben doch nicht, daß mir das etwas ausmacht?»

«Vielleicht macht es Ihnen irgendwann einmal etwas aus. Aber, um beim Thema zu bleiben: Sie war zwar nicht katholisch genug, um nicht vorher schon herumzuvögeln, aber dann doch wieder zu katholisch, um sich scheiden zu lassen. Und als sie merkte, daß man an mir herumgeschnipselt hatte, fand sie das gar nicht gut.»

«Herumgeschnipselt?» Brandys Augen wirkten ratlos.

«Vasektomie», sagte er.

«Ah.»

«Wir waren keine acht Monate zusammen. Vor kurzem habe ich versucht, sie dazu zu bringen, in die Scheidung einzuwilligen, aber sie spielt einfach nicht mit. Nicht, daß ich eine andere heiraten wollte. Ich wollte einfach nur reinen Tisch machen.»

«Verstehe.»

«Langweilig, oder? Das ist manchmal das Problem mit der Wahrheit.»

«Als ich zuerst gesagt habe, daß ich arm bin, war das auch die Wahrheit», begann Brandy nun ihrerseits. «Aber wenn ich heirate, sorgt mein Papa dafür, daß ich reich werde. Er findet nämlich, daß ich zu flatterhaft bin, und möchte, daß jemand auf mich aufpaßt und daß ich ‹häuslich› werde. Es ist so eine Art Vermögensfonds – soundso viele Tausend bei Realisierung des Vorhabens, mehr nach einem Jahr, noch mehr nach dem zweiten Jahr und so weiter. Es ist im Prinzip unglaublich unglaublich.»

«Haben Sie mal daran gedacht zu heiraten?»

«Ein paarmal», sagte Brandy. «Und verlobt war ich schon siebenmal. Das Ende einer Verlobung haben Sie vorher gerade mit angesehen.»

Walter lächelte. «Haben Sie sich je in einem Lieferwagen verlobt?»

Es gibt Menschen, die niemals ganz in die Welt passen, in die sie hineingeboren wurden, Menschen, auf die ein Partner aus einem anderen Kulturkreis eine besondere Anziehungskraft ausübt. Und in England bedeutet die Tatsache, daß zwei Menschen aus verschiedenen gesellschaftlichen Schichten kommen, eine kulturelle Distanz, wie sie größer gar nicht sein könnte.

Walter und Brandy waren zwar aus unterschiedlichem Teig gebacken, aber sie waren von gleicher Art. Jeder hatte eine harte Zuckerkruste und einen weichen Kern aus Milchschokolade. Und ihre Beziehung überlebte – auch wenn sie sich selbst darüber wunderten – die erste Nacht im Lieferwagen. Sie konnten miteinander lachen, sie konnten ihre Leidenschaft ausleben. Und beide liebten das Spiel mit Dritten, wie Kätzchen ihr Spiel mit dem Ball an der Schnur.

Vom ersten Tag an war Ehrlichkeit oberstes Gebot. Immer ehrlich zu sein ist eine harte Regel, doch sie schienen sie ohne große Mühe einzuhalten. Sogar die winzigen schmerzhaften

Wahrheiten schienen sie einander nur näherzubringen. Sie blieben eine Woche zusammen, einen Monat, und noch einen. Jeder Beginn eines neuen Zeitabschnitts wurde gefeiert.

Als Brandy ihren dritten gemeinsamen Monat begoß, wurde ihr bewußt, daß diese ‹Verlobung› nun länger dauerte als jede vorherige. Und sie merkte, daß sie anfing, ernsthaft darüber nachzudenken, ob daraus nicht eine Ehe werden könnte. Sie wunderte sich selbst über diese Anwandlungen, die sie nie zuvor an sich wahrgenommen hatte. Und sie fragte sich, ob das vielleicht das war, was man unter ‹Liebe› verstand. Und außerdem fragte sie sich, ob es nicht nett wäre, wenn Walter und sie das Geld bekämen, das ihr dann aus dem Fonds ihres Vaters zufließen würde. Sie listete Orte auf, wohin sie zusammen reisen könnten. Und was sie alles unternehmen würden.

Sie brachte das Gespräch darauf, als Walter und sie über ihren Geburtstag redeten. Noch waren es Monate bis dahin, doch sie erklärte, sie hätte sich Gedanken gemacht über ein absolut unübertreffbares Geschenk.

«Und was ist das?» wollte Walter wissen.

«Ich möchte, daß wir an meinem Geburtstag heiraten», sagte sie.

«Heiraten?» wunderte sich Walter. «Bist du denn so, wie wir jetzt zusammen sind, nicht glücklich?»

«Was hast du nur?» fragte Brandy. «Möchtest du denn nicht gern viel Geld haben? Das wäre doch ein wunderbares Geschenk, oder?»

«Nur daß es sich leider nicht machen läßt», sagte er. «Ich bin doch schon verheiratet. Ich bedaure das – es gibt an diesem Punkt meines Lebens wirklich nichts, was ich mehr bedaure – aber was soll ich machen?»

«Fahr mit mir zu ihr hin», sagte Brandy. «Ich werde mit ihr sprechen. Ich kann sehr überzeugend sein.»

«Es wird nichts nützen.»

«Aber wenigstens du könntest doch noch einmal mit ihr reden. Vielleicht hat sie ja ihre Meinung geändert.»

«Sie ändert nie ihre Meinung.»

«Womöglich hat auch sie jemand neuen gefunden.»

«Bestimmt nicht.»

«Versuch es doch!»

«Gut», sagte Walter, «ich versuche es.» Und er fuhr übers Wochenende nach Brighton. Doch als er zurückkam, mußte er einen Fehlschlag vermelden. «Tut mir leid, aber so ist es nun mal.»

«Dann werden wir sie wohl umbringen müssen», sagte Brandy. «So ist es nun mal.»

Walter sah sie an und sagte: «Mein Gott!»

«Ich . . . ich habe dich doch nicht etwa schockiert –? Ich habe es nicht wirklich ernst gemeint.»

«Du hast mich nicht schockiert.»

«Du hast aber so ausgesehen.»

«Was mich schockiert hat», sagte Walter, «ist, daß ich nicht selbst darauf gekommen bin.»

Einen Tag lang sprachen sie nicht weiter davon. Jeder wollte in Ruhe darüber nachdenken.

Brandy kam zu dem Schluß, daß es gerecht wäre, wenn Walter es tun würde. Sie war daran gewöhnt, Mittel und Wege zu finden, um zu bekommen, was sie wollte. So etwas streift man nicht einfach ab. Sie war absolut dafür, daß Walters Frau noch eine letzte Chance zu einer kooperativen Lösung erhalten sollte, aber wenn sie sich weiterhin aufführte, als hätte es nie einen Heinrich VIII. gegeben, der vor langer Zeit schon die Sache mit der Ehescheidung geregelt hatte, was konnte diese dumme Gans denn anderes erwarten?

Walter machte sich klar, daß sein ganzes künftiges Leben davon abhing, ob es ihm gelänge, seine Frau um die Ecke zu bringen, oder nicht. Er liebte Brandy und er liebte die Vorstellung, Geld zu haben. Er kannte sich gut genug, um zu wissen, daß diese Kombination ihn für alle Zeiten befriedigen würde. Doch was er ebenfalls wußte, war, daß er jede kleinste Einzelheit gewissenhaft planen mußte. Was er auch tun würde, es mußte der penibelsten Untersuchung standhalten. Und zwar nicht nur, weil der in Aussicht gestellte Preis ihm so großartig schien, sondern auch, weil er sich sicher war, daß er Brandy verlieren würde, wenn sie nicht heirateten.

Als Walter und Brandy sich erneut darüber unterhielten, waren sie sich einig, daß Walter seine Frau Gladys noch einmal um die Scheidung bitten sollte. Er sollte sie fragen, ob es nicht doch irgendeinen denkbaren Weg für sie gab, sich darauf einzulassen.

«Und wenn nicht?» fragte Walter. Sein Herz klopfte wie verrückt.

«Dann machst du es, Liebster», sagte Brandy.

«Gut», sagte er, «dann mache ich es.»

Sie küßten sich, und Brandy dachte, damit sei alles erledigt.

Aber Walter befreite sich aus ihrer Umarmung. «Ich habe alles genau durchdacht», sagte er. «Um den Mord auszuführen, mich nicht erwischen zu lassen und hinterher damit zu leben, muß ich zweierlei von dir bekommen.»

Brandy machte große Augen. Sie war bisher nicht auf die Idee gekommen, daß er sie in diese Sache mit hineinziehen könnte. Sie war davon ausgegangen, daß es so sein würde wie bei der Geschichte mit dem faulenden Wassertank, den Papa in ihrer Abwesenheit geleert hatte, so daß nichts mehr von dem widerlichen Gestank zu merken war, als sie zur festgesetzten Zeit nach Hause kam.

«Ich will kein Risiko eingehen», sagte Walter. «Deshalb wird es erst mal einige Zeit dauern, bis ich alles arrangiert habe.»

«Und?»

«Und außerdem mußt du *versprechen*, daß du mir hinterher keine Fragen stellst.»

Brandy schaute ihn an. «Ist es das, was du von mir willst?»

«Ja.»

«Ach, mein Liebster, selbstverständlich werde ich dich unterstützen», sagte sie. «Und es wird alles rechtzeitig über die

Bühne gehen, so daß wir an meinem Geburtstag heiraten können?»

«Ich wüßte nicht, was dagegen spricht», sagte Walter.

Am nächsten Tag fuhr Walter von London nach Brighton. Am selben Abend rief er Brandy an und erzählte ihr, daß Gladys sämtliche Vorschläge für eine einvernehmliche Scheidung abgelehnt hatte.

«In Ordnung dann, Schatz», sagte Brandy. Und sie war so aufgekratzt, daß sie am liebsten auf der Stelle den nächsten Zug nach Brighton genommen hätte, um diese Entscheidung mit Walter auf die übliche Art zu feiern. Doch sie riß sich zusammen.

Walter mietete ein billiges Zimmer in Strandnähe. Er rechnete nicht damit, lange bleiben zu müssen. Aber dann war er in dieser Angelegenheit doch mehr als sechs Wochen von London fort.

Obwohl er es so einrichtete, daß er wenigstens einmal die Woche eine Nacht in London mit Brandy verbrachte, nahm diese Nervenprobe sie ganz schön mit. Eine Woche oder vielleicht zwei schienen ihr ein angemessener Zeitraum, um einen Mord zu planen und auszuführen. Sie wünschte sich natürlich, daß alles vollkommen narrensicher ablaufen sollte – aber was war denn nun das Problem? Warum diese Warterei?

Sie stellte ihm keine Fragen, doch die Enttäuschung war ihr anzusehen. Und Walter wurde klar, daß das Problem sich von selbst lösen würde, wenn er Gladys nicht bald umbrachte. Seine Zeit lief ab.

Also rief er sie eines Abends an, um ihr mitzuteilen, daß er nicht, wie besprochen, nach London kommen würde.

«Warum nicht?» wollte Brandy wissen.

«Frag nicht», sagte er.

Zwei Tage darauf war Walter zurück in London, mit Sack und Pack. Als Brandy ihm die Tür öffnete, streckte er ihr eine Brightoner Zeitung entgegen. Ein Artikel war rot umrandet. Die

Überschrift lautete: «Leiche einer Unbekannten am Strand gefunden».

Als Brandy ihm die Zeitung zurückgab, sagte Walter: «Alles Gute zum Geburtstag, Liebste». Er trat ein, ging in die Küche und verbrannte die Zeitungsseite.

Als sie im Wohnzimmer saßen, fing Brandy an zu weinen. Es überraschte sie beide gleichermaßen.

Sie wollte nicht mit ihm reden und sich nicht von ihm anfassen lassen. Walter wartete vergeblich, daß der Schock sich legen würde. Schließlich faßte er sie durch ihre abwehrend erhobenen Arme hindurch an den Schultern und schüttelte sie.

«Was ist los? Stimmt etwas nicht? Du mußt es mir sagen!»

«Sag, daß es nicht wahr ist!» jammerte Brandy. «Sag, daß es nicht wahr ist!»

Als Walter sie so sah, war sein Mund plötzlich ganz trocken, sein Atem ging schneller.

«Es ist nicht wahr», sagte er.

«Was?»

«Es ist nicht wahr. Ich habe Gladys nicht umgebracht.»

Mit aufgerissenen Augen starrte Brandy ihn an.

«Also, paß auf», sagte er, und er war sich nicht sicher, ob das, was er ihr zu sagen hatte, nicht schlimmer war als ein Mord, den er ihr zuliebe begangen hatte, «ich habe dich angelogen.»

«Wann?» fragte Brandy leise.

«Am ersten Abend, als wir uns kennenlernten.»

Erstaunt kniff sie die Augen zusammen.

«Du hast gesagt, ich würde verheiratet aussehen. Also habe ich gesagt, ich sei verheiratet, obwohl es gar nicht stimmt.»

«Was?»

«Ich bin nie verheiratet gewesen. Ich habe mir das bloß ausgedacht.»

«Ausgedacht?» Brandy konnte kaum begreifen, was sie hörte.

«Na ja, ich habe das damals, wenn ich irgendwelche Mädchen

112

kennenlernte, immer gesagt. Daß ich verheiratet bin und mich nicht scheiden lassen kann. Das Leben war dadurch... einfacher.»

Walter lachte.

Brandy lachte nicht.

«Aber ist es nicht eine Ironie des Schicksals, daß ich, indem ich versucht habe, das Leben zu vereinfachen, es viel komplizierter gemacht habe?»

«Es war eine Lüge, daß du verheiratet bist?»

«Genau.»

«Und alles, was du über deine Frau erzählt hast... stimmt gar nicht?»

«Bran, ich weiß genau, was es dir bedeutet, daß man immer die Wahrheit sagt. Und ich weiß auch, daß ich das Risiko eingehe, dich zu verlieren, indem ich dir das jetzt erzähle.»

«Aber», fragte sie, «was hast du eigentlich in Brighton gemacht? Und was ist das mit der Leiche aus der Zeitung?»

«Ich bin nach Brighton gefahren, um zu warten, daß irgendwann einmal etwas über eine nicht identifizierte Frauenleiche in der Zeitung stehen würde. Die wollte ich als meine Gladys ausgeben, die ich getötet hatte. Bloß – dieses blöde Brighton! Irgendwie gibt es dort doch nicht so viele Leichen. Es hat so fürchterlich lange gedauert. Du kannst dir nicht vorstellen, wie oft ich mir gewünscht habe, ich hätte Gladys irgendwo in Nottingham oder Glasgow angesiedelt. Es war wirklich nervtötend, einfach nur dazusitzen und darauf warten zu müssen, daß... daß es geschah.»

«Du hast deine Frau nicht umgebracht?»

«Es gab keine Frau, die umgebracht werden mußte.»

«Du bist nie verheiratet gewesen?»

«Nein.»

«Du hast mich also *angelogen*?»

«Ich kann nur hoffen, daß wenigstens ein Teil von dir zufrieden ist damit.»

«Du weißt ja nicht, wie ich mich jetzt fühle.»

Walter trat einen Schritt zurück. «Ich habe etwas Schlimmes getan, Bran. Mir ist klar, daß du einige Zeit brauchst, um alles genau zu durchdenken. Deshalb gehe ich jetzt. Ich werde bei meiner Mutter wohnen. Wenn du mich wiedersehen möchtest, ruf mich an. Verstehst du?»

Sie nickte.

«Und, Bran, bitte», sagte er, «vergiß nicht, wie schön wir es zusammen hatten. Wir können immer noch an deinem Geburtstag heiraten. Und ich schwöre dir: Solange ich lebe, werde ich dich nie wieder belügen.»

Brandy nahm sich Zeit, alles genau zu überdenken.

Das Problem mit dem Lügen war ganz einfach das, daß man einem Mann, der einem einmal die Unwahrheit gesagt hatte, nicht mehr trauen konnte. Daß Walter sie angelogen hatte, stand nun, da sie alles noch einmal durchdacht hatte, außer Frage. Nur: Wann hatte er das getan?

War es falsch von ihr gewesen, daß sie ihn bei ihrer ersten Begegnung, weil sie ihn intuitiv für einen verheirateten Mann gehalten hatte, in diese Rolle gedrängt hatte? Sie hatte sich in bezug auf diese Frage bisher nicht oft getäuscht. Und wenn sie auch damals recht gehabt haben sollte, log Walter jetzt. Das hieß, daß er Gladys ermordet hatte und es nur deshalb leugnete, damit sie sich nicht schlecht fühlte. Brandy war sich klar, daß sie telefonieren mußte. Sie wußte nur nicht, ob sie Walter anrufen sollte oder die Polizei.

Walter hoffte natürlich, der Anruf würde ihm gelten. Tatsache war, daß er die Unwahrheit gesagt hatte. Er hatte damals den Zimmermädchen und Kellnerinnen immer diese Geschichte aufgetischt, um zu verhindern, daß sie allzuviel von ihm erwarteten. Und als Brandy sagte, «er sieht verheiratet aus», war es ihm ein leichtes gewesen, ihr zuzustimmen. Unglücklicherweise hatte sich herausgestellt, daß Brandy keineswegs eine seiner Routinebeziehungen war.

Trotzdem hatte er hinsichtlich der Geschehnisse in Brighton gelogen. Es stimmte lediglich, daß er es bitter bereute, ‹Gladys› nicht in eine etwas gefährlichere Stadt verlegt zu haben. Wenn sie Amerikanerin gewesen wäre und in New York gelebt hätte, hätte er sie von einem Tag auf den anderen ‹ermorden› können. Täglich.

Aber er hatte sich nun einmal für Brighton entschieden. Und in Brighton hatte er darauf gewartet, daß eine anonyme Tote auftauchte. Er wartete, bis Brandy deutlich machte, daß sie einen längeren Aufschub nicht mehr tolerieren würde. Und deshalb ermordete Walter in Brighton eine fremde Frau und stieß sie ins Meer.

Zwei Tage nachdem Walter sie allein gelassen hatte, damit sie alles überdenken konnte, griff Brandy nach dem Telefon. Menschen in außergewöhnlichen Streßsituationen fallen gern in Haltungen und Verhaltensweisen zurück, die ihnen am geläufigsten sind. Da es um Grundsätzliches ging, war es für Brandy klar, daß sie nicht mit einem Mann leben konnte, der sie angelogen hatte, auch wenn es sich dabei um einen Seelenfreund wie Walter handelte. Ihr wurde nach und nach bewußt, daß es nicht darauf ankam, wann die Lüge stattgefunden hatte. Er hatte eben gelogen, folglich war er ein Lügner. Also rief sie Walters Mutter an und ließ ihm ausrichten, daß alles vorbei war.

Sie ignorierte jede Möglichkeit, sich an anderen moralischen Grundsätzen zu orientieren, und begab sich zum Geburtstagsfest einer Freundin.

In der Zwischenzeit hielt die Polizei in Brighton eine Pressekonferenz ab.

Der mit dem Fall betraute Polizeiinspektor berichtete der Regionalzeitung, er und seine Kollegen kämen im Mordfall Jeanette Simpson voran.

Es gebe Zeugen, die sie am Abend ihres Todes mit einem Mann hätten sprechen sehen. Und es schien sich dabei um denselben Mann mit Londoner Akzent zu handeln, der in einer Pension sechs Wochen lang ein Zimmer gemietet hatte. Es gab eine genaue Beschreibung dieses Mannes, ein Phantombild sowie Fingerabdrücke.

Die Polizei sei zuversichtlich, nach weiteren sorgfältigen Nachforschungen schon bald den mutmaßlichen Täter festnehmen zu können. Nur hinsichtlich des Tatmotivs tappe sie vorläufig noch völlig im dunkeln.

Deutsch von Elfi Hartenstein

Elliott Murphy
AM GEBURTSTAG
VON ELVIS PRESLEY (II)

«*Alles beginnt im Besucherzentrum unmittelbar gegenüber Graceland
Mansion am Elvis Presley Boulevard. Dort finden Sie einen bewachten
Parkplatz, die Kasse, verschiedene Serviceeinrichtungen für unsere
Gäste, zahlreiche Souvenirläden und Restaurants sowie alle verwand-
ten Museen und Attraktionen.*»
– Aus der Broschüre Elvis Presley's Graceland –
«Herzlich Willkommen in meiner Welt»

Die lange Schlange treuer Fans, schlechtgekleideter Touristen
und offensichtlich Verhaltensgestörter, die darauf warteten,
glotzend und gaffend durch Graceland latschen zu dürfen, war
der absolute Nerv. Als daher die Angestellte in ihrer kastanien-
braunen Uniform sagte, es werde noch gut vierzig Minuten
dauern, bis einer der Mini-Vans einen weiteren Schwung Wichser an Bord nehmen, zum zweiunddreißigsten Mal über den Elvis Presley Boulevard zischen und alle vor dem Eingang der
Villa absetzen würde, sah Koko Boris nur an und drehte einen
erhobenen Daumen nach unten. Als die Angestellte dies bemerkte, schlug sie vor, sie sollten die Wartezeit doch nutzen und
sich in den verschiedenen Andenkenläden umsehen. Koko zog
ihre Sonnenbrille auf die Nasenspitze herunter und sagte, sie
könnte drauf scheißen, ein Elvis-Presley-T-Shirt zu kaufen,
fragte die Angestellte aber trotzdem, was genau abging im
Jungle Room, Elvis' berühmt-berüchtigtem Arbeitszimmer, als
der King noch auf dem Thron saß; war's so was wie 'ne perma-
nente Orgie oder was? Und wo versteckte sich eigentlich Pris-

cilla, seine Ex? Die Angestellte zeigte nicht mal den Anflug eines Lächelns und redete todernst von allabendlichen Jam Sessions mit der Memphis Mafia, Elvis' Clique, auch wenn sie natürlich in ihrem ganzen Leben noch nie eine echte Jam Session gehört hatte. Boris sagte, ja, von genau der gleichen süßen Marmelade würde er auch gern was abdrücken, genau wie Elvis immer, und ließ dabei ganz langsam die Hüften kreisen, fixierte die junge Angestellte, die daraufhin gleich einen Schritt zurückwich und schon daran dachte, den Sicherheitsdienst zu rufen, wäre sie nicht fast zwanzig Zentimeter größer gewesen als die beiden schrägen Vögel vor ihr.

Es stimmte schon, die zwei waren tatsächlich klein. Genaugenommen war Boris überhaupt nur einen Hauch größer als Koko wegen der Tony-Lama-Cowboystiefel mit den hohen Absätzen, in die er völlig unmodisch seine schwarze Jeans gestopft hatte. Boris dachte, scheiß doch der Hund drauf, schließlich hatte er seine Bewährung aufs Spiel gesetzt und riskiert, in den Knast zurückgeschickt zu werden, als er mit den beschissenen – und nicht bezahlten – Stiefeln an den Füßen aus diesem Cowboyladen gerannt war, also konnte er mit den Dingern jetzt ruhig ein bißchen rumprotzen. Die dunkelroten Pythonlederstiefel waren das einzig Bunte an Boris' Aufzug: schwarze Haare, schwarze Lederjacke, weißes T-Shirt, schwarze Sonnenbrille und eine Haut, die zum letzten Mal die Sonne gesehen hatte, als Kennedy noch Präsident war; sogar die Casio-Sportuhr war schwarz, die er sich vom Beckenrand eines Freibads in Knoxville, Tennessee, gekrallt hatte. Mit seinem spitzen, rattenartigen Gesicht und den winzigen, gelben Zähnen sah Boris nicht gerade aus wie ein großer Charmeur, aber Koko sagte, sie fände ihn schon okay. Tatsächlich hatte sie ihm auch den Spitznamen Boris verpaßt, in Erinnerung an ein Haustier ihrer Kindheit: eine schwarzweiße Ratte, die in einer Toilette ersoffen war. Zum Glück war der Name hängengeblieben, denn auf gar keinen Fall würde sie mit einem kleinen Dieb und Exknacki namens Carlton Lincoln Smyte III rumhängen. War absolut nicht drin.

Kokos modischer Geschmack wurde von einem täglichen Code bestimmt, den nur sie selbst wirklich verstand. Für sie hatte jeder Tag ein Thema mit einer entsprechenden, passenden Farbzusammenstellung; heute war es Rot und Weiß wegen Elvis Presleys Geburtstag. Boris hatte gefragt, was zum Geier Rot und Weiß mit diesem Geburtstag zu tun hatten, und Koko hatte ihm einen Blick zugeworfen, als sei er so was wie ein Vollidiot, der er auch war, und konterte mit der Frage, ob er noch nie einen Geburtstagskuchen gesehen hatte, Blödmann. Er starrte ihren roten Vinylregenmantel und die weiße Hose aus Webleoparden- fell an und schüttelte den Kopf. «Beknackte Indjanerin», brum- melte er leise vor sich hin, fand immer, daß er auf der Evolu- tionsleiter ein paar Stufen über ihr stand, weil in ihren Adern ein Viertel Cherokeeblut floß. Das gebleichte, schneeweiße Haar hatte sie sich hoch auftoupiert, vielleicht damit sie wie so ein Zuckerwattedings aussah, aber das war auch schon das höchste der Gefühle, was Boris an irgendeine Party-Sache erinnerte, ganz zu schweigen von einem Scheißgeburtstagskuchen.

«Weißt du, wo ich bei dir am meisten drauf stehe, Koko?»

«Was'n?»

«Ich find's geil, wenn du dich nackt ausziehst und wenn ich dann die weißen Haare da oben und die schwarzen Haare da unten sehe, du verstehst, was ich meine, ja? Da fühl ich mich doch, als hätt ich zwei Mädels zum Preis von einer.»

«Glaub bloß nicht, daß ich dir schon die Rechnung präsentiert hab, also, warum hältst du nicht einfach die Klappe, bevor ich mir's anders überlege.»

Boris und Koko verließen gemächlich Graceland und kamen an Elvis' beiden Tour-Jets vorbei, die draußen direkt neben dem riesigen Parkplatz ausgestellt waren, beide mit den in schwarzer Farbe auf die Seitenruder aufgespritzten Buchstaben «TCOB».

«Was bedeutet'n das?» fragte Boris und zeigte auf die Flug- zeuge.

«Taking Care of Business», antwortete Koko. «Weißt du überhaupt irgendwas? Das war Elvis' Motto.»

«Sollte's jetzt wahrscheinlich ändern zu ‹Taking Care of Bullshit›, oder? Wenn du mich fragst, das hier ist doch auch nur so ein Scheißdisneyland. Wenn ich Elvis wär, ich schätze, das wär so ziemlich das Letzte, was ich wollte, all die Scheißtouris latschen über das Grab von meiner Mama und meinem Daddy – über das von seiner Grandma auch noch.»

«Ich bezweifle stark, ob Elvis überhaupt noch gecheckt hat, was er wollte», sagte Koko.

Sie waren mit dem Bus von Memphis raus nach Graceland gekommen und wollten eigentlich mit dem Bus auch wieder zurück, bis Boris dann auf dem Parkplatz das große Schild erspähte, auf dem Sicherheit für alle garantiert wurde, die dort parkten. Spontan faßte er daraufhin den Entschluß, die erste nette Karre zu klauen, die er sah, und das war ein weißer Chevy Illumina, mit dem sie dann abzwitscherten, verbotenerweise auf dem Elvis Presley Boulevard wendeten, dabei Jailhouse Rock sangen und fest davon überzeugt waren, daß der King stolz auf sie sein würde.

«Echt schade, daß wir uns die beiden Düsenflieger nicht angesehen haben», sagte Koko, als sie auf dem breiten Highway dahinrollten. «So was mußt du mal checken – zwei Flieger zu besitzen.»

«Wüßte nicht, wozu das gut sein soll, wenn du nicht auch 'nen eigenen Scheißflugplatz hast», sagte Boris. «Du brauchst immer noch irgendwen, der dir sagt, wann du starten darfst, wann du landen kannst. Da kannst du doch auch gleich mit dem Flieger von irgendwem rumdüsen – sollen die doch den Sprit blechen. Kein Mensch hat einen eigenen Flugplatz, Koko, nicht mal Elvis.»

Sie hielten ungefähr auf halber Strecke nach Memphis vor einer roten Ampel, als sie im Heck des Wagens ein Geklopfe hörten; der Krach kam aus dem Kofferraum. Boris fuhr auf das Gelände eines dichtgemachten Kentucky Fried Chicken, um die Sache zu klären. Der Parkplatz war leer, und das Schnellrestaurant war mit Brettern verrammelt.

«Ob die wohl zugemacht haben, nachdem Elvis gestorben war?» Boris lachte. «Der Typ war bestimmt ihr bester Kunde.»

«Das ist überhaupt nicht witzig», sagte Koko. «Könnte dir gar nicht schaden, selbst ein paar Pfund zuzulegen.»

Boris hatte den Wagen kurzgeschlossen und das Lenkradschloß mit einem kleinen Brecheisen geknackt, das er zu genau diesem Zweck immer in seinem Stiefel dabeihatte, also hatten sie auch keinen Schlüssel, um den Kofferraum zu öffnen. Koko stieg aus dem Wagen und ging nach hinten, beugte sich über den Kofferraumdeckel und hörte ein leises Wimmern. Sie schlug ein paarmal auf den Kofferraum und fragte, wer zum Geier ist da drin. Ein paar Sekunden später antwortete eine verängstigte Stimme.

«Ich heiße George! Verdammt, laßt mich hier raus. Irgend so ein Bastard hat mich überfallen und gezwungen, in den Kofferraum zu klettern. Dachte, der Scheißkerl bringt mich um. Ich frier mir hier drinnen den Arsch ab.»

«He, Mann», brüllte Koko. «Heute ist Elvis Presleys Geburtstag, der 8. Januar, natürlich ist's da kalt!»

«Und wer zum Henker bist du?» brüllte die Stimme zurück.

«Ich fahr nur mit deiner Karre. Hab dich aber nicht überfallen. Das muß sonstwer gewesen sein.»

Schweigen. Dann: «Läßt du mich jetzt raus oder was? Du kannst das Scheißauto behalten – mein Gott, ist sowieso nur ein Mietwagen.»

«Hab keine Schlüssel für den Kofferraum», sagte Koko. «Also haben wir hier ein Problem. Weißt du, Boris hat die Karre auf dem Parkplatz von Graceland kurzgeschlossen.»

«O Jesus», wimmerte er. «Ich hab die Schlüssel hier in der Tasche. Ich geb sie euch, wenn ihr mich rauslaßt.»

«Moment. Laß mich erst mal meinen Partner fragen, was er mit dem Schrotthaufen vorhat», sagte Koko. «Obwohl ich meine, er wollte rauf nach Anchorage fahren und seine Leute besuchen.»

«O nein! Ich werd hier drinnen erfrieren!»

«Dacht ich mir schon, daß dir das gefällt, Arschloch.»

Koko ging nach vorn und beugte sich zu Boris' Seitenfenster hinab. Boris schob eine Hand in ihre Bluse, während sie redete, und spielte mit den Trägern ihres BH, bis sie ihm auf die Pfoten schlug.

«Da hinten ist so'n Typ drin. Kommt mir nicht besonders nett vor. Faselt ein wirres Zeug, daß er von irgendwem überfallen und gezwungen worden ist, in den Kofferraum zu steigen.»

«Na und? Was hast du ihm gesagt?»

«Hab ihm gesagt, wir sind unterwegs nach Alaska, um deine Leute zu besuchen.»

«Du weißt doch, daß meine Leute in Florida leben. Wieso hast du ihm das gesagt?»

«Wollte ihm den Arsch ein bißchen auf Grundeis setzen.»

Boris lachte. «He, das ist geil. Wie lange würd's eigentlich dauern bis nach Alaska?»

Weil sie den Typen nicht da hinten reingesteckt hatten, sahen die zwei auch keinen Grund zur Eile, ihn wieder rauszuholen, und sie könnten damit genausogut warten, bis sie Memphis erreichten, und sich dann mit dem Kerl befassen.

«Was machen wir denn in Memphis?» fragte Koko. «In den Sun Studios sind wir ja schon gewesen.»

«Das Peabody Hotel, Schätzchen», sagte Boris. «Wird höchste Zeit, daß du mal diese Enten siehst, die bei denen durch die Hotelhalle watscheln.»

«Was quatschst du da? Welche Enten?»

«Die haben in dem Hotel Enten, die schlurfen zweimal täglich durchs Hotelfoyer. Die latschen direkt durch die Bar und gehen da in diesem Zierbrunnen schwimmen. Und wohnen tun sie in einem kleinen Haus oben auf dem Dach. Hab ich mal im LIFE Magazine gelesen. Wollt ich schon immer mal mit eigenen Augen sehen.»

«Enten leben nicht in 'ner Hotelhalle. Die leben in Ententeichen», sagte Koko.

«Du wirst schon sehen.»

Boris parkte den Wagen gesetzwidrig am Seiteneingang des vornehmen Memphis Peabody Hotel, sie stiegen aus und wollten schon weggehen. Doch dann drehte Boris sich um, verkeilte das Brecheisen unter dem Kofferraumdeckel und verpaßte ihm einen kräftigen Tritt mit dem Absatz seines Cowboystiefels. Wie durch ein Wunder sprang der Kofferraum auf. «Den Trick hab ich in der Army gelernt», sagte er zu Koko.

Im Kofferraum lag wie ein mit Pailletten übersätes Osterei ein fetter Weißer in einem mit Straßsteinen besetzten weißen Polyesteroverall. Er hatte schwarz gefärbte Haare, lange Koteletten und eine silberne Sonnenbrille auf der Nase. Das schwarze Augen-Make-up war über sein ganzes Gesicht verschmiert.

«Heilige Scheiße! Das ist ja Elvis!» rief Boris aus. «Wir haben den King entführt.»

Langsam schälte sich die Gestalt aus dem Kofferraum. Er flennte und wimmerte wie ein Baby, rieb sich mit den Händen das Gesicht und zerrte dann an seinen Haaren, die sich als Perücke herausstellten und die er schließlich in der Hand hielt. Er stand da neben dem offenen Kofferraum, rieb sich die Augen und jammerte.

«Jesus Christus, wie kann einem nur so was passieren! Und ausgerechnet am Geburtstag des King. Irgend so ein Bastard hat mich auf dem Parkplatz überfallen, hat mir eine ganze Dose Tränengas ins Gesicht gesprüht, hat mir die Brieftasche abgenommen und mich gezwungen, in den Kofferraum da zu steigen. Am schlimmsten ist aber, er hat diese Tausend-Dollar-Gibson-Gitarre gestohlen, die ich mir gerade erst im Andenkenladen von Graceland gekauft hatte. Ich schätze, der Kerl muß mir aus dem Laden raus zu meinem Auto gefolgt sein. Ich wußte, daß ich in diesen Klamotten nicht rumlaufen sollte, mit denen ich nur Aufmerksamkeit errege, aber ich dachte mir, wo der King doch Geburtstag hat und alles, vielleicht geben die mir einen Rabatt auf die Gitarre oder so. Und ungefähr eine halbe Stunde später klaut dann ein anderer Bastard – also, ausgerechnet eine Fotze – mein Auto und wollte mich nicht rauslassen. Kannst du dir so eine Scheiße vorstellen?» Dann wanderte Georges Blick an Boris vorbei, und da sah er Koko stehen und an ihren Nägeln kauen.

«Schätze, ich bin dann wohl die fragliche Fotze», meinte Koko. «Du hast gesagt, du gibst uns die Schlüssel, wenn wir dich rauslassen. Also, schieb sie rüber.»

George sah Boris an, der drohend das Brecheisen in einer Hand hielt.

«Klar, nehmt sie. Keine Ahnung, was ihr damit anfangen wollt.» Er gab Koko die Wagenschlüssel.

«Wir gehen jetzt auf einen Drink mit den Enten ins Peabody – hast du Lust mitzukommen?» fragte Boris.

«'scheinlich sollte ich euch die Cops auf den Hals hetzen, genau das sollt ich tun», knurrte George wütend.

«Wir haben deine Gitarre nicht geklaut, Mann», sagte Koko.

«Ja, aber mein Auto.»

«Dachte, du hättest gesagt, die Scheißkarre wäre 'n Mietwagen. Und außerdem haben wir dich doch aus dem Kofferraum gelassen, oder nicht? Wir hätten dich auch drinlassen können – du wärst erstickt oder was. Wenn du mich fragst, müßtest du uns eigentlich auf einen Drink einladen, wo wir dir doch das Leben gerettet haben und alles. Und für wen hältst du dich überhaupt, hier so rumzulaufen und einen auf Elvis zu machen? Das ist eine Beleidigung seines Andenkens, wenn du mich fragst. 'scheinlich sollte ich dir hier und jetzt die Scheiße aus dem Leib prügeln, weil du mein Baby mit dreckigen Worten beschimpft hast. Stimmt's nicht, Koko?»

«Der hat's bestimmt nicht so gemeint», sagte Koko. «'scheinlich wär jeder mies drauf, der in einem Kofferraum rumhängen mußte.»

George sah die zwei an und setzte sich sorgfältig das Toupet wieder auf.

«Scheiße, der King hat heute Geburtstag. Ich sag euch was, ich lad euch auf den Drink ein und fang den Tag noch mal ganz von vorne an... Ich denk mir, Elvis hätt's genauso gemacht.»

Sie betraten das Peabody Hotel und durchquerten die Eingangshalle zur Bar und zum Springbrunnen. George fand seine Fassung wieder und wuchs mit jedem Schritt mehr in die Elvis-Rolle. Seine Stimmlage wurde tiefer und nahm einen vollen Klang an, während sein Südstaatenakzent mit jedem Wort, das er sprach, stärker wurde. Sie gingen an der Bar zu ihrer Linken vorbei, und genau vor ihnen plätscherte der Zierbrunnen, aber es schwammen keine Enten darin herum. Es war Spätnachmittag, und die Bar war praktisch menschenleer.

«Was ist das jetzt wieder für eine Scheiße?» fragte Koko. «Du hast doch gesagt, in dem Hotel hier gäb's Scheißenten. Ich seh aber keine Enten.»

«He, Ma'am!» Boris rief die Kellnerin.

«Sir?»

«Wo sind nur die Enten?»

«Sie haben sie knapp verpaßt. Vor einer halben Stunde sind sie durch die Lobby marschiert. Sind jetzt wieder oben in ihrer Penthouse-Suite. Wenn Sie Lust haben, können Sie rauf und sie besuchen. Nehmen Sie einfach den Fahrstuhl da drüben.»

«Wie wär's vorher mit 'nem Drink?» meinte George. «In dem Kofferraum rumzuhocken hat mich mächtig ausgetrocknet.»

«Jede Wette, Sie haben sich so aufgedresst, weil Elvis heute Geburtstag hat, stimmt's?» fragte die Kellnerin.

«A wop-baba-looma!» trällerte George.

Also setzten sie sich an einen Tisch in der Bar, tranken Cherry Cokes und aßen Erdnüsse. George erklärte, daß er letzten Sommer bei einem Wettbewerb zum besten Elvis-Imitator von ganz Des Moines, Iowa, gewählt worden war, und dabei hatte er dann das Hin- und Rückflugticket gewonnen, damit er am Geburtstag des King Graceland besuchen konnte.

«Und bei diesem Wettbewerb gab's auch Punkte fürs Singen», sagte er. «Nichts von wegen lippensynchrones Playback. Die echte Sache. Ich hab ein Medley von seinem jüngeren Material gebracht, ihr wißt schon, In the Ghetto, Suspicious Minds… seine beste Zeit, wenn ihr mich fragt. Natürlich hab ich auch das Zeug aus den Sun-Sessions drauf, aber ich finde, richtig gut ist er erst geworden, als er nach Las Vegas gegangen ist. Das ist natürlich nur meine persönliche Meinung. Woher kommt ihr Leute eigentlich?»

«New Orleans», antwortete Boris. «Und Koko hier stammt aus Mississippi, stimmt's nicht?»

«Affenscheiße», sagte Koko. «Ich komme aus New Jersey, und er aus Ohio.»

«Tja, ist ja auch egal, woher ihr kommt, wir können trotzdem zusammen auf den King trinken. Immerhin hat der Mann heute Geburtstag. Wie fandet ihr Graceland? Haut einen echt vom Hocker, häh? Hab mich gefühlt, als wär ich gestorben und in den Himmel gekommen. Der Mann ist echt auf Fernseher abgefahren, häh? Drei im Wohnzimmer – genau wie der Präsident der Vereinigten Staaten. Und als ich die vier Gräber da gesehen habe – Elvis, seine Mom und sein Dad und seine Grandma –, ihr wißt ja selbst, daß sie alle überlebt hat –, echt, da wär ich fast ausgeflippt. Ich sag euch, in dem Augenblick wär ich Tatsache fast ausgeflippt. Als ich dann in den Andenkenladen gelatscht bin und die Scheißgitarre gesehen hab, da wußte ich, ich mußte sie einfach haben, auch wenn ich keine einzige Note klimpern kann. Hab der Verkäuferin meine VISA-Karte rübergeschoben, und die Sache war gegessen. Wunderschönes Instrument – hochglänzend schwarz lackiert, und sein Name als Einlegearbeit in Perlmutt auf dem Hals. Wollte sie in mein Arbeitszimmer hängen. Limitierte Stückzahl, versteht ihr. Ich hätt sie echt gern zurück.»

«Wir haben deine Gitarre nicht geklaut, Mann, nur dein Auto», sagte Boris.

«Hab ich ja auch gar nicht behauptet. Dachte nur, vielleicht habt ihr irgendwas gesehen.»

Boris kniff drohend die Augen zusammen. «Ich laß mir nicht gern was anhängen, was ich gar nicht gemacht hab.»

«Ich vermute, das ist auch praktisch unmöglich», sagte Koko. «Kommt jetzt, sehen wir uns doch mal die Scheißenten an.»

Sie fuhren mit dem Fahrstuhl auf die oberste Etage und gingen an dem verwaisten Penthouse-Ballsaal vorbei raus aufs Dach, wo der Wassertank hinter einer nachgemachten Südstaatenvilla-Fassade versteckt wurde, und dann weiter nach hinten, wo eine Entenfamilie in einem kleinen Gehege hockte und in einem Teich planschte.

«Hab's euch ja gesagt», sagte Boris.

George ging zum Rand des Daches. Ganz Memphis erstreckte sich vor ihm.

«Ich frage mich, ob man von hier wohl Graceland sehen kann?» überlegte er laut.

Boris stand nur knapp einen halben Meter hinter George am Rande des Daches, während Koko zu dem Gehege ging, sich vor die Enten hockte und dabei quakende Geräusche machte. Koko schaute auf und sah Boris und George dort stehen und quatschen, und als sie das nächste Mal wieder hinsah, stand nur noch Boris da.

«Wo ist George hin?»

«Schätze, er ist zurück nach Graceland.»

«Wie meinst'n das?»

«Ist rübergejumpt.» Boris deutete über die niedrige Mauer nach unten.

«Ist er gesprungen?»

«Schätze, ich hab ein bißchen nachgeholfen.»

«Du hast ihn geschubst!» schrie Koko. «Jesus Christus, du hast den Mann umgebracht.»

«Der ist mir auf die Eier gegangen», erwiderte Boris. «Hat mich beschuldigt, ich hätt seine Scheißgitarre geklaut. Außerdem konnte ich Elvis-Imitatoren noch nie ausstehen. Das ist mieser als Leichenfledderei, wenn du mich fragst.»

«Ich hab überhaupt nichts gehört», sagte Koko. «Wieso hat er nicht geschrien?»

«Wollte ihn eigentlich hiermit k. o. schlagen.» Boris hielt das Brecheisen hoch. «Und ihn hier oben liegen lassen, während wir mit seiner Karre abzwitschern. Wollte ihn eigentlich nicht vom

Dach schubsen – aber als ich ihm dann eins übergebraten hab, da ist er irgendwie in die Richtung gesprungen. Muß wohl so was wie 'ne Reaktion von dem Mann gewesen sein.»

«So was wie 'ne Reaktion? Du ziehst dem Mann mit 'nem Brecheisen einen Scheitel, er torkelt von dem Scheißdach hier, und du nennst das so was wie 'ne Reaktion?! Ich frage mich, wie die Memphis-Cops das wohl nennen werden?»

«Mord, würd ich mal so vermuten.»

«Kannst du einen drauf lassen.»

«Besser, wir zischen ab», sagte Boris. «Scheiß auf die Enten.»

Als er den Reißverschluß seiner Hose runterzog und dann die herrliche Erleichterung spürte, in hohem Bogen gegen die Rückwand des Hotels zu pinkeln, schwor Sheriff Opie Kadett, daß er für ein paar Tage keinen Eistee mehr trinken würde. Er vermutete, daß er deswegen auch soviel zunahm; anscheinend legte er jeden Tag fast ein Pfund zu, und sein Pistolengurt wurde langsam unerträglich eng um die Taille. Vorhin erst hatte er in knapp zwanzig Minuten zwei eiskalte Arizona Mint Peach Teas weggeputzt, und natürlich spielte seine Blase da nicht mehr mit, also war er mit seinem Streifenwagen in die Ladezone hinter dem Hotel gefahren und ausgestiegen, um pissen und dabei trotzdem noch den Polizeifunk hören zu können, falls sich irgendwas Dringendes ergab. Als er den Reißverschluß wieder hochzog, gab der Mann in der Zentrale auch tatsächlich durch, daß er rüber zu BB King's Juke Joint an der Beale Street fahren sollte, wo genau in diesem Augenblick auf dem Parkplatz möglicherweise ein Drogendeal über die Bühne ging. Opie stieg wieder in den Wagen und warf gerade den Kippschalter für das Blaulicht um, als das Wagendach auf ihn runterkrachte, ihn auf die Fußmatte nagelte.

«Heilige Scheiße!» schrie Opie.

Er kroch aus dem Auto und hoppelte blitzschnell über den Asphalt, wobei er seine Kanone aus dem Holster zog, bevor er sich umdrehte, um sich anzusehen, was auf dem Dach seines Streifenwagens los war.

«Allmächtiger!» Er brüllte und griff nach dem Walkie-talkie an seinem Gürtel.

«Opie hier. Ich hab einen Notfall.»

«Was steht an, Opie?» fragte der Mann in der Funkzentrale.

«Also... sieht so aus, als wär Elvis Presley aus dem Himmel gefallen und auf dem Dach von meinem Streifenwagen gelandet.»

«Was hast du getrunken, Opie?»

«Wieso... Eistee», antwortete er. «Was hat das damit zu tun?»

Fünfzehn Minuten später war das Peabody Hotel von kreischenden Sirenen und blitzenden Blaulichtern umzingelt, und ein Krankenwagen raste bereits zum Baptist Memorial Hospital.

Im Krankenwagen erlangte George für wenige Augenblicke wieder das Bewußtsein.

«Wo fahren wir hin?» flüsterte er.

«Ins Baptist Hospital», sagte der Arzt.

«Ins selbe Krankenhaus wie Elvis?» fragte George.

«Ja», sagte der Arzt.

George lächelte.

«Sind Sie runtergesprungen?» fragte der Arzt.

«Nein... hat mich gestoßen... die Gitarre hätt ich todsicher gern zurück...» Dann wurde die Linie auf dem Herzmonitor flach, und George war tot.

«Ich glaube, er hat eine Perücke getragen», sagte der Arzt dem Krankenwagenfahrer. «Kein Glatzkopf rennt in solchen Klamotten in der Gegend rum.»

Nachdem sein Streifenwagen abgeschleppt worden war, tat Opie sich mit Patrolman Earl Babes zusammen, einem schwarzen Cop, noch nicht lange bei der Polizei, und fuhr bei ihm auf dem Beifahrersitz mit.

«Bezweifle, daß sie noch in der Stadt sind», meinte Opie,

129

nachdem sie eine Weile herumgefahren waren. «Könnten genausogut zurück zum Revier. Mal hören, ob die Highway Patrol irgendwas gefunden hat.»

«Die Kellnerin im Peabody hat eine ziemlich gute Beschreibung der beiden Verdächtigen abgegeben», sagte Earl. «Wär nett, wenn wir sie finden könnten. Wär ein guter Schlußpunkt für den Abend. Aber wahrscheinlich haben Sie recht. Wir können auch zurückfahren, wenn Sie wollen. Sie sind der Sheriff.»

«Vorher fährst du aber noch mal kurz zum Seven Eleven da drüben, okay, Earl? Ich könnte jetzt bestimmt einen Eistee vertragen, bevor ich mit dem ganzen Scheißpapierkram anfange. Deswegen komm ich wahrscheinlich die ganze Nacht nicht ins Bett.»

Earl bog auf den Parkplatz des Seven-Eleven-Supermarkts ein und hielt neben einem weißen Chevy Illumina. Earl Babes blieb im Streifenwagen, während Opie Kadett in den Laden ging, sich ein Sixpack Lipton's Eistee Light krallte und zur Kasse ging.

Er sah das Mädchen mit der roten Vinyljacke und der weißen Hose vor dem Zeitungsregal. Sie blätterte im Hairdo Magazine. «Sie sehen aus, als hätte irgendwer Geburtstag, Ma'am», sagte Opie im Vorbeigehen, und dann hörte er die Klospülung, und Boris kam aus der Toilette gerauscht und stellte sich neben Koko. Opie Kadett bezahlte seinen Eistee und ging nach draußen zum Wagen.

«Du wirst es nicht glauben», sagte er zu Earl Babes. «Ich bin mir ziemlich sicher, daß die zwei genau jetzt da drin sind und Zeitschriften lesen.»

«Sie wollen mich verarschen», sagte Earl. Er hängte sich an den Funk und forderte Verstärkung an – sie sollten lautlos, ohne Sirene kommen. Dann explodierte die Windschutzscheibe, als Boris aus dem Laden gerannt kam und aus kürzester Entfernung die Schrotflinte auf den Streifenwagen abfeuerte, die er gerade erst dem Verkäufer abgenommen hatte. Er und Koko sprangen in den Chevy Illumina, setzten zurück und donnerten mit ungefähr achtzig Sachen vom Parkplatz auf die Straße.

Sobald Opie und Earl sich von den Glassplittern befreit hatten, nahmen sie – auch ohne Windschutzscheibe – die Verfolgung auf, und als Boris und Koko schließlich den Elvis Presley Boulevard erreichten, mußten an die zehn Streifenwagen hinter ihnen gewesen sein, alle mit jaulenden Sirenen und rotierendem Blaulicht.

«Was Beknackteres ist dir wohl nicht eingefallen», sagte Koko.

«Was? Du meinst, den Laden zu überfallen und die Flinte mitgehen zu lassen? Hat uns den Arsch gerettet, wenn du mich fragst. Uns ging sowieso die Kohle aus.»

«Das meine ich nicht. Ich meine, zurück nach Graceland zu fahren.»

«Ich fahr ja gar nicht zurück nach Graceland. Ich fahr nach Mississippi. Da kenn ich mich aus.»

«Was denn, besuchen wir jetzt Elvis' Heimatstadt Tupelo? Ganz schön heavy Tag für einen wie mich, der nicht mal auf die Musik von dem Mann steht.»

«Festhalten!» brüllte Earl, als er an der vor ihnen liegenden Kreuzung bei Rot über mehrere Ampeln donnerte.

Der erste Streifenwagen, der Boris über diese Kreuzung folgte, hatte ungefähr hundertzehn drauf. Der Cop latschte viel zu spät auf die Bremse, bohrte sich in den brandneuen Chevy Pickup, der vor der Ampel stand und darauf wartete, wenden zu können, und ließ ihn auf einen kleinen japanischen Wagen krachen, was eine gewaltige Massenkarambolage auslöste. Als Boris einen Blick in den Rückspiegel warf, konnte er sein Glück nicht fassen.

«Heilige Scheiße! Genau wie in einem Film mit Burt Reynolds», rief er begeistert. Jetzt war praktisch kein Auto mehr hinter ihnen; es war nach Mitternacht, und der Elvis Presley Boulevard war leer und verlassen.

Als Boris auf den Graceland-Parkplatz einbog, war auch dieser leer. Er lächelte Koko an. «Ich schätze, hier werden sie uns als letztes suchen, häh? Paß auf, Zuckerpüppchen, wir trennen uns hier besser. Du gehst den Boulevard runter, schnappst dir einen Bus oder ein Taxi, und wir treffen uns dann in ein paar Tagen in Tupelo. Such mich in dem kleinen Museum da unten, direkt hinter dem Haus, wo Elvis geboren wurde.»

«Du hast uns in 'ne ganz schöne Kacke geritten, Boris», sagte Koko. «War überflüssig, diesen Idioten umzulegen.»

«Kann nicht gerade behaupten, daß es mir leid tut.»

«Hätt ich auch nicht gedacht.» Boris drückte ihr einen Kuß auf die Wange, und Koko schlenderte vom Parkplatz. Als sie den Haupteingang erreichte, machte sie sich auf den Rückweg in Richtung Norden und Memphis und hielt den ersten Streifenwagen an, den sie sah. Wenige Minuten später umzingelten sie Boris, der sich auf der Treppe der Lisa Marie versteckte, dem größeren der beiden Jets von Elvis, und forderten ihn auf, sich mit erhobenen Händen zu ergeben. Boris feuerte den zweiten Lauf der Schrotflinte ab; eine heroische, wenn auch sinnlose Geste in Anbetracht der Tatsache, daß er danach keine Munition mehr hatte. Dann bekam er ungefähr fünfzehn Kugeln aus .38er- und .45er-Dienstwaffen der Polizei in Brust, Arme und Kopf, bevor er von der Treppe stürzte und unter der Tragfläche des Flugzeugs landete.

Sheriff Opie Kadett führte Koko hinüber, damit sie ihn identifizierte. In Handschellen gefesselt stand sie stumm da und starrte auf Boris' blutverschmierte Leiche hinab. «Ist das dein Freund?»

«Er ist nicht mein Freund», sagte sie. «Hab ihn vor kurzem in einem Greyhound in Virginia Beach getroffen. Hat mir erzählt, er wollte an Elvis' Geburtstag nach Graceland. Um Ihnen die Wahrheit zu sagen, er hing mir sowieso schon langsam zum Hals raus. Sieht aus wie eine Ratte, verstehen Sie?»

«Jetzt ist er eine tote Ratte», sagte Opie. «Warum hat er das arme Schwein vom Dach gestoßen?»

«Wir sind nie nach Graceland reingekommen», sagte sie. «Ich glaub, das hat ihn irgendwie stinksauer gemacht, vielleicht war er ja sogar sauer auf Elvis selbst. Und ich vermute, der Typ kam wohl noch am ehesten an den echten Elvis ran. Er hat den Flattermann für Elvis gemacht, falls Sie verstehen, was ich meine.»

«Warum seid ihr nicht ins Graceland gekommen?» fragte Opie.

«Die Schlangen waren zu lang – zu viele Touris.» Koko schaute auf Boris' von Kugeln zerfetzten Leichnam hinab und sah dann hinüber zu den beiden Düsenflugzeugen und der beleuchteten Graceland-Villa auf der anderen Seite des breiten Boulevards.

«Er hat nicht gewollt, daß es so endet.»

«Das will keiner von diesen Wichsern», meinte Opie.

«Ich hab Elvis gemeint», sagte Koko.

Deutsch von Jürgen Bürger

Tatjana Kruse
DIES NATALIS HORRIBILIS

Ich feiere keine Geburtstage mehr, auch meinen eigenen nicht. Geburtstage sind mir ein Greuel. Das war beileibe nicht immer so. Mein Werdegang führte von der fröhlichen Jubilarin, die im trauten Kreis enger Freunde und Freundinnen mit wohligem Lächeln den Geschenkeberg betrachtet, zur Geburtstagshasserin, die schon krampfartige Brechreizanfälle bekommt, wenn man das Tabuwort auch nur ausspricht – und dieser Wandel vollzog sich an einem einzigen Wochenende im tristen Monat Februar...

Mein erster Fehler war, an meinem fünfunddreißigsten Geburtstag aufzustehen und das Bett zu verlassen. Mein zweiter Fehler war, diesen Auftrag anzunehmen.

Ich sollte das vielleicht kurz erklären. Mein Leben als freiberufliche Übersetzerin war selbstgewählt und der Himmel auf Erden. Aber für Gotteslohn schenkte Gerd, der Wirt in meiner Stammkneipe, nichts aus, wie er mir unmißverständlich zu verstehen gegeben hatte. Woraufhin ich in regelmäßigen Abständen eine Anzeige in die Tageszeitung setzte. «Beglaubigte Übersetzungen zu fairen Preisen – Eilaufträge willkommen.» Auch am Tag vor meinem fünfunddreißigsten Geburtstag. Ich brauchte wieder einmal dringend Knete. Statt Knete sollte es Blutgeld heißen. Denn ich erlebte ein bizarres Abenteuer, das zwei Menschen das Leben kostete und mich gegen Beruhigungspillen immun machte.

Männer flippen ja meist in ihren Vierzigern aus, kaufen sich einen gebrauchten Porsche und stürzen sich in Begattungslaune auf alles, was mindestens zwanzig Jahre jünger ist und einen Rock trägt. Ich glaube, bei Frauen fängt das Dilemma mit dem Altern an, sobald vorne eine Drei steht. Da stellt sich uns die Sinnfrage – nur daß wir meistens dazu tendieren, Selbstfindungskurse an der Volkshochschule zu belegen oder das erste Mal zum Schönheitschirurgen zu wallfahren, anstatt knackige Knäblein ihren Wiegen zu entreißen... was andererseits immer mehr in Mode kommt.

Ich hatte mich – gewissermaßen als Geburtstagsgeschenk an mich selbst – anläßlich meines dreißigsten Geburtstages selbständig gemacht. Allen Höhen und Tiefen zum Trotz habe ich diesen Schritt nie bereut, und exakt fünf Jahre später wollte ich mit einer großen Feier mein persönliches und berufliches Jubiläum begehen. Eine handverlesene Schar mir nahestehender Menschen würde sich mit Geschenken beladen am Abend in meinem schnuckeligen Wohnbüro einfinden und auf mein Wohl prosten. Herrliche Aussichten! Wer denkt an einem frühen Samstagmorgen auch schon etwas Schlechtes?

Der Typ rief an, als ich mir gerade meinen Kaffee pur reinzog. Seine Stimme klang eindringlich: Es handele sich um vier Zeugnisse, *waaahnsinnig* eilig, gleich zu beglaubigen. Ob ich sie noch an diesem Nachmittag vorbeibringen könnte?

Wenn man in der Lokalzeitung erst einmal inseriert hat von wegen «Eilaufträge willkommen», dann kann man in einer solchen Situation nicht empört tun. Noch dazu, wenn der Reingewinn von vier Zeugnissen ausreichte, um mir einen Monat lang täglich ein Bier bei Gerd zu genehmigen. Ich sagte also trotz Partyvorbereitungsstreß «Klaro», und der Typ faxte mir den Text rüber.

Gegen 15 Uhr war ich fertig. Ich wollte die Urkunden abliefern und auf dem Rückweg die noch fehlenden Einkäufe für mein kleines Fest besorgen. Die Adresse, die er genannt hatte, lag im Industrieviertel hinter dem Hauptbahnhof. Eigentlich hätte ich eine Straßenbahn nehmen können, aber ich war zu geizig. Außerdem würde mir ein wenig Bewegung guttun, und bis acht, da wollten die ersten Gäste eintrudeln, war ja noch jede Menge Zeit. Also stiefelte ich zu Fuß los. Als ich ankam, dämmerte es bereits.

Das Haus war im postmodernen Kotzstil gebaut, hatte vergitterte Fenster und sah überdies mächtig leer aus. Aber der Typ wollte mich gleich bar bezahlen; es mußte also jemand da sein.

Ich ging hinein.

Das Treppenhaus war düster, die Beschilderung mehr als mangelhaft und der Empfang nicht besetzt. Ich rief «Hallo». Hätte ich mir sparen können. Kein Echo. Nichts.

Ich marschierte einfach drauflos. Es handelte sich offensichtlich um eines dieser mehrstöckigen Bürogebäude, das sich unzählige Einmannfirmen zusammen mit der Blondine vom Empfang teilen. *Holzmann Beratungen*, Glastür, dahinter modernstes Bürodesign. *Özal Früchteimport* mit Sicherheitsschloß. Ich wollte gar nicht wissen, welcher Art Holzmanns Beratungen waren oder was genau Özal importierte. Es herrschte gähnende Leere.

Ich landete schließlich im dritten Stock und dachte schon ans Aufgeben, aber ich brauchte das Geld – ohne Geld keine Paprikachips für meine Gäste: also weiter. Nur noch eine Tür.

Ich hätte sie nicht öffnen sollen, aber hinterher ist man ja immer schlauer. Es war eine Art Waschraum, und in der Dusche saß eine Blondine. Erst dachte ich, es wäre rotes Badesalz. Dann wußte ich, daß die Kleine in die Zeitung kommen würde. Man hatte sie abgestochen. Vielleicht hatten *Holzmann Beratungen* oder *Özal Früchteimport* ihr schöne Augen gemacht, und die Blondine hatte geantwortet: nur über meine Leiche. Der Kerl hatte sie beim Wort genommen.

Ich hätte gleichzeitig schreien und mich übergeben können – was ich übrigens schon mal geschafft habe –, aber in diesem Moment schlug unüberhörbar eine Tür zu.

Innerhalb weniger Sekunden war ich trotz meiner Fülle drei

Stockwerke nach unten gesprintet und rüttelte an der Eingangs-
tür. Verschlossen.

Ich war mit einer noch warmen Toten allein in einem fremden
Bürogebäude.

Da ging das Licht aus.

Ich hasse die Dunkelheit. Ich wünschte, ich hätte mir als Kind
nicht so viele Gruselfilme angeschaut. Doch für diese Erkenntnis war es nun zu spät.

Ich tastete mich an der Wand lang. Alle Türen waren verschlossen, alle Fenster vergittert. Selbst wenn ich dreißig Kilo
weniger auf den Knochen gehabt hätte, wie es meine wohlmei-
nende Schwester Inka stets näselnd und «nur zu deinem Besten,
Kind» von mir forderte, hätte ich mich nicht durch die Gitter-
stäbe zwängen können.

Nicht nur, daß ich an kein Telefon kam, ich konnte mich nicht
einmal aus einem Fenster lehnen und um Hilfe rufen. Scheiße.
Ich tastete mich zurück zum Haupteingang. Vielleicht wenn ich
mich mit aller Kraft gegen die Tür warf? Hundert Kilo Lebend-
gewicht plus die Kraft der Beschleunigung mußten doch etwas
ausrichten können...

Plötzlich meinte ich trotz finsterster Dunkelheit aus den Au-
genwinkeln eine Bewegung wahrzunehmen. Und tatsächlich,
leise quietschend öffnete sich die Tür, und ein schwarzer Pisto-
lenlauf wurde sichtbar.

Vor Schreck stand ich wie festgefroren – und das war gut so.
Ich bin Übersetzerin, kein *Magnum*-Verschnitt und hätte gegen
die beiden Polizeibeamten keine Chance gehabt, auch wenn die
ihrerseits in Hollywood nicht mal als Drittbesetzung in Frage
gekommen wären.

Es sei ein anonymer Anruf eingegangen, erzählten sie mir:
Eine Frau fühle sich an Leib und Leben bedroht. Sie hielten mich
für die Frau. Ich fing gar nicht erst mit langen Erklärungen an,
sondern führte die beiden zur Leiche.

Daraufhin kam schnell Leben in die Bude.

Der Kommissar, der mich verhörte, hatte eine exorbitant erotische Ausstrahlung – war zumindest seine Meinung. Er trug Jeans und Leder und wollte wohl den Eindruck eines Mannes vermitteln, der klar das Tier in sich sieht und sich dessen nicht schämt. Der Gute hätte als Undercover-Zuhälter zur Sitte gehen sollen, nicht zum Morddezernat. Er lehnte sich zu mir und hüllte mich in eine Wolke von konzentriertem Versagerschweiß. «Finden Sie das nicht auch komisch?»

Nein, ich fand es absolut nicht komisch, daß ich kein Alibi, dafür aber ein Motiv hatte. Die Tote war mir nämlich nicht unbekannt, wie sich schnell herausgestellt hatte: Es handelte sich nicht um die blonde Unschuld vom Empfang, wie ich geglaubt hatte, sondern um die jüngste Frau im Gemeinderat, eine stadtbekannte Nachwuchspolitikerin. Vor geraumer Zeit hatte sie sich vehement gegen das Frauenprojektehaus gewehrt, für das ich zusammen mit ein paar Frauengruppen kämpfte. Der Lokalredakteur hatte sie dafür als eine Frau gerühmt, *«die sich nicht schubladisieren läßt und die Frauen nicht ins Ghetto abdrängen will»*. Mich hatte er mit den Worten zitiert: *«Ohne sie im Gemeinderat wären wir besser dran. Es wird Zeit, daß sie abtritt. Oder abgetreten wird.»*

Offensichtlich hatte der Kommissar diesen Artikel gelesen und auswendig gelernt. Er grinste mich schmutzig an. Ich wußte genau, was er dachte: Eine Frau, die nach dem Fund einer blutüberströmten Leiche nicht hysterisch wird und in ein Spitzentüchlein schneuzt, ist a) keine richtige Frau und b) mit an Sicherheit grenzender Wahrscheinlichkeit schuldig. Er rechnete wohl damit, daß ich jeden Augenblick zusammenbrechen und alles gestehen würde – wie bei Derrick.

Trottel wie diesen sollte man perforieren und zu Toilettenpapier verarbeiten. Ich erwartete schon Einzelhaft bei Wasser und Brot in der Dunkelzelle, aber nachdem ich meine Aussage gemacht hatte, durfte ich nach Hause.

Meine Wohnung, besser gesagt: mein Wohnbüro, ist eine Mischung aus Müllkippe und Imbißbude, und wenn Fremde in mein Badezimmer gehen, haben sie immer Angst, sich was zu holen. Aber ich fühle mich wohl, und das ist die Hauptsache. Wir können nicht alle wie die Meister-Proper-Mutti aus der Werbung leben.

Ich griff zum Hörer und rief meine Freundin Anneli an. Die Frau hat Haare auf den Zähnen und einen perversen Humor, der vorzugsweise auf meine Kosten geht, aber irgendwas fesselte mich dennoch an sie: Wahrscheinlich war ich in einer früheren Inkarnation ihr Folterknecht und mußte dieses Karma jetzt mühsam abarbeiten.

«Hör zu, du mußt mir einen Gefallen tun. Ich habe eben eine Leiche entdeckt.»

Sie kicherte. «Und ich soll sie jetzt wegschaffen? Vergiß es. Aber ich besuch dich gern im Knast und bring einen Kuchen mit eingebackener Feile mit.»

«Nein, ehrlich.» Ich versuchte, ihr die Zusammenhänge möglichst unmißverständlich klarzumachen. Schon im dritten Anlauf kapierte sie, daß ich nicht zu scherzen beliebte.

«Mein Gott, das ist ja Horror pur. Geht's dir gut? Soll ich vorbeikommen?»

«Du kennst mich doch, ich bin unverwüstlich... aber könntest du bitte Carolyn, Iris und die ganze Horde anrufen und für heute abend absagen? Mir ist jetzt echt nicht nach Feiern zumute.»

Ich legte mich aufs Bett und nahm meinen alten Stoffteddy in den Arm. Rasch rutschte ich in eine Spitzenklassendepression ab. Nicht nur, daß ich jetzt 35 Jahre alt war, Falten bekam und mir die Haare färben mußte, ich hatte auch meine erste Leiche gesehen, und das war keineswegs so appetitlich wie auf einem meiner zahlreichen Videos. Nach einer feuchten halben Stunde und einer großen Tasse heißer Milch mit Honig fühlte ich mich wieder gut.

Das war ein Fehler.

Alpträume sind meine Art, mich auf den nächsten Tag vorzubereiten. Manche Leute joggen. Ich träume schlecht.

Als ich aufwachte, war es bereits Mittag, und ein vorwitziger Sonnenstrahl kitzelte meine Nase. Sonntagslaune wollte sich allerdings nicht einstellen. Ich war 35 Jahre und einen Tag alt und hatte es in diesem kurzen Leben bereits auf berufliche Selbständigkeit, Exlover in zweistelliger Höhe und eine Leiche gebracht.

In der Sonntagsausgabe unserer Zeitung, die mein Zusteller in neun von zehn Fällen zu einer unförmigen Masse zerknautscht in meinen Briefkasten quetscht, kam der Fall groß raus:

«Gemeinderätin brutal ermordet». Der Schmierfritze schreckte zwar davor zurück, mich namentlich zu nennen, aber er verdächtigte *«eine uns allen bestens bekannte Gestalt der autonomen Frauenszene».* Irgend jemand wollte mir was reinwürgen. Aber wer?

Um besser nachdenken zu können, bestellte ich eine Pizza. Klar, ich hätte mir auch was kochen können, aber wenn Gott wollte, daß Frauen kochen, warum hat er dann den Pizza-Expreß erfunden? Eben.

Ich hatte gerade das erste Viertel meiner megascharfen Pepperoni-Pizza verdrückt, als es klingelte. Kein anderer als Monsieur le Commissaire höchstpersönlich stand mit aufregenden Neuigkeiten vor meiner Tür: Ich war immer noch die Hauptverdächtige Nummer eins.

Ich bat ihn herein.

Nach einem kurzen Rundblick über das Chaos lehnte der Kommissar es ab, sich zu setzen.

«Ich habe Ihnen doch gesagt, daß ich dort nur eine Übersetzung abliefern wollte. Das Fax mit dem Auftrag liegt Ihnen vor!» Ich klang patzig. Das tue ich immer, wenn meine Stimmbänder vor Angst bibbern.

«Richtig. Das Fax. Die Nummer auf der Telefax-Übertragung Ihres ominösen Auftraggebers gehört einem Immobilienberater. Raten Sie mal, wo sich das Büro dieses Mannes befindet.» Die Frage war rein rhetorischer Natur. «Genau! Im fraglichen Gebäude. Leider hat der Gute sowohl für die Sendezeit des Telefaxes als auch für den Mord ein wasserdichtes Alibi: Er befand sich, zusammen mit einem Richter und zwei hohen Beamten des Wirtschaftsministeriums auf Rudelschwof im Hochsauerland.»

Der Kommissar lächelte süffisant, während er mir das erzählte, und inspizierte dabei mit abgespreizten Fingern das Mikrobiotop einer getragenen Tennissocke, die auf der Couch lag.

«Ich muß wohl nicht erst erwähnen, daß Sie Stuttgart derzeit nicht verlassen dürfen. Offiziell besteht zwar kein dringender Tatverdacht, aber ich würde Sie gern in meiner Nähe wissen.»

Der Typ war ein Geschwür am Gesäß der Menschheit. Wenn ich nicht die nächsten dreißig Jahre die Welt aus einer vergitterten Perspektive betrachten wollte, mußte ich die Sache selbst in die Hand nehmen.

«Das ist doch wohl nicht dein Ernst? Wenn du Nervenkitzel brauchst, dann mach doch mal ohne Gummihandschuhe und Mundschutz unter deinem Bett sauber.»

Anneli klang entgeistert. «Meinst du nicht auch, daß du langsam in ein Alter kommst, in dem man auf solche Albernheiten verzichten sollte?»

Anneli ist achtzehn Monate jünger als ich und spielt gern darauf an, daß ich – im Gegensatz zu ihr – quasi schon mit einem Bein im Seniorenheim stehe, wo man mich wegen galoppierender Alterssenilität in eine isoliert liegende Gummizelle sperren wird.

«Soll ich vielleicht Däumchen drehen, während der Henker schon sein Beil schleift?»

«Jemand sollte dir schleunigst deine Videosammlung wegnehmen – du siehst dir zuviel Schund an. Anständige Mädels laufen nicht einfach los und krallen sich die bösen Buben. Das hier ist das wahre Leben.»

«Genau, und es ist *mein* Leben. Ich will nicht als einer der großen Justizirrtümer der Geschichte in die Annalen dieser Stadt eingehen.»

«Du bist total meschugge. Wenn mich einer fragt, werde ich behaupten, dich nicht zu kennen.»

«Klunte!»

«Tussi!»

Wir warfen unsere Hörer zeitgleich auf die Gabel. Derart liebevolle Frotzeleien gehörten zu unserem Alltag wie Marmelade in einen Berliner. Sollten alle Stricke reißen, würde Anneli mich trotzdem im Knast besuchen, da war ich mir sicher. Allerdings würde sie sich in einen Tschador vermummen, um von niemandem erkannt zu werden, und mir dann genüßlich von den Freuden der Freiheit erzählen...

Apropos Gitter: Warum waren in diesem unheimlichen Bürogebäude alle Fenster vergittert? Mal ganz abgesehen davon, daß so was feuerpolizeilich verboten gehört, roch es auch verdächtig nach illegalen Aktivitäten. Ich beschloß, mich dort noch mal näher umzusehen.

Eine Freundin von mir hat mir kurz vor der Trennung von ihrem Ex, einem Schlosser, einen Satz Dietriche besorgt. Die beiden haben sich übrigens aus religiösen Gründen getrennt: Er hielt sich für Gott, und sie war anderer Meinung. Als er ihr das letzte Mal lautstark klarmachen wollte, wo seiner Meinung nach der Platz einer Frau zu sein habe, hat sie statt Worten Taten sprechen lassen: Seither muß er aus einer Schnabeltasse trinken. Das war noch in der guten alten Zeit, als wir die Toiletten im Rathaus stürmten und unsere Parolen an die Wand sprühten. Jetzt kamen mir die Dietriche gerade recht.

Eine Wache stand an diesem Sonntag nicht vor dem Ort des Geschehens. Nur ein Streifenwagen mit zwei Milchbubis kreuzte wie ein Sputnik um den Block. Es war fast zu einfach. Ich murmelte *Jetzt ganz tapfer sein* in meinen nicht vorhandenen Damenbart und pirschte los.

Die Büros im Erdgeschoß wirkten allesamt wie geklont: aufgeräumter Hauptraum mit funktionalem Schreibtisch und welker Zimmerpflanze, unaufgeräumter Nebenraum mit meist fest verrammelter Verbindungstür zum Nachbarbüro.

Im ersten Stock war besagter Immobilienberater beheimatet. Überraschung, Überraschung: Die Tür war unverschlossen.

Ich inspizierte die Räumlichkeiten: Einheitsschreibtisch, ergonomischer Schreibtischstuhl in dezentem Schlammgrün, ein in letzten Zügen liegender Gummibaum, und in dem winzigen Nebenraum eine Kaffeemaschine mit eingebrannten Kaffeeresten in der Kanne. Die Tür zum Nachbarbüro verschlossen. Sollte das wirklich alles gewesen sein?

Da fiel mein wachsames Auge auf sein Fax. Technisch bin ich zwar eine Null, aber es langt gerade so, um ein Kommunikationsjournal ausdrucken zu lassen. Ratternd spuckte die Maschine ein Blatt mit zwanzig Zeilen aus. Meine Nummer stand auch drauf – als letzte.

In diesem Augenblick klingelte das Telefon, und fast gleichzeitig schaltete sich der Anrufbeantworter ein. Er war auf *Mithören* geschaltet, und ich lauschte der atemlosen Stimme eines Mannes, der dringend-dringend-dringend um Rückruf bat: irgendeine Ost-Immobilie mache Scherereien.

Als er einhängte, kam mir eine Idee: Ich drückte auf den Knopf zum Test der Ansage. Eine mir bekannte Stimme meinte: *Sie sind mit dem Büro von Immobilienmakler Ernst O. von Gessmann verbunden. Leider ist das Büro vorübergehend nicht besetzt, Sie können aber...* bla, bla, bla. Ich kannte die Stimme. Sie gehörte meinem dubiosen Auftraggeber, dem Kotzbrocken, der mich absichtlich in die Scheiße reingeritten hatte. Andererseits machte es einfach keinen Sinn: Wenn diese warzige Kröte in der Pampa ein Alibi hatte, konnte er mir weder ein Fax geschickt noch die Blondine abgestochen haben.

Ein innerer Instinkt schickte mich in das angrenzende Büro. Es gehörte einem gewissen THOMAS DOEGE, FREIER ARCHITEKT, wie ich den schwarzen Klebebuchstaben auf der Glastür entnahm. Pappmodelle bevölkerten den großen Besprechungstisch mitten im Zimmer. Auf dem Schreibtisch stand ein Foto von einer spitzmündigen Brünetten im Haute-Couture-Kostüm und zwei dümmlich blickenden Buben. An den Wänden hingen verschiedene Diplome und Preise.

Eine Auszeichnung war besonders bunt. Ich fand sie in der Abstellkammer über einer funkelnden Espressomaschine: die Urkunde des örtlichen Fasnachtsvereins für den besten Stimmenimitator des vergangenen Jahres...

Ich bin – trotz gegenteiliger Ansichten verleumderischer Freundinnen – ein schlaues Kerlchen: Indizien, an die man widerrechtlich gelangt, sind ungefähr soviel wert wie der Treueschwur meines Exlovers Hans-Hasso, eines schmucken Burschen, dem leider der Unterschied zwischen Sex und Sumo-Ringen nie ganz klar gewesen war.

Also rief ich Frau Doege anonym an – übrigens die Tochter eines wohlbetuchten Konzernchefs, der einer der größten Bauherrn der Gemeinde war.

«Wußten Sie eigentlich, daß Ihr Mann mit der gestern aufgefundenen Leiche ein Verhältnis hatte? Rohe, unverdünnte, animalische Lust – alles, was er bei Ihnen nicht bekommen konnte. Seine Worte, nicht die meinen...»

Ich krächzte, als hätte ich fünfzig Jahre lang Kette geraucht. «Ist Ihnen klar, daß die Gute schwanger war? Und daß Ihr Mann sie beseitigt hat, weil sie damit drohte, sein schönes, bequemes, vom Schwiegervater ausgehaltenes Leben nachhaltig zu stören?»

Am anderen Ende war nur schweres Atmen zu hören. Ich legte auf.

Es war ein Schuß ins Dunkle. Ich hatte keine Ahnung, inwieweit ich mit meinen Vermutungen richtig lag; ich wollte nur ein bißchen Schwung in die Sache bringen.

Meine Illusionen sind schon lange in den Ruhestand getreten: Hier hatte Gevatter Zufall seine schwielige Hand im Spiel. Ich hatte diesem Doege nichts getan, er brauchte einfach einen Sündenbock und hatte aus dem Heer möglicher Kandidaten mich gewählt. Manchmal schlägt das Schicksal eben mit dem Sandsack zu, dann heißt es Zähne zusammenbeißen und kräftig in alle Richtungen treten. Möglicherweise würde sich mein vergleichsweise kleines Komplott ja als Schlag ins Wasser erweisen, aber als ich auflegte, hatte ich ein ausnehmend gutes Gefühl. Die Gerechtigkeit würde ihren Lauf nehmen.

Eine Woche später nippte ich in meiner Stammkneipe an meinem Bier. Ein Bier, das ich nur dem Umstand verdankte, daß Siggi, Gerds Stellvertreter, vom Entschluß seines Chefs, mich nicht länger anschreiben zu lassen, nichts wußte. Die Zeitung lag aufgeschlagen vor mir.

Ich war bereits Schnee von gestern und wurde nicht mehr erwähnt. Die tote Blondine allerdings machte ein letztes Mal Schlagzeilen. Sie hatte kurz vor ihrer Ermordung sexuellen Verkehr gehabt. Samenproben wiesen mittels des genetischen Fingerabdrucks auf den bekannten Architekten Thomas D. hin, dessen Verhältnis zur Toten von der Polizei noch nicht abschließend geklärt werden konnte, da er am Wochenende von seiner Frau in der gemeinsamen Villa erschossen worden war.

Obwohl mein Erlebnis von einem Happy-End gekrönt wurde, spüre ich die Nachwehen immer noch: Ich liefere keine Übersetzungen mehr persönlich ab – und ich feiere keine Geburtstage mehr. Das soll übrigens nicht heißen, daß ich auch was gegen Geschenke hätte. Weit gefehlt! Tun Sie sich bitte keinen Zwang an. In meiner privaten Videothek ist noch jede Menge Platz...

Robert Brack
EINE LEICHE
ZUM GEBURTSTAG

für Andreas C. Knigge: Danke für den Sarg!

Es war Max, der das Thema zur Sprache brachte. Nachdem er die Melodie des «River-Kwai-Marsches» zu Ende gepfiffen hatte, sagte er: «Super.»

Als wollte er der ganzen Welt mitteilen, daß er, Max Jericho, heute echt gut drauf war.

Aus gutem Grund übrigens: Vor einiger Zeit hatte er im Lotto gewonnen. Und nun schien ihm die Frühlingssonne ins Gesicht. Die Temperatur stieg erstmals über 15 Grad, was wollte man mehr? Zwar glaubte ihm keiner, daß er über Nacht ein reicher Mann geworden war, aber das war ihm momentan egal.

Peter-Paul Harbach hingegen, von seinen Kumpels immer noch «Peter und Paul» genannt, obwohl es keiner mehr besonders witzig fand, seufzte nur. Und fügte ein neutrales «Hm» hinzu.

«Also ehrlich», sagte Max, «sieh dich doch mal um.»

Peter und Paul, der nicht besonders groß war, aber ganz schön in die Breite ging, brummte nur. Auf seiner Glatze schimmerte die Maisonne, doch das schien ihn nicht sonderlich zu beeindrucken. Die Hände in die Taschen seines abgetragenen Mantels gestopft, schlurfte er durch den Park.

«Ich meine», sagte Max, «den Tag der Arbeit haben wir ganz gut verpaßt, oder?» Er hüstelte.

«Ja, ja.»

Max hob den Arm und machte eine weitausholende Geste. Als wäre dieser kleine Park sein Reich und er der König: «Das erste Grün an den Bäumen. Junge Frauen, die sich endlich wieder ans Tageslicht wagen. Und riech mal, wie frisch die Luft...»

Peter und Paul trat in eine Pfütze.

«Hm, hm», machte er mißbilligend.

Max blieb stehen und sah den jungen Frauen zu, wie sie Kinderwagen durch den Park schoben.

Peter und Paul blickte auf seine zerschlissenen Winterschuhe. Dann zog er eine zerknüllte, schmuddelige Baskenmütze, die mal leuchtend rot gewesen war, aus der Manteltasche und setzte sie linkisch auf.

Max sah ihn erstaunt an: «Ist dir kalt?»

«Ja.»

Max schlug sich mit der Handfläche gegen die Stirn:

«He», stellte er mit geheucheltem Erstaunen fest, «ich hab bald Geburtstag. Der Mai ist mein Monat. Wahnsinn.»

Peter und Paul sah betreten zu Boden.

«Darauf geb ich einen aus», erklärte Max. Er boxte seinem Kumpel jovial, aber ein bißchen zu kräftig gegen die Brust: «Was meinst du? Wir fangen schon mal an, meinen Geburtstag zu feiern.»

«Hm, hm.»

Max legte seinen Arm um Peter und Pauls Schultern und zog ihn zur Straße hin.

Im Supermarkt an der Ecke kaufte er eine Flasche spanischen Brandy im Sonderangebot.

Peter und Paul wartete draußen. Er hatte in diesem Geschäft Hausverbot. Er sah einem kleinen Jungen zu, der in einem bunten Raumschiff saß, das sich hob und senkte und zischte und sonstige Geräusche von sich gab, die die Zukunft symbolisierten.

Als Max aus dem Laden kam, schwenkte er die Brandyflasche wie eine Trophäe.

«Jetzt suchen wir uns eine Parkbank und machen es uns gemütlich.»

Leichter gesagt als getan. Die Bänke im Park waren alle von kämpferisch aussehenden Rentnern besetzt worden, denen man schon von weitem ansah, daß sie ihren hart erarbeiteten Wohlstand nicht mit so schrägen Figuren wie Max Jericho und Peter-Paul Harbach teilen wollten.

«Scheiße», sagte Max, «ich werd mir meinen Geburtstag doch nicht von diesen wandelnden Leichen vermiesen lassen.»

Nachdem sie vergeblich zwei Runden gedreht hatten, kam Max auf die Idee, es mal mit dem Kanalufer zu versuchen.

Auf dem Weg dorthin blieb Peter und Paul vor dem Schaufenster eines Bestattungsunternehmens stehen und betrachtete die ausgestellten Urnen. Max, der gedankenverloren weitergegangen war, drehte sich um und rief: «He, was ist denn los?»

Peter und Paul schien ihn nicht zu hören.

Max ging zu ihm zurück.

Peter und Paul beugte sich nach vorn, um ein spezielles Urnenmodell genauer zu inspizieren.

«Amphoren!» stellte Max fest. «Was willst du denn damit?»

Keine Antwort.

«He!» rief Max ungeduldig. «Ist dir eigentlich klar, daß du heute noch kein vernünftiges Wort von dir gegeben hast?»

«Hm?»

Peter und Paul war immer noch in die Betrachtung der Urne versunken.

«Genau das meine ich.»

«Ja, ja.»

«Immer nur hm und jaja. Du machst mich echt krank, Mensch.»

Max fuchtelte genervt mit der Brandyflasche herum.

Peter und Paul richtete sich auf und sah ihn an. Er war ganz bleich geworden.

«Ich will kommunizieren!» rief Max. «Falls du überhaupt weißt, was das ist...» Er stockte.

Peter und Paul hatte seine kleine fleischige Hand gehoben und deutete mit dem kurzen Zeigefinger auf sich selbst.

«Ich...», stieß er hervor. «Ich hab heute Geburtstag.»

Und so fanatisch, wie er Max dabei ansah, gab es daran nichts zu rütteln.

«Wie denn, was denn, echt jetzt?»

Peter und Paul nickte. Seine Stirn warf unzählige Falten, einige davon schienen neu zu sein.

«O Mann!» Max stellte die Brandyflasche auf den Bürgersteig. «Mann, bin ich ein Rindvieh.» Plötzlich wußte er gar nicht mehr, wohin mit seinen Händen. «Also ehrlich, ich hab's überhaupt nicht kapiert. Da fasel ich die ganze Zeit von meinem Geburtstag und hey, der ist doch erst in drei Wochen! Und du –» Max übertrieb jetzt gehörig «– stehst einfach so neben mir, und es ist dein Tag. Sagst keinen Ton, aber es ist dein Tag. Hör zu –» Max kramte in den Manteltaschen, zog einige Hundertmarkscheine raus und hielt sie seinem Kumpel hin: «– hier, das muß doch schließlich gefeiert werden, also ehrlich, höchste Eisenbahn...»

Peter und Paul ignorierte das Geld. Er schüttelte den Kopf: «Ich hab keine Lust zu feiern.»

Max kapierte nicht: «Aber hier!» rief er aus. «Du weißt doch, daß ich im Geld schwimme.»

Peter und Paul zuckte mit den Schultern. Seine buschigen silbergrauen Augenbrauen zogen sich immer mehr zusammen: «Mit Geld hat das nix zu tun.» Er sah jetzt irgendwie krank aus.

«Was denn!» rief Max empört und wedelte mit den Scheinen: «Aber hier –»

Peter und Paul drehte sich wieder zum Schaufenster. Die Urnen standen da und warteten darauf, für die Ewigkeit gefüllt zu werden.

Allmählich bekam Max eine Ahnung, daß etwas nicht stimmte. Er steckte das Geld weg und griff nach der Brandyflasche. Dann faßte er seinen Kumpel am Arm und zog ihn vom Schaufenster weg.

«Laß uns mal drüber reden, Alter», sagte er.

Sie drehten um und gingen zurück in den Park.

Mit der Flasche in der Hand verscheuchte Max eine weißhaarige ältere Dame in einem eleganten Kostüm von ihrer Bank. Sie setzten sich hin.

Peter und Paul sah zu Boden. Er scharrte mit seinen löchrigen Wildlederschuhen im Dreck und blieb stumm.

Max drehte den Verschluß der Brandyflasche auf und nahm einen ordentlichen Schluck. Dann reichte er seinem Kumpel die Flasche.

Peter und Paul versuchte den Schnaps, leckte sich die Lippen und entspannte sich ein bißchen.

«Also jetzt mal ernsthaft», sagte Max, nachdem er die Flasche wieder in Empfang genommen hatte. «Wie alt wirst du denn?»

Peter und Paul dachte einen Moment nach, dann zuckte er mit den Schultern: «Weiß nicht. Keine Ahnung.»

Max grinste ihn an: «Ehrlich? Ist das das Problem?» Er kicherte albern.

«Ich weiß, daß ich irgendwann mal dreißig geworden bin», sagte Peter und Paul. «Danach kam nichts mehr, glaube ich. Wir haben ja immer nur deinen Geburtstag gefeiert.»

Max sah zerknirscht auf die Brandyflasche: «Scheiße, Mann.»

«Ach was», sagte Peter und Paul, «mach dir nichts draus. Das ist nicht so schlimm.»

«Was denn sonst?»

«Ich bin das Opfer einer finsteren Verschwörung.»

«Verschwörung, hm?»

«Genau.»

Max nahm einen Schluck aus der Brandyflasche und reichte sie seinem Kumpel.

«Scheiße, Mann, wo du doch so eine Glückssträhne hattest, mit der neuen Wohnung und so.»

«Stimmt. Nur, daß es keine Glückssträhne war.»

«Nicht?»

«Nee, war es nicht.»

«Schade.» Max sah einer jungen Mutter mit Kinderwagen nach. Die Mütter wurden immer jünger, schien es ihm.

Peter und Paul betrachtete die Brandyflasche: «Ich hab Schiß.»

«Mannomann», sagte Max. Er konnte einfach nicht fassen, daß es so junge Mütter gab. Und hübsch waren die auch noch.

«Manchmal frag ich mich, ob die vom Amt dahinterstecken. Vielleicht wollen die mich loswerden. Ich meine, die müssen doch jetzt soviel sparen, verstehst du?»

Max schüttelte den Kopf. Unglaublich. Seine Mutter mußte schon uralt gewesen sein, als er geboren wurde. Damals waren die Leute gleich von Geburt an viel älter, vermutete er.

«Die hätten mich doch nie in diese Wohnung gesteckt», sagte Peter und Paul, «wenn sie gewußt hätten, was da los ist.»

«In deiner Wohnung ist was los?» Max nahm die Flasche wieder entgegen. Er grübelte über sein Geburtsjahr nach. 1945. Irgendwie konnte das nicht stimmen. Schließlich fühlte er sich viel jünger. Vielleicht hatte seine Mutter ihn mit seinem älteren Bruder verwechselt. Wo der abgeblieben war, wußte keiner. Aber das könnte natürlich auch bedeuten, daß er vielleicht gar nicht Max hieß. Beunruhigender Gedanke.

Peter und Paul hatte weitergeredet.

«Was?»

«Ich sagte gerade, diese alten Knacker in meinem Haus wollen mich raushaben.»

«Die alten Knacker?»

«Die anderen Mieter. Das sind doch alles Sozialwohnungen. Mir haben sie ja bloß diese mickrige Einzimmerwohnung zugewiesen. Erster Stock. Aber immerhin hab ich einen Balkon.»

«Ist ja super.»

«Bloß scheiße, daß diese alten Knacker mich umbringen wollen.»

«Umbringen?» Max hatte die Flasche verloren. Er fand sie wieder zwischen seinen Füßen. Der erste Frühlingstag machte ihn immer ein bißchen meschugge.

«Ich weiß nicht, wie sie's machen wollen. Vielleicht mit Rattengift? Sie lauern immer hinter den Türen. Oder im Treppenhaus. Es ist wie in einem von diesen Romanen, du weißt schon: ‹Das Haus der lebenden Toten› oder so. Ich hab schon lange kein Gruselheftchen mehr gelesen. Guck mal hier, wie meine Hände zittern.»

Max gab ihm die Flasche: «Du bist echt am Ende, Alter.»

Peter und Paul nahm einen großen Schluck und hustete: «Weißt du, was ich mache?»

Max sah einem kurzen Rock hinterher. Der erste kurze Rock des Frühlings. «Keine Ahnung.»

«Ich geh zum Amt und beschwer mich.»

«Oh, Alter, mit den Leutchen vom Amt hab ich nur Probleme.»

«Aber die müssen mich da rausholen. Sonst ist das Mord.»

«Zum Beispiel muß ich denen noch eine Menge Geld zurückzahlen, obwohl ich's gar nicht haben wollte. Schließlich bin ich Millionär. Aber was kann ich dafür, wenn die mir ihre Sozi aufdrängen? Erst glauben sie mir nicht, daß ich im Lotto gewonnen habe, und dann verklagen sie mich. Also ehrlich!»

«Wenn nicht, hol ich mir einen Karton und leg mich unter die Brücke.» Peter und Paul stand auf: «Genau das werd ich denen sagen: Ich leg mich unter die Brücke.»

«Hör mal», sagte Max, dessen Gesicht inzwischen schon glühte. «Was wird denn jetzt aus deinem Geburtstag. Ich denk, wir wollen feiern? Kannst du den Termin nicht verlegen?»

«Warum kommst du nicht heute abend vorbei?» fragte Peter und Paul mit einem hoffnungsvollen Leuchten in den Augen. «Du könntest mir beim Überleben helfen.»

«Na klar», sagte Max, «kein Problem, ich bring meine Flinte mit.»

Peter und Paul nahm noch einen Abschiedsschluck und schlurfte davon.

Max legte sich auf die Bank und machte erst mal ein Nickerchen.

Das Gekreische der Kinder auf dem nahe gelegenen Spielplatz weckte ihn auf. Mit geschlossenen Augen überlegte er, was er Peter und Paul zum Geburtstag schenken könnte: Literatur kam nicht in Frage. Dazu hatte sein Kumpel zuviel Schiß. Eine teure Uhr hätte Max selbst gern besessen. Die würde er für sich kaufen. Außerdem konnte Peter und Paul womöglich bald umgebracht werden. Dann wäre das die reinste Geldverschwendung. Umgebracht? Max mußte schmunzeln. Er richtete sich auf und hustete vergnügt. Er hatte eine Idee.

Behutsam stellte er die leere Flasche auf den Boden und ging los.

Eine ganze Weile lungerte er vor dem Bestattungsunternehmen herum und besah sich die Urnen im Schaufenster.

Schließlich holte er tief Luft und schob die Ladentür mit beiden Händen auf. Komischer Laden. Weit und breit keine Produkte zu sehen. Weiße Wände, ein paar angenagelte Schwarzweißfotos, auf denen irgendwelche alten Knacker zu sehen waren, ein paar ziemlich traurig aussehende Urkunden. Keine Verkaufstheke, keine Regale.

Max hatte eigentlich so etwas wie ein Discountgeschäft erwartet. Aber hier standen nur zwei pechschwarze Schreibtische herum, sozusagen im leeren Raum. Hinter einem der Schreibtische saß ein junger, dünner Typ mit Bürstenhaarschnitt, kleinem eiförmigem Gesicht und einer eckigen Hornbrille. Er blickte überrascht auf.

Max steckte die Hände in die Manteltaschen, sah sich fachmännisch um und sagte: «Moin, moin.»

Der dünne Mann stand von seinem Schreibtisch auf. Er mußte ungefähr zwei Meter groß sein. Das hilft wahrscheinlich beim Grabausheben, dachte Max.

«Guten Tag», sagte der Bestattungsunternehmer.

Max versuchte durch eine Körperdrehung sein Erstaunen über die relative Leere des Geschäfts auszudrücken und verlor beinahe das Gleichgewicht.

Der dünne Mann streckte linkisch die Hände aus, als wolle er ihn auffangen. «Womit kann ich Ihnen dienen?»

«Tja», sagte Max und dachte über das Wort «dienen» nach.

Der Bestattungsunternehmer knöpfte sich das Jackett seines rabenschwarzen Anzugs zu.

Max räusperte sich:

«Ich hätte gern eine von den Amphoren.»

«Ich bitte um Entschuldigung...?» sagte der dünne Mann verwirrt.

Vielleicht war er schwerhörig oder so was.

«Eine Amphore!» wiederholte Max ziemlich laut. Genaugenommen schrie er es, weil er seine Stimmbänder nicht ganz unter Kontrolle hatte.

«Ja, aber...», sagte der Mann.

«Im Schaufenster!» Max deutete dahin, wo seiner Ansicht nach das Schaufenster war: «Sie wissen schon, so ein Gerät, wo Asche reinkommt, wenn einer gestorben ist. Das stellt man sich dann in die Wohnung, wenn man keine Lust auf ein Grab hat.»

«Sie meinen eine Urne.»

«Genau. Es soll für meinen Kumpel sein. Vielleicht kann man ja den Namen einritzen oder so. Weil es ein Geschenk sein soll. Er hat heute Geburtstag.»

«Sind Sie sicher, daß das ein adäquates Geburtstagsgeschenk wäre?»

«Na ja, er hat ziemlichen Schiß, wissen Sie. So wie's aussieht, will ihn jemand umbringen.»

«Aha. Und da dachten Sie, daß er nicht unvorbereitet...»

«Ja, klar. Irgend jemand muß sich doch um ihn kümmern, wenn es ihn erwischt hat. Und ich bin sein bester Kumpel.»

Der Bestattungsunternehmer nickte beflissen: «Ich verstehe. Sie haben sich also schon einige Gedanken gemacht...»

Max deutete wieder Richtung Schaufenster: «Die Amphore hat er sich praktisch selbst ausgesucht. Die Schwarze mit der Goldverzierung. Ich finde das Ding ja ein bißchen altmodisch. Aber was soll's. Es ist schließlich seine Asche, die da reinkommt, stimmt's?»

«Da haben Sie recht.»

«Na bitte. Dann brauchen Sie das Ding ja nur noch aus dem Schaufenster zu holen und den Namen draufzumalen. Ich zahle bar.»

Max griff in die Manteltasche und holte eine Handvoll zerknüllte Hundertmarkscheine hervor.

«Äh, ja, also», stotterte der Bestattungsunternehmer, «das ist nicht so einfach.»

Max verzog das Gesicht.

«Es handelt sich hierbei nämlich um Ausstellungsstücke.»

«Sie meinen, so Dinger, wo immer ein paar Teile fehlen, damit sie nicht geklaut werden?»

«Wie bitte?»

«Verdammt. Er hat heute Geburtstag. Vielleicht überlebt er die Nacht nicht. Da ist eine Verschwörung im Gange, wissen Sie.»

«Ich könnte Ihnen höchstens einen Sarg anbieten. Da haben wir einige auf Lager.»

Max sah sich um: «Wo denn?»

«In der Werkstatt. Vielleicht möchten Sie sich einige Modelle ansehen?»

«Na klar.»

Die Werkstatt sah nicht so aus, als ob dort besonders viel gearbeitet würde. Auf Holzböcken lagen drei Särge. Einer war noch unvollendet, auf dem anderen stand ein Schild mit der Aufschrift «reserviert». Der dritte war aufgeklappt und mit leuchtend rotem Samt ausgeschlagen.

«Schwarz lackiert mit dezentem Goldmuster», sagte der dünne Mann, «ein exklusives Modell.»

Max umkreiste den Sarg. Vielleicht ein bißchen zu protzig für seinen Kumpel.

«In der Eile können wir natürlich die Maße nicht mehr anpassen. Es sei denn, Sie haben doch noch etwas Zeit. Ich meine, wenn Ihr Freund frühestens in der kommenden Nacht ermordet wird, hätten wir unter Umständen noch ein paar Tage Zeit...»

Max klappte den Deckel vorsichtig zu. Es knarrte ganz schön.

«Er hat heute Geburtstag, wissen Sie, soll ja ein Geschenk sein, Überraschung und so...»

«Natürlich.»

«Aber das mit den Maßen ist kein Problem.»

Max deutete mit einigen weitausholenden Armbewegungen die Körpergröße und den Leibesumfang seines Freundes an.

«Etwas kleiner?» fragte der Bestattungsunternehmer, «ein bißchen korpulent?»

«So ungefähr. Und eine Glatze hat er auch.»

Der dünne Mann wirkte erleichtert: «Dann paßt das ja ausgezeichnet. Dieses Modell hier ist etwas verkürzt und auch...»

«Breiter? Ich meine, er soll ja reinpassen.»

«...breiter.»

«Klasse.» Max rieb sich die Hände. «Können Sie das Ding heute noch liefern?»

«Wir berechnen einen, äh, Expreßaufschlag.»

«Kein Problem.» Max kramte in seinem Mantel und schichtete alle verfügbaren Geldscheine auf den geschlossenen Sargdeckel: «Wird das reichen?»

«Exakt», stellte der Bestattungsunternehmer eilig fest und sammelte mit flinken Fingern das Geld ein.

«Na dann», sagte Max, «notieren Sie gleich mal die Adresse. Es ist übrigens eine Amtswohnung.»

«Ich verstehe.»

Sie gingen wieder ins Büro. Der dünne Mann notierte die Adresse von Peter-Paul Harbach.

«Hauptsache, Sie beeilen sich mit der Lieferung.»

«Geht sofort los.»

Max verabschiedete sich überschwenglich und riß die Ladentür auf.

Der Bestattungsunternehmer sah ihm schief grinsend nach.

Schon an der nächsten Straßenecke bekam Max Zweifel. Vielleicht hätte er ihn als Geschenk verpacken lassen sollen. Eine rote Schleife wäre nicht schlecht gewesen oder ein paar Blumen. Max suchte in sämtlichen Taschen nach übriggebliebenen Geldscheinen und brachte achtzig Mark zusammen. Das würde für einen Blumenstrauß reichen.

Tatsächlich kaufte er ein Trauergebinde.

Damit machte er sich auf den Weg zur Sozialwohnung von Peter-Paul Harbach, nachdem er kurz bei sich zu Hause vorbeigeschaut hatte, um sein Luftgewehr zu holen. Für alle Fälle. In den Sarg paßte schließlich nur einer rein. Und versprochen ist versprochen.

Es dauerte eine Weile, weil er aus alter Gewohnheit in der S-Bahn einschlief und an der Endstation umsteigen mußte.

Dann stiefelte er, das Trauergebinde unter dem einen Arm, das Gewehr unter dem anderen, zuversichtlich an der Zentrale der Heilsarmee vorbei, überquerte die Straße und stand vor einem Haus, das wegen der grünen Klinkersteine wie gekachelt wirkte. Kalt, abweisend, häßlich. Hausnummer 23.

Max sah die Fassade hinauf. Peter und Paul hatte nicht gelogen, das Haus hatte Balkone.

Er stieg die Treppe zur Haustür hinauf. Es gab eine nagelneue Gegensprechanlage. Die Tür machte einen sehr soliden Eindruck.

Viele Klingelknöpfe.

Neben den Namen von Peter-Paul Harbach hatte jemand einen Totenkopf gemalt. Max drückte auf die Klingel.

Die Gegensprechanlage brummte. Nach einer Weile hörte er eine knarzige Stimme:

«Wer sind Sie?»

Die Stimme kam Max sehr unbekannt vor. Klang eher wie die einer alten Frau.

«Hallo, wer sind Sie?»

Er räusperte sich: «Ich bin's, Max.»

«Wir kennen keinen Max.»

«Max Jericho, ich will zu meinem Kumpel –»

«Hallo, hallo!» Das war die Stimme von Peter und Paul.

«He, hier ist Max.»

«Max…» Peter und Pauls Stimme klang resigniert.

«Was wollen Sie von ihm?» fragte die knarzige Stimme.

«Wer ist das?» fragte Max.

«Antworten Sie, sonst –»

«He, Peter und Paul, laß mich rein!»

«Ich kann nicht.»

«*Wir* lassen Sie rein, Herr Jericho.»

«Was ist los?»

«He, Max, hör mal –» Das war wieder die Stimme von Peter und Paul.

«Erklären Sie bitte den Anlaß Ihres Besuchs, Herr Jericho!»

«Wer ist das?» fragte Max.

«Sag's Ihnen, Max», flehte die Stimme von Peter und Paul.

«Mach endlich auf, du Idiot!» rief Max.

«Nicht in diesem Ton, junger Mann!»

«Max, ich kann nicht.»

«Heilige Scheiße.»

«Den Anlaß Ihres Besuchs, junger Mann!»

«Geburtstag», sagte Max. «Ich hab ein Geschenk.»

«Aha.»

Der Summer ertönte. Max seufzte erleichtert und stieß die Tür auf.

Und schon stand er einer uralten Frau gegenüber. Sie musterte ihn von oben bis unten.

«Sieh mal an», sagte sie. «Und was soll das da?»

«Bitte?»

Sie deutete auf das Trauergebinde.

«Blumen», sagte Max.

Verwirrt bemerkte er, daß in den Türen der Wohnungen, die vom Flur abgingen, alte Leute standen. Auch auf der Treppe zum ersten Stock standen alte Leute. Alte Frauen mit häßlichen Schürzen und faltigen Röcken. Alte Männer in fleckigen Strickjacken und Pantoffeln an den Füßen. Die Frauen trugen Haarnetze, einige der Männer hielten Zigarren in den verschrumpelten Händen. Gebeugte, zerbrechliche alte Leute.

«So was haben wir gar nicht gern im Haus», sagte die alte Frau. Sie hatte ihre Haare zu einem Dutt zusammengesteckt. Und Falten, so tief wie der Grand Canyon.

Max blickte verwirrt auf das Trauergebinde: «Wieso, was?»

«Das hier ist kein Friedhof!»

Plötzlich kam Leben in die schaurigen Gestalten.

«Weg damit!» riefen sie.

«Vernichten!»

«Abgeben!» ordnete die Alte an.

Max zögerte.

Sie riß ihm das Trauergebinde aus der Hand.

«So etwas gibt es hier nicht. Merken Sie sich das!»

Und schon waren die Blumen verschwunden.

Max hielt sein Gewehr mit beiden Händen fest.

«Heilige Scheiße!» murmelte er. Er fühlte sich umringt. Überall böse alte Fratzen, das ganze Treppenhaus sah aus wie eine Geisterbahn.

Irgendwie schaffte er es, sein Gewehr in Anschlag zu bringen. Die alten Leute wichen zurück. Max schwenkte den Gewehrlauf herum. War ganz schön schwierig, all diese Figuren gleichzeitig ins Visier zu bekommen. Er kam ins Schwitzen.

«Max!»

Das war die Stimme von Peter und Paul.

Max drehte sich um und rannte die Treppe hoch. Vorbei an den häßlichen, verhutzelten Gestalten, die ihn gierig anblickten, als wollten sie ihm den Lebenssaft aus den Gliedern saugen.

Er rannte die Treppe hoch und sah die Tür, die einen Spalt weit geöffnet war, und das bleiche Gesicht von Peter und Paul, der jetzt hastig die Tür aufzog und ihn hereinließ.

«Puh», sagte Max, als Peter und Paul die Tür zugeworfen hatte. Und dann: «Scheiße, ich wollte dir Blumen mitbringen. Diese Monster haben sie einkassiert.»

Peter und Paul sah ihn begriffsstutzig an.

«Ach, was soll's.»

Max ging ins Zimmer und stellte das Gewehr in die Ecke neben dem Bett.

«Ganz schön leer, wenn man bedenkt, daß es nur eine Einzimmerwohnung ist.»

Es gab nur eine Matratze, einen Gartentisch und einen klapprigen Stuhl. In der Ecke ein Stapel Gruselheftchen.

«Ich bin total fertig», sagte Peter und Paul.

«Die wollen dich rausekeln, hm?»

«Lauter uralte Leute. Ich werd noch wahnsinnig. Und die auf dem Amt meinen, ich soll froh sein, wenn ich überhaupt ein Dach über dem Kopf habe.»

«Hast 'n Bier?»

Peter und Paul schlurfte auf Socken in die Kochnische und holte ein paar Bierdosen aus dem winzigen Kühlschrank. Eine davon gab er Max, der sich auf den Stuhl gesetzt hatte. Er selbst hockte sich auf die Matratze, auf der nichts weiter als ein alter Schlafsack lag.

«Ein paar Möbel könntest du noch gebrauchen.» Max zwinkerte.

«Vergiß es.»

«Die Alte hat mir tatsächlich die Blumen geklaut», sagte Max. «Ich hätte mal fixer mit der Knarre sein sollen.»

«So geht das schon, seit ich hier eingezogen bin.»

«Nimmt mir einfach die Blumen weg, die Alte», wiederholte Max.

«Ausziehen geht nicht», murmelte Peter und Paul betrübt.

«Ich konnte echt nichts dagegen tun.»

«Bei dir ist wohl kein Plätzchen frei...?»

«Was hätte ich machen sollen. Die Alte k. o. schlagen? Mann, Mann, Mann.»

«Wenn ich eine Weile woanders unterkommen könnte, nur bis ich was Besseres gefunden habe...»

«Die anderen hätten mich auf der Stelle kaltgemacht, jetzt mal ehrlich.»

«Ich könnt's noch mal mit dem Amt versuchen. Vielleicht dauert's nur ein paar Tage.»

Max stand ruckartig auf: «He, Alter, laß uns mal auf den Balkon gehen.»

Peter und Paul schien von der Idee nicht besonders begeistert zu sein, aber er folgte seinem Kumpel auf den Balkon.

«Wahnsinn», sagte Max. «Ich hab keinen.»

Er beugte sich weit nach vorn und spähte nach unten: «Irre.»

«Ich fühl mich hier eher unwohl», sagte Peter und Paul.

«Da!» rief Max und deutete auf die Straße: «Sie kommen!»

«Wer?» fragte Peter und Paul erschrocken.

«Der Leichenwagen.»

«O Gott.»

«Na bitte», stellte Max befriedigt fest, als es klingelte. «Mach den Typen mal die Tür auf.»

«Es ist nur einer», stellte Peter und Paul fest.

«Mach schon.»

«Wie soll der denn...»

«Los, los.»

Peter und Paul ging hinein.

«Scheiße, was soll das denn?»

Der Bestattungsunternehmer hatte den Sarg aus dem Leichenwagen gezogen und auf den Boden gestellt. Nun schlug er die Heckklappe zu und ging um den Wagen herum. Er sah nach oben und winkte. Dann zog er die Autotür auf und setzte sich rein.

«He!» brüllte Max. «Hier oben.»

Der dünne Mann schloß die Tür des Leichenwagens und fuhr los. Der schwarzglänzende Sarg stand auf dem Bürgersteig vor dem Haus.

«Das darf doch nicht wahr sein», brummte Max.

Peter und Paul erschien in der Balkontür: «Da meldet sich keiner.»

«Der Idiot ist einfach abgehauen», sagte Max. Er deutete nach unten: «Sieh dir das an.»

«Was soll das sein? Ein Schrank?»

«Los! Wir müssen das Ding hochholen.»

Max drängte zurück in die Wohnung.

«Zieh dir Schuhe an.»

Peter und Paul suchte nach den Schuhen.

«Mach schnell, bevor diese verrückten Alten uns das Ding klauen. Ich nehm die Knarre mit, zur Sicherheit.»

Max griff nach dem Gewehr.

«O Mann», sagte Peter und Paul, «o mannomann.»

Max rannte voraus.

Als Peter und Paul neben ihn auf den Bürgersteig trat, stellte er enttäuscht fest: «Ein Sarg.»

«Ziemlich schick, oder?» meinte Max.

«Also ich weiß nicht...»

«Mein Geburtstagsgeschenk.» Max war ziemlich stolz auf sich.

«Muß das denn...»

«Mit rotem Samt ausgeschlagen. Bequemer als ein Himmelbett.»

Peter und Paul machte einen sehr unglücklichen Eindruck.

«Bedanken kannst du dich später», erklärte Max. «Laß uns das Ding erst mal hochschaffen.»

«Wie denn?»

Max öffnete den Sargdeckel, legte das Gewehr rein und klappte den Deckel wieder zu.

«Faß an!»

Irgendwie schafften sie es tatsächlich, den Sarg in den ersten Stock zu tragen. Obwohl Peter und Paul mehrmals beinahe ohnmächtig geworden wäre. Nicht nur wegen des Gewichts, sondern vor allem, weil die Bewohner des Hauses Spalier standen.

Die Alten standen im Hausflur, im Treppenhaus, auf den Stufen, auf den Treppenabsätzen, bis hinauf in den ersten Stock. Schweigend beobachteten sie, wie die beiden den Sarg hinaufwuchteten. Man hörte nur ihr Keuchen und das Knarren der Treppenstufen. Ansonsten herrschte tödliche Stille.

Die Alten, an denen sie vorbeigekommen waren, liefen hinter ihnen her. Als sie den Sarg durch die Wohnungstür schleppten, schwitzend und stöhnend, hatten sich die Hausbewohner davor versammelt und sahen ihnen aus kalten Augen dabei zu.

Mit zitternder Hand schloß Peter und Paul die Tür.

Max ließ sich auf die Matratze fallen.

Der Sarg stand mitten im Zimmer.

«Ich finde, er wirkt etwas groß», sagte Peter und Paul unschlüssig.

«Du wirst dich dran gewöhnen», sagte Max mit geschlossenen Augen.

Peter und Paul ging zur Wohnungstür und blickte durch den Spion.

«Die stehen immer noch da draußen», stellte er fest.

«Und wenn schon», sagte Max.

Das sagte er noch dreimal, draußen wurde es dunkel, und die Alten standen immer noch dort. Unbeweglich, wie Wachsfiguren, erstarrt.

Peter und Paul lief nervös auf und ab.

Auch Max wurde allmählich unruhig.

Ab und zu sahen sie durch den Türspion, nur um festzustellen, daß sich nichts verändert hatte.

Manchmal ging die Treppenhausbeleuchtung aus, dann ging sie wieder an.

«Was wollen die eigentlich?» fragte Peter und Paul mit zitternder Stimme. «Den Sarg?»

«Keine Ahnung, frag sie doch.»

«Frag du sie.»

«Sind doch deine Nachbarn, oder?»

«Vielleicht sollten wir einen Ausfall machen. Mit dem Gewehr. Wie im Krieg.»

«Mal sehen», sagte Max. Er konnte sich nicht erinnern, wo er das Gewehr gelassen hatte.

Sie tranken alle Bierdosen leer, die sie finden konnten.

Dann holte Peter und Paul noch eine Flasche Gin aus einem Versteck. Max goß ein paar Wassergläser ordentlich voll. Zeit für Geständnisse.

«In der Nacht, als ich eingezogen bin», sagte Peter und Paul mit stockender Stimme, «ist ein Mann hier im Haus gestorben.»

«Alt?»

«Uralt. So wie alle hier.»

«Also ganz normal.»

«Ich bin hier in die Wohnung gekommen, nachdem eine alte Frau gestorben war.»

«Auch uralt?»

«Nehm ich an. Aber die behaupten, ich sei so was wie ein Todesengel.»

«Blödsinn.»

«Ja, aber die wollen mich loswerden.»

«Du willst doch sowieso ausziehen, oder?»

«Das schon, aber lebendig.»

«Hm.»

«Und du hast diesen Sarg gebracht. Jetzt steckst du mit drin, Max.»

Sie tranken mehr und wurden müde. Peter und Paul streckte sich auf seiner Matratze aus und begann zu schnarchen.

Max konnte sich nicht entscheiden, wo er sich hinlegen sollte. Er liebäugelte mit dem Sarg. Aber ganz wohl war ihm nicht bei dem Gedanken. Trotzdem schob er den Sargdeckel auf und warf einen Blick hinein. Erleichtert stellte er fest, daß das Gewehr darin lag. Er nahm es heraus und prüfte, ob es geladen war.

«Ich steck nicht mit drin», murmelte er.

Er schlich zur Wohnungstür und spähte durch den Spion. Zappenduster. Was würde wohl passieren, wenn er jetzt einfach die Tür öffnete, um zu verduften? Würden sich die Zombies auf ihn stürzen?

Max grinste. Und wenn schon, dachte er.

Er drückte die Türklinke nach unten, zog die Tür auf und schob den Kopf nach draußen. Nichts als schwarze Dunkelheit.

Und zwei kalt leuchtende Punkte.

Sie hatten einen Posten aufgestellt.

Ein leichtes Frösteln durchzuckte seinen Körper. Max riß das Gewehr hoch. Zwei kalt leuchtende Punkte innerhalb einer runden Fläche, die nur minimal heller war als das sie umgebende schwarze Nichts.

Max bekam einen Adrenalinschock. Er legte an und drückte ab. Es knallte zweimal, als hätte jemand eine Zündplättchen-pistole betätigt.

Innerhalb der runden Fläche klaffte ein rundes Loch.

Der Mund.

Kalte Augen und leerer Mund.

Die Umrisse eines schmalen dunklen Schattens.

Ein leises, stockendes Pfeifen wie von einem verstopften Ventil.

Der Schatten sackte langsam in sich zusammen, zuckte und bewegte sich nicht mehr. Max horchte ins Treppenhaus. Er hielt die Luft an. Würden die Zombies jetzt aus ihren Höhlen stürzen und ihn fertigmachen?

Nichts. Kein Geräusch, kein Atmen, kein Stöhnen, nicht die leiseste Bewegung. Nachdem seine Augen sich an die Dunkelheit gewöhnt hatten, konnte Max die Umrisse des Körpers erkennen. Er schlich zu dem alten Mann, der zusammengesunken dalag, den Oberkörper gegen das Treppengeländer gelehnt. Die Leiche war unverletzt. Die Kugeln waren abgeprallt und lagen auf dem Boden. Anscheinend hatte er vor Schreck einen Herzinfarkt bekommen.

Die werden uns lynchen, dachte Max. Wenn sie den Toten sehen, werden sie uns lynchen. Wenn der hier liegen bleibt und ich schaff's nicht bis zur Tür, bin ich erledigt.

Max beugte sich zur Leiche. Vorsichtig faßte er sie an den Armen und zog sie in die Wohnung. Kein Problem, der Alte war ein Fliegengewicht gewesen.

Max schloß die Tür.

Dann zog er den schlaffen Körper ins Wohnzimmer und hievte ihn in den Sarg.

Peter und Paul murmelte im Schlaf.

Max klappte den Sargdeckel zu.

Dann nahm er sein Gewehr und schlich zur Tür.

Vorsichtig tastete er sich durch das dunkle Treppenhaus. Er schaffte es bis ins Erdgeschoß, ohne ein Geräusch zu verursachen. Die Haustür war nicht verschlossen. Er zog sie auf und huschte nach draußen.

Er sprang die Treppen zur Straße hinunter und rannte mit dem Gewehr unterm Arm den Bürgersteig entlang, ohne einen

Blick zurückzuwerfen. Morgen würde er seinen Kumpel anrufen. Gleich morgen früh. Falls er in seiner neuen Wohnung schon Telefon hatte.

Hatte er doch, oder?

In seiner Einzimmerwohnung wälzte sich Peter und Paul von einer Seite auf die andere. Er hatte einen Alptraum. Er träumte von einem Geburtstagsgeschenk, das er sich nie gewünscht hatte.

Annette Döbrich
WOLFS GESCHENK

«Laudate dominum in excelsis deus...» Die warme Altstimme erfüllte das gedrungene Kirchenschiff und milderte ein wenig die unerbittliche Kälte, die den Atem sichtbar werden ließ.

Anna Berling trat zaghaft auf, hielt sich in der Mitte, zwischen den Bankreihen, und bemühte sich, trotz ihrer hohen Absätze auf den Marmorplatten so geräuschlos zu gehen wie früher, als sie zweimal in der Woche die breite Steintreppe nach oben stieg und die Türen zählte, bis sie vor der richtigen stand. Es war die siebte auf der rechten Flurseite, die in das Zimmer von Eduard Wolf führte. Er bewohnte einen eigenen Raum. Ein Privileg, so kurz nach Kriegsende, in der Zeit der Entbehrungen. Doch Eduard Wolf war auch nicht irgendwer, sondern im Haus ein geachteter Mann. Klug und belesen in dem, was er wußte, und einfach in der Art, wie er es weitergab. Zum Fürchten in Zorn oder Ungeduld und zum Lieben in seiner Trauer um die letzten verlorenen Jahre. Eine Trauer, die in den Augen zu lesen war und die das Herz weit machte, sehr weit zuweilen, so daß sich dort Platz fand für ein junges Mädchen, wie es Anna war.

«Gaudium confirmata est...», majestätisch schwang sich die Stimme bis zum Schlußstein in die Apsis, um von dort mit breiten ausladenden Schwüngen wieder nach unten zu schweben und innezuhalten über Theres, die da lag, aufgebahrt, mit geschlossenen Augen und so viel Konzentration in den bleichen Zügen, als genösse sie jeden einzelnen Ton über den Tod hinaus.

Anna war sich sicher, Mozarts Melodien würden einen Weg zu Theres finden, es war noch nicht zu spät, auch jetzt noch nicht, und Theres wird diese Arie wiedererkennen und ihr verzeihen. Auch dafür wird es nicht zu spät sein.

«Alles andere ist klein und unwesentlich», hatte Eduard Wolf gesagt, als er vor Anna und Theres zum ersten Mal darüber sprach. Denn in diesen Zeiten mußte man Musik erzählen. Der Rundfunkempfänger war defekt, das Grammophon war schon vor Jahren auf dem Schwarzmarkt gegen etwas Eßbares eingetauscht worden, und das Klavier aus dem Speisesaal soll noch zu Kriegszeiten konfisziert worden sein.

«Alles Leid vergeht», und bei diesen Worten schloß Eduard Wolf jedesmal die Augen, ähnlich wie Theres sie jetzt geschlossen hielt, «was bleibt, ist ein einziges großes Sehnen nach einem guten Ende.» Dies waren auch die Minuten, deren Theres sich furchtbar schämte, weil sie einen roten Kopf bekam, wenn Wolf seine Augen wieder öffnete und sein Blick wie zufällig auf Theresens Busen ruhte. Nicht lange, doch lange genug, um als unschicklich zu gelten. Anna hatte damals nie so recht begriffen, warum sich Theres nichts umband, wenn sie Wolfs Zimmer betrat, sondern, im Gegenteil, immer wieder vergaß, die obersten Knöpfe ihrer Kittelschürze zu schließen. Theres ist selber schuld, dachte sie, und es war ihr recht so, denn sie liebte Wolf und konnte nur schwer ertragen, daß er in manchen Dingen nicht vollkommen war. Und dann, nachdem er Anna den lateinischen Text übersetzen ließ, summte er die Melodie, leise, innig und erzählte, daß nichts von Menschenhand Geschaffenes mit dieser Musik vergleichbar wäre außer dem göttlichen Schöpfungswerk. Dem Flügelschlagen großer Vögel, dem Wind und der wärmenden Kraft der aufgehenden Sonne.

«Es ist eigentlich eine Sopranarie, gnädige Frau.» Eine Hand berührte Anna an der Schulter. Sie hörte dicht an ihrem Ohr die gleiche ölige Männerstimme, die gleiche verwaschene Aussprache, die sie schon am Telefon nur schwer verstanden hatte. Schnell wandte sie sich um, sah ihn, schmalschultrig, im schwarzen Zweireiher, Bestattungsunternehmer durch und durch, und stand nun – für ihr Gefühl – zu nah bei ihm. Sie ging einen Schritt zurück. Seinen Namen hatte sie vergessen und wünschte, daß er die Höflichkeit besäße, sich noch einmal vorzustellen. Das Institut war eine Empfehlung von Rechtsanwalt Voll gewesen, Theresens Nachlaßverwalter. Es hieß «Frieden», aber er? Egal, sie mochte ihn nicht, und daran würde auch sein Name nichts mehr ändern.

Was hätte sie auch tun können? Seine Firma am Telefon ablehnen und sagen, «Entschuldigen Sie bitte, ich möchte mir Ihren Geschäftsführer erst ansehen, überprüfen, ob ich ihm die Verstorbene anvertrauen kann»? Dr. Voll hatte ihn «billig und bemüht» genannt und hätte an ihrem Verstand gezweifelt, angesichts der Hinterlassenschaft von Theres, hätte sie ihn nicht mit der Aufgabe betraut. Erst als Anna sehen konnte, wie er, der «Geschäftsführer des billigen Friedens» die Lippen bewegte, wurden seine Worte für sie verständlicher.

«Nicht nur die Solostimme, der ganze Instrumentalsatz mußte transponiert werden, ein ziemlicher Aufwand.» Er lächelte. «Aber Sie werden Ihre Gründe dafür gehabt haben, daß es unbedingt eine Altstimme sein mußte.»

Das Wiedergabegerät auf der Empore war auf ‹continuo› programmiert. Nach dem ‹fortissimo› des ‹Amen› begann drei Sekunden später wieder das ‹laudate dominum›.

«Es ist gut gelungen.» Anna lächelte ihn entschuldigend an. «Sie müssen das verstehen, sie», und dabei sah Anna zu Theres, «sie kennt es nur in einer tiefen Tonlage. Und sie soll es doch wiedererkennen. Genaugenommen kennt sie es nur gesummt, nicht gesungen. Es ist das letzte Geschenk, das ich ihr machen kann. Ich hoffe, es hat Ihnen nicht zu viel Mühe bereitet.»

«Dazu sind wir da, gnädige Frau.» Sein Verständnis wirkte professionell. «Im übrigen finden sich an der Musikhochschule immer junge Leute, die sich ganz gern solcher Aufgaben annehmen und mit ein paar Mark zufrieden sind.»

«Soll ich?» Anna öffnete ihre Handtasche.

«Nein, nein, ich bitte Sie, das haben wir bereits erledigt. Sie finden diese Auslagen auf der Gesamtrechnung.» Er lächelte wieder, und Anna war sich nicht sicher, ob der Grund dafür die zu erwartende Einnahme war oder ob er gar nicht mehr anders konnte. «Erwarten Sie noch jemanden?»

«Wen sollte ich erwarten?»

«Ich weiß nicht, Freunde, Verwandte, Nachbarn, wer die liebe Verstorbene sonst noch kannte.»

«Eigentlich kannte nur ich sie.»

Der Bestattungsunternehmer gab auf. «Es ist Zeit. Sind Sie soweit?»

Anna nickte. Ganz flüchtig berührte sie noch einmal Theresens Hände, die nun gefaltet unter ihrer Brust ruhten. Man hatte ihr eine blütenweiße Spitzenbluse mit einem diskreten Stehkragen übergezogen, der den Schnitt an ihrer Kehle verdeckte. Ihre Hände waren kalt, damit hatte Anna gerechnet, nicht aber damit, daß sie sich jetzt zart und glatt anfühlten und die rauhen, roten Arbeitshände aus Annas Erinnerung verdrängten. Für einen Moment wünschte sich Anna, daß es mit Seelen ähnlich wäre. Daß sich nach dem Tod all das, was das Leben hart und unveränderlich auf ihren Grund geschrieben hatte, durch den Tod wieder glätten würde. Der Bestattungsunternehmer faßte Anna erneut diskret an der Schulter und bedeutete ihr, mit ihm die Friedhofskapelle zu verlassen. Die Altstimme begann zum dritten Mal. ‹Laudate dominum . . .› klang es in Anna nach, und es störte sie eher beiläufig, daß bei dem wunderschönen ‹gaudium confirmata est› der Sargdeckel zuknallte und auf dem schlecht geräumten Kiesweg zum offenen Grab Schnee in ihre leichten Schuhe drang.

Anna war überrascht, als sie den Anwalt am Grab sah. Er hatte ein weißes Nelkengebinde in der Hand und blickte sie fragend an, als der Sarg auf den beiden Bretterbohlen über der Grube abgestellt wurde. Anna schüttelte den Kopf. «Suchen Sie mich?» fragte sie, als er sich neben sie stellte.

«Ich wollte wissen, ob Sie das Erbe angenommen haben.» Der Sarg wurde an vier breiten Hanfseilen nach unten gelassen.

«‹Erbe›, wie das klingt.»

«Das ist der übliche Sprachgebrauch, auch wenn keine Wertgegenstände vorhanden sind.»

«Bis jetzt habe ich erst einmal dafür gesorgt, daß sie so bestattet wird, wie sie es gemocht hätte.»

Dr. Voll lächelte. «Kein Geistlicher, keine Blumen, keine Rituale?»

«Sehen Sie hier jemanden, der getröstet werden müßte? Für Theres bricht jetzt eine bessere Zeit an. Und ich wünsche ihr einen Himmel voller Mozart-Melodien, so schön und vollendet, wie es ihr auf Erden nie zu hören vergönnt war. Niemand ist hier traurig, Theres nicht, ich nicht und Sie, Herr Dr. Voll?»

«Nun, ich kannte sie nur dienstlich.»

«Eben. Wozu also Trauerrituale.» Anna nahm ihm das Nelkengebinde aus der Hand und warf es in das Grab.

«Sie sind erleichtert.» Es klang wie eine Feststellung. Dr. Voll sah verärgert in die Ausschachtung. Sein Gebinde lag mit der Rückseite nach oben.

«Ich komme morgen vormittag in Ihre Kanzlei und hole den Schlüssel für die Wohnung, einverstanden?» Anna hatte bemerkt, daß ihn die Lage der Blumen störte. Sie überlegte kurz, ob sie hinuntersteigen und die Nelken umdrehen sollte, doch da fielen schon die ersten Schaufeln Erde auf das Holz, und außerdem, mit ihren Schuhen… Voll beobachtete sie schweigend.

«Vielleicht gibt es das eine oder andere, was ich zu ihrem Andenken behalten möchte.» Sie drehte sich ihm zu, erwiderte seinen Blick, ließ ihm keine Zeit zu antworten und ging grußlos auf dem nassen, rutschigen Weg zurück, vorbei an der Kapelle, durch deren geschlossene Türen noch immer das «Laudate dominum…» zu hören war.

Anna hatte der Versuchung widerstanden, sich zu betrinken. Trotzdem hämmerte es in ihren Schläfen, als sie den Vorhang zur Seite zog und die Wintersonne in ihr Schlafzimmer drang. «Elf Uhr vor der Wohnung von Frau Theres Müller», hatte sie noch im Ohr. Irgendwann am Morgen kam dieser Anruf aus Volls Kanzlei von einer penetrant jugendlichen, frischen Stimme. Sie sah auf die Uhr. Wenn sie noch unter die Dusche wollte, mußte sie sich beeilen. Oder sollte sie absagen? Dazu war es zu spät. Darüber hinaus war dies eine unverhoffte Gelegenheit, noch vor Erlangen des Erbscheines die Wohnung zu betreten. Es gab etwas, was sich in Theresens Besitz befand und was sie gerne wiedergehabt hätte, falls es noch existierte. Anna entschied sich für das dunkelblaue Kostüm. Sie hatte wirklich das Bedürfnis, ihren Verlust äußerlich kenntlich zu machen. Als sie in letzter Minute in den Bus sprang, waren ihre Haare noch feucht.

Dr. Voll bemerkte es nicht. Er wartete bereits im Treppenhaus. Die Hausmeisterin stand neben ihm. «Ich dachte, es wäre in Ihrem Interesse», sagte er atemlos, als er hinter Anna die Steintreppe hochstieg. «Wir müssen vor Ort etwas klären.» Natürlich hätte es auch einen Fahrstuhl gegeben, doch Anna entschied sich für die Treppe. Es war noch die gleiche wie vor fünfzig Jahren, die gleichen nach oben abgerundeten Stufen und die gleiche stuckverzierte weiße Decke, die wie ein Himmel über allem schwebte. Wer immer dieses Haus saniert haben mochte, es war ihm gelungen. Die Appartements kosteten wahrscheinlich ein kleines Vermögen. Sie waren oben angekommen.

«Es ist kaum vorstellbar, finden Sie nicht auch?» Anna drehte sich nach Dr. Voll um.

«Sie waren nach der Sanierung noch nicht hier?»

«Ich war seit fünfzig Jahren nicht mehr hier. Seit meinem zwölften Lebensjahr. Und damals, als das Haus noch ein Wohnheim für Alleinstehende war, bin ich nur bis in den ersten Stock gekommen. Im Erdgeschoß die Gemeinschaftsräume, die kannte ich auch. Theres wohnte auch damals schon unter dem Dach.»

Anna war überrascht, als sie in der kleinen Wohnung standen. Nur auf dem Schreibschrank unter dem Fenster lag etwas, wie aufgeräumt, alles andere befand sich in einer beispiellosen Ordnung: Die Platten, neben einem alten Grammophon auf einem Beistelltischchen, waren nach dem Köchelverzeichnis geordnet, die Holzscheite neben dem Kamin der Größe nach sortiert. Die Bronze-Uhr auf dem Sims war abgelaufen.

«Hier hat die Polizei nach Hinweisen gesucht.» Dr. Voll war Annas Blicken zum Sekretär gefolgt. «Sie haben nichts als Notenblätter gefunden.»

Anna nickte. «Theres hat sie gelesen, so wie wir Zeitung lesen.»

«Sie konnte Noten lesen?»

«Sie hat es von Eduard Wolf gelernt.»

«Das ist der Name, der auf den Blättern steht.» Er nahm die über die Schreibfläche verstreuten Papiere und steckte sie in eine der Schubladen zurück.

«Wer hat sie gefunden?»

«Die Hausmeisterin. Sie ist ihr im Haushalt etwas zur Hand gegangen. Es war ein Schock für die Frau, kein schöner Anblick.»

«Und dann?»

Dr. Voll sah Anna Berling irritiert an. «Wie das eben so läuft. Erst kommt der Notarzt, der stellt den Tod fest, und da es wie ein Suizid aussah, waren die nächsten Schritte die Gerichtsmedizin und die Polizei.»

«Nichts Besonderes? Ich meine, hat man irgend etwas Besonderes gefunden?»

«Nichts Besonderes. Die Polizei wußte wohl anfangs nicht, wen sie verständigen sollte. Frau Müller hat ja keine Angehörigen mehr. Deshalb wurden wohl ihre Papiere durchgesehen.»

«Und dabei ist man auf mich gestoßen?»

«Nein, auf mich, Frau Berling. Theres Müller war meine Mandantin. Sie hat mit meiner Hilfe ihr Testament aufgesetzt. Sie hatten ja keinen Kontakt mehr zu ihr. Ich erinnere mich an unser letztes Gespräch, sie wußte nicht einmal, ob Sie noch leben.»

Anna ging zum Fenster. «Was für eine Aussicht!»

Dr. Voll trat hinter sie. «Wenigstens einen schönen Blick hatte sie in ihrer Einsamkeit.»

«Es war nicht so, wie Sie denken. Theres wollte nicht, daß wir in Kontakt bleiben. Mit meiner Person war für sie die Enttäuschung ihres Lebens verbunden. Ich denke, sie wollte wohl einfach nicht erinnert werden.»

«Woran wollte sie nicht erinnert werden?»

«Warum interessiert Sie das?»

«Deswegen.» Dr. Voll setzte sich an den Eßtisch in der Mitte des Raumes und legte ein Päckchen auf den Tisch. Es war in vergilbtes Schrankpapier gewickelt.

«Sie hat es tatsächlich aufgehoben.» Annas Stimme war kaum mehr zu verstehen. Schnell griff sie danach, doch Voll nahm es ihr wieder sanft, aber bestimmt aus den Händen.

«Sie erkennen es wieder?»

«Selbstverständlich. Es war ein Geburtstagsgeschenk von Eduard Wolf zu meinem zwölften Geburtstag. Ich habe es Theres gegeben, weil... Hat sie es Ihnen nicht erzählt?»

«Das hat sie. Sie hat es sogar schriftlich mit ihrem Testament hinterlegt. Aber ich muß es noch einmal von Ihnen hören, so schwer es auch fällt. Die Erfüllung ihres letzten Willens hängt an dieser Geschichte. Wenn nämlich Ihre Version mit der von Frau Müller sinngemäß übereinstimmt, können Sie das Erbe ganz beanspruchen.» Dr. Voll holte ein Aufnahmegerät aus seiner Tasche und stellte es auf den Tisch. «Ich lasse davon eine Abschrift machen, als Nachweis, daß die Voraussetzungen erfüllt sind. Einverstanden?»

Anna fühlte sich unbehaglich, dennoch nickte sie.

«Das ist alles etwas ungewöhnlich.» Dr. Voll sah ihr in die Augen. «Aber bitte bedenken Sie zu Gunsten meiner Mandantin, sie hat ihre kleine Anna seit deren zwölftem Lebensjahr nicht mehr gesehen. Menschen ändern sich in kürzeren Zeitabschnitten.»

«Theres hatte keine Wertgegenstände, ich weiß das. Sie war Hausgehilfin, nach dem Krieg.»

Voll lächelte. «Sagen wir einfach, sie wollte es.»

Anna nickte. Sie setzte sich, von ihm abgewandt, auf einen Stuhl nahe dem Fenster. «Ich weiß nicht, wozu, aber ich werde es tun. Haben Sie Zeit?»

«Genügend.»

Anna sah nach draußen, während sie sprach.

«Es waren Doppelfenster, Winterfenster, wie sie Theres nannte. Im Gartenhäuschen meiner Großeltern gab es sie oder an der Ostseite des Burgwalles, bei den Bedienstetenunterkünften. Und hier, in diesem Haus, bei ihm. Im Herbst, meist noch vor dem ersten Frost, hat er selber das zweite Fensterpaar mit wenigen Handgriffen außen in die Zargen eingehängt.»

«Frau Berling, bitte kommen Sie zur Sache.» Dr. Voll drehte das Päckchen zwischen den Fingern. «Ich höre Ihnen gern zu, nur – wir haben hier einen Sachverhalt zu klären.»

«Das glaube ich nicht.» Anna vermied es, ihn anzusehen. «Wir haben hier die Tragik dreier Menschen zu verstehen, die einander zur falschen Zeit begegnet sind, so, wie wenn sich Blüten zu früh öffnen, weil sie die ersten warmen Sonnenstrahlen des neuen Jahres für den Frühling halten. Ihre Schönheit und die Reinheit ihrer Gefühle bewahren sie nicht vor dem kommenden Frost.» Sie sprach so leise, daß Voll den letzten Satz mehr erahnte als verstand. Er sah zu ihr und bemerkte, daß sie ein Taschentuch nötig hätte. Mit Bedauern stellte er fest, daß er im Moment über keines verfügte.

«Wer war er?»

«Eduard Wolf.»

«Der Bewohner mit den Doppelfenstern?»

Anna Berling nickte. «Ich kann das nicht. Es kommt so unvermittelt. Muß das wirklich sein?»

«Aus diesem Grund habe ich Sie hergebeten. Es war der Wunsch meiner Mandantin. Es ist wichtig für Sie, glauben Sie mir.» Er stand auf, ging zu ihr, bat sie aufzustehen und stellte ihren Stuhl zurück an den Tisch. «So ist das besser für die Aufnahme.» Anna tat, was er sagte. Sie hatte Vertrauen zu ihm, wußte nicht, warum, aber ahnte, daß es wohl daher kommen müßte, daß sie sich ähnlich waren.

«Noch mal von Anfang an, bitte, wenn es möglich ist.»

Anna begann erneut. «Ich habe nur die Fenster beschrieben», sagte sie. «Kann ich einen Schluck Wasser haben?»

Voll stand auf, steckte das Päckchen vorsorglich in seine Brusttasche und stellte kurz darauf das Glas vor sie hin.

«Sind die Fenster wichtig?»

Sie nickte. «Ich weiß, was Sie meinen. Aber eine lange Geschichte kann man nicht kurz erzählen.» Sie sah Voll an. «In dieser Zeit waren solche Dinge wichtig. Es lagen noch nicht so viele Schichten zwischen Geschehen und Gefühl. Warme, trokkene Füße zum Beispiel haben uns glücklich gemacht.»

Er lächelte ihr aufmunternd zu, und sie verstand seinen Blick. Langsam sprach sie weiter. «‹Winterfenster gehören zu den guten Dingen›, erklärte mir Eduard Wolf damals, und dabei wurde seine Stimme fast tonlos, heiser, wie immer, wenn er von den guten Dingen sprach, und sein Blick ging durch die beschlagenen Scheiben hindurch weit weg an einen Ort, zu dem ich ihm nicht folgen konnte. ‹Sie halten die Nordwinde ab›, sagte er weiter, ‹bewahren vor Kälte›, und dann, nach einer kurzen Pause, fügte er zögernd hinzu: ‹soweit sie von draußen kommt.›

Ich sehe sie deutlich vor mir. Vier Fensterscheiben, jede in sechs übereinanderliegende Quadrate unterteilt, im grauen Holzrahmen. Die beiden unteren hingen so locker im brüchigen Kitt, daß sie klirrten wie der Blecheimer von Theres mit der ausgebeulten Kehrschaufel, wenn sie über die langen Gänge schlurfte. Das heißt, genaugenommen klirrten sie leiser, leiser als die Schaufel, weil auch der Wind leiser blies, wenn er das Glas zum Zittern brachte, ebenso wie Herr Wolf leise und behende war, wenn er die Hartgummistopper seiner Krücken auf den Holzboden setzte und dabei mit dem Ellbogen gegen die offene Innenscheibe stieß.

Das kam häufig vor, im Verlauf der zweiten Hälfte einer

Stunde. Zu Beginn des Unterrichts trat er nur selten vom Fenster weg.

Die abgerundete obere Ecke einer halbhohen Barockkommode – etwas von der feuchten Wand gerückt – erlaubte ihm, auch ohne Prothese längere Zeit zu stehen. Das Gewicht ganz auf das gesunde Bein verlagert, die Kommodenecke zwischen den Schenkeln, die Krücken in Reichweite an die Wand gelehnt, stand er den größten Teils des Unterrichts, während sein Oberschenkel zur Seite herabhing. Das Bein endete knapp oberhalb des Knies. Den unteren Teil des Hosenbeins hatte er locker hochgeschlagen und mit einer Sicherheitsnadel festgesteckt.

Die erste Hälfte der Stunde war mir lieber. Ich durfte von mir erzählen und tat das so ausführlich, wie er es nur zuließ. Nichts Privates natürlich, sondern mehr, wie viele Fehler ich in der wöchentlichen Vokabelextemporale hatte und ob neuer Stoff durchgenommen wurde. Wenn in der Grammatik etwas Schwieriges dazukam, spielten wir Lehrerin und Schüler. Ich erklärte ihm in aller Ausführlichkeit, was ich gelernt hatte, und er stellte sich als Schüler Eduard dumm an, fragte immer wieder nach, ließ sich Beispiele benennen und übersetzte die Übungsaufgaben so lange falsch, bis ich, des ewigen Korrigierens müde, versicherte, daß kein Mensch auf dieser Erde so begriffsstutzig sein könne wie er. Er lachte und gab mir recht. Dies war einer der Augenblicke, in denen ich ihn liebte, genau so, wie er am Fenster stand. Wild, stark, unrasiert, nicht kleinzukriegen vom Leben, weil er um die guten Dinge wußte. Und wenn sich dann meine Phantasie verirrte und ich mir vorstellte, daß er in Wirklichkeit gar kein Hauslehrer, sondern ein Pirat wäre oder ein gesuchter Agent, dann fand ich trotz seiner gelben Zähne und seiner schmalen Lippen den Gedanken ganz wundervoll, daß er mich heftig an sich drücken und küssen könnte. Natürlich habe ich mich hernach sofort geschämt.

Wenn ich genau bin, erinnere ich mich an das Fenster eigentlich nur mit seiner Silhouette. Mein Platz war dem Licht zugewandt. Hinter mir die Tür, hölzern, matt lasiert, mit einem Schlüssel, wie er sonst nur an besonderen Orten zu finden war. Groß und schwarz. Speicherschlüssel, Kellerschlüssel, Schatztruhenschlüssel sahen so aus. Wenn er ihn zu Beginn des Unterrichts umdrehte, damit wir nicht gestört würden, knarzte der.

Doch dies ängstigte mich nicht. Ich wußte Theres auf dem Flur. Sie kehrte, wischte und wachste die Dielen, bis sich die Tür wieder öffnete und ich erleichtert die Treppe hinuntersprang, dem Ausgang entgegen. Manchmal, wenn es noch Reste von der Kaffeetafel gab, winkte sie mich kurz in die Speisekammer und belohnte mich mit einem Stück Hefekuchen. Er war in eine leere Mehltüte verpackt, damit nicht gleich jeder sähe, welche Schätze ich nach Hause trage. ‹Weilst fleißig warst›, sagte sie.

Oftmals bekam ich diese Belohnung, ohne sie auch nur im geringsten verdient zu haben, und dann wieder, wenn ich meinte, nun sei sie gerecht, blieb sie aus. In dieser Zeit kamen in mir erstmals Überlegungen auf, ob Gott, der ja allwissend war, Theres in ihrem Tun lenkte oder ob ihm dies zu nichtig wäre. Wie auch immer, Theres schien mir zum Schutzengel bestimmt. Zwar sah sie nicht aus wie die Engel im Gottbüchlein, Theres war damals schon über dreißig Jahre alt, hatte dünne Haare und trug ewig die gleiche blaugeblümte Kittelschürze, aber ich wußte, wo sie zu finden war.

Solange ich Theres nicht sah, spürte ich sie. Ich saß an meinem Tisch, blickte nach vorne, sah ihn, zwei Scheiben, eine äußere, eine innere, und durch das trübe Glas schemenhaft die Bäume im Stadtpark. Der Schrank stand hinter mir. Irgendwann einmal kam in mir die Gewißheit auf, daß es neben der äußeren auch eine innere Theres gäbe und daß diese zweite Theres zu Beginn der Stunde mit mir in das Zimmer schlüpfen würde, um sich im Schrank zu verbergen. Denn sie genoß wie ich die Nähe dieses Mannes. Der Schrank spiegelte sich im rechten Fensterflügel und wirkte tiefer, voluminöser, als er war. Seine Türen standen immer einen Spaltbreit offen. Auch heute hatte er versucht, auf dem Weg von der Zimmertür zu seinem Stehplatz am Fenster den Schrank zu schließen. Er klemmte ein Stück Papier zwischen die Türblätter, nachdem er sie kurz geöffnet und ein kleines rechteckiges Päckchen entnommen hatte. Doch dies hielt nicht lange vor.

Er gab mir das Päckchen in die Hand. Es war in gemustertes Schrankpapier gewickelt und mit einem roten Band verschnürt.

‹Das ist für dich.›

‹Danke.› Ich war überrascht und versuchte, den Knoten zu lösen.

‹Erst die Arbeit›, sagte er, lächelte und griff hinter sich auf die Kommode nach dem Schulbuch. ‹Du wirst doch erst morgen zwölf, oder?›

‹Schon, aber...›

‹Ich will dir verraten, was es ist. Es ist etwas für Mädchen, die zwar älter werden, aber nie ihre kindliche Seele verlieren. Morgen früh, wenn du aufwachst und meinst, daß du ein solches Mädchen bist, darfst du das Band aufknüpfen.›

Ich nickte und legte die Schachtel neben mein Schulheft. Schnell zog ich meine Vokabelkärtchen aus der Büchertasche und reichte sie ihm. An diesem Tag waren es 136 unregelmäßige Verben. Ich weiß das, weil wir am Schluß des Abfragens gemeinsam meinen Fortschritt gezählt haben. Eduard Wolf notierte nicht meine Mängel und Lücken, er registrierte peinlich genau, was ich wußte und konnte. Und so lag in jeder Stunde ein Berg angesammelten Wissens vor mir. Wenn ich ein Wort richtig nannte, gab er mir mein Kärtchen zurück, und wenn er alle abgefragt hatte, deutete er auf den Stoß zwischen uns und sagte: ‹Das ist jetzt deines, das kann dir keiner nehmen.› 129 Kärtchen waren es an diesem Tag. Nur sieben hatte er einbehalten.

Über seine Stimmbänder war der Rauch unzähliger Päckchen filterloser Zigaretten gegangen. Ich hörte ihm mit angehaltenem

Atem zu. Egal, worüber er sprach. Der ‹Akkusativ cum Infinitiv› war für mich nicht weniger spannend als mythologische Erzählungen. Am meisten aber liebte ich es, wenn er über Mozart sprach. Dabei war es nicht nur das Thema, das mich gefangennahm, sondern ebenso das, was ich zwischen seinen Worten hören konnte und was nicht für kleine Mädchen bestimmt war. Während er sprach, sah ich unter mich und studierte die Farben des Fleckerlteppichs in der Mitte des Raumes, um ihn hören zu können, ohne ihn zu sehen. Schon nach wenigen Minuten marschierten für mich zwischen den verwebten Stoffstreifen all die Figuren auf, die ich erst sehr viel später persönlich kennenlernen durfte. Papageno, Don Giovanni und die Königin der Nacht. Manchmal, wenn seine Themen zu abstrakt waren, dachte ich ihn mir als jungen Mann.

Jedesmal kostete es mich Überwindung, zu ihm aufzusehen. Wenn sich unsere Augen begegneten, hatte ich Sorge, daß er mich durchschauen könnte. Wenn er sagte: ‹Sieh mich an›, klappte es nur, wenn ich ganz unten anfing und meine Augen immer den gleichen Weg nahmen. Mein Blick glitt von dem Schuh mit dem zu kurzen Schnürsenkel über die helle Hose, die Flecken an der Innenseite der Oberschenkel, bis zu den Druckstellen am Bund, an denen die Hosenträger befestigt waren. Höher zu sehen, verlangte er selten.

Auf dem Tisch vor mir lag eine Wachstuchdecke. Am Fenster, zwischen den Scheiben, hatte sich eine schillernde Fliege verfangen, stieß immer und immer wieder mit dem Kopf an die Scheibe, dem Licht vertrauend, geriet ins Taumeln, fing sich und startete aufs neue.

‹Magst du?› fragte er, griff in die oberste Schublade der bauchigen Kommode und holte eine flache Blechdose hervor. Er öffnete den Deckel und hielt mir den Inhalt entgegen. Zwischen einigen getrockneten Apfelscheiben und weiß-rosa gestreiften Pfefferminzbonbons lag ein Riegel Bitterschokolade. Sie war weich und mit einem zarten grauen Schleier überzogen. Ich zögerte, er deutete mein Zögern als Scheu, stellte die Dose auf den Tisch, griff den Riegel an seinem unteren Ende zwischen Daumen und Zeigefinger und hielt ihn mir entgegen. Die Schokolade hatte den gleichen Farbton wie sein grau-braun kariertes Jackett.

Ganz leicht begann die weiche Schokoladenmasse zu zittern, und die Bewegung übertrug sich auf seinen ausgestreckten Arm. Oder war es umgekehrt? Dann brach sie, und die obere Hälfte platschte auf die Tischdecke.

Ich schüttelte schnell den Kopf.

‹Mein Gott, Kind, träum nicht, lang hin, wenn ich dir etwas reiche.› Er ließ auch den unteren Teil fallen, humpelte zum Waschbecken, suchte in dem kleinen Putzschrank, der den Siphon verdeckte, einen Wischlappen und befeuchtete ihn unter dem klaren Wasserstrahl.»

Dr. Voll hatte die Brille abgenommen und rieb sich die Augen.

«Dauert es zu lang? Soll ich...?»

«Erzählen Sie weiter», sagte Voll, sehr sanft. «Solche Geschichten muß man zu Ende bringen.»

«Oft, wenn er mich teilhaben lassen wollte an dem Seinen, erwies ich mich als nicht würdig, langte nicht schnell genug hin, nahm nicht, was er mir reichte. Es gab Tage, an denen wir nicht ausreichend gut zueinander waren.

Die Fliege hatte ihre Suche nach Licht zurückgestellt und war dem Geruch gefolgt. Sie flog ihr Ziel direkt an, von links oben steil nach unten, und landete zielsicher. Für wenige Sekunden war sie so etwas wie eine ‹Fliege im Glück›. Dann floh sie vor einem graubraunen Putzlappen. Nur in Gedanken war ich ihr ähnlich. Wir hatten ein Ziel: Freiheit. Und als die Fliege wieder versuchte, die feuchte Scheibe von unten nach oben hochzukriechen, in der Hoffnung, daß es dort ein Entrinnen gäbe, wünschte ich ihr alles Gute dieser Erde. Eduard Wolf zog mit dem Wischtuch die weiche Masse über den Tisch, winkelte an der Tischkante die Hand leicht ab, so daß die Reste in dem Tuch versanken, und ließ alles im Mülleimer verschwinden. Die klebrige Spur auf dem roten Wachstuch war kaum mehr sichtbar. Dann schleppte er sich, mir den Rücken zugewandt, zurück zum Fenster, und während ich seiner Anweisung ‹Komm› Folge leistete, langsam aufstand und mit ganz kleinen Schritten den Raum durchquerte, sah ich wieder seine Silhouette im Gegenlicht. Der zweite Teil der Stunde war nun angebrochen. Unerbittlich. Wenn ich einen Wunsch hätte äußern dürfen, heute am Vortag meines Geburtstages, dann hätte ich mir gewünscht, daß die ersten dreißig Minuten dieser Stunde doppelt zählten und daß es die zweiten einfach nicht gäbe. Aber er hatte mich nicht nach meinen Wünschen gefragt. Er lehnte da, die Beine leicht gespreizt, die Ellbogen in Hüfthöhe vom Körper abgewinkelt, das Becken auf die Kommodenecke gestützt und mit dem Oberkörper in einem Rhythmus wippend, den ich kannte.

Die Fliege war am oberen Rand angekommen. Der Raum roch widerlich, süßlich. Sie ließ sich erneut täuschen, umkreiste wieder die Geruchsquelle, bekam einen schnellen Schlag mit dem Handrücken und taumelte zurück gegen das Glas.

Ich hätte ihr so gern den Weg freigemacht, einfach das Fenster aufgestoßen. Doch es war nicht nur seine linke Hand, die mich hinderte, meine Arme fest auf dem Rücken hielt und mich langsam nach unten drückte, es war auch die Gewißheit, daß die Dinge ihren Preis hatten.

Die Fliege stellte sich tot. Er verharrte ebenso, sekundenlang, die gefaltete Zeitung im erhobenen Arm. Es blieb keine Zeit, nicht einmal für einen Schrei.

Ich schnellte hoch, befreite dabei meine Hände, stieß mit der Faust gegen das Glas, und noch während es brach, sah ich, wie sie Pirouetten drehend in den Himmel floh. Durch das laute Klirren wurde mit einemmal öffentlich was lange verborgen war. Splitter, weit verstreut im Raum, machten das Chaos sichtbar. Die Zeitung lag vor mir auf dem Teppich. Das Blut, das aus meinem Handballen tropfte, wurde von dem holzigen Papier aufgesogen.

‹Schweig›, sagte er, obwohl ich nicht schrie, während Theres aufgeregt gegen die Tür hämmerte.

Er brachte sich in Ordnung, bevor er, gestützt auf seine Krücken, durch das Zimmer ging, um zu öffnen.

‹Das hat nichts mit uns zu tun›, sagte er, als Theres zum Fenster ging und ihren Eimer mitten im Raum abstellte.

‹Ich habe…›, stotterte ich und schwieg, denn Eduard Wolf kam langsam auf mich zu, fixierte mich mit starrem Blick, sah nicht mehr vor sich und konnte dem Eimer nicht ausweichen. ‹Halt›, dachte ich und im selben Moment ‹nicht denken, rufen mußt du›. Doch es war zu spät, für mich und für ihn, denn er stieß dagegen, schwankte, fiel, und als mein Verstand ihm die Hand reichen wollte, griff meine Angst statt dessen seine Krücke, schleuderte sie gegen den Schrank, und ich sah, wie Theres mit beiden Händen den kleinen Flickenteppich packte, auf dem er stand, und an sich riß.

War die Tischkante sein Tod? Das Blut, das jeden Gegenstand auf der Wachstuchdecke mit feinem rotem Sprühregen überzog, spritzte nur für den Bruchteil einer Sekunde aus der Platzwunde am Hinterkopf, dann, nach dem Sturz auf das gebrochene Glas und die harten Dielen, sickerte es langsam in die Ritzen zwischen dem Holz. Es wäre wahrscheinlich nicht mehr nötig gewesen, daß Theres seinen Kopf in beide Hände nahm und mehrmals fest auf den Boden schlug und ich eine Scherbe ergriff, die dem Messer des Figaro gleichkam und ihm beinahe spielerisch leicht die Kehle durchtrennte.

‹Ich konnte nicht anders…›, versuchte ich zu erklären, während Theres sein Laken in Streifen riß und vortäuschte, sie hätte versucht, die Blutung zu stillen.

‹Ich weiß es schon länger›, antwortete Theres und deutete auf das Schrankpapierpäckchen auf dem Tisch. ‹Was ist da drin?› fragte sie.

Ich zuckte die Schultern. ‹Er hat es mir heute geschenkt. Es ist für Mädchen, die nie ganz erwachsen werden.›

‹Seit heute bist du erwachsen›, murmelte Theres, öffnete es an der Schmalseite, ließ meine Figaro-Scherbe darin verschwinden, steckte es in ihre Schürzentasche und drückte Wolf ein anderes Glasstück in seine leblosen Hände, bevor sie mich nach Hause schickte und langsam nach draußen ging, um Hilfe zu holen. Sie hat mich vor vielem bewahrt.»

Anna betrat das Bad und ließ sich Wasser über die erhitzten Wangen laufen. Die Wimperntusche war tränenverschmiert, ließ die Augenhöhlen beinahe schwarz erscheinen. Die Tür stand offen. Ihr war heiß, sie hatte trotzdem Beklemmungen in dem fensterlosen Raum, und der Schmerz von heute morgen hämmerte erneut gegen ihre Schläfen. Mit halb geschlossenen Lidern fingerte sie die Druckmechanik des Spiegelschranks über dem Waschbecken auf. Das Schmerzmittel kannte sie, entnahm die beiden letzten Tabletten, schluckte sie ohne Wasser und fühlte sich in Erwartung schneller Wirkung besser. Ich werde ihr neue besorgen, dachte Anna, bevor ihr bewußt wurde, daß dies nicht mehr nötig war. Als sie das Röhrchen zurückstellen wollte, entdeckte sie den Ring. Er lag neben dem Zahnputzglas, flüchtig abgelegt am Abend, einer jener Ringe, die Anna bisher nur hinter Panzerglas in der Tagesauslage guter Juweliergeschäfte gesehen hatte. Anna nahm ihn in die Hand, betrachtete ihn und legte ihn behutsam zurück. Es war der schräge Winkel der Spiegelschranktür, der es Anna möglich machte, Voll zu sehen, als sie den Toilettenschrank wieder schließen wollte. Er stand am Telefon. «Nein, kein Unfall, ich habe einen Mord zu melden . . .», flüsterte er und hielt die hohle Hand vor die Sprechmuschel.

«Was für einen Mord?» Anna stand unter der Badezimmertür. Sie fühlte sich noch immer schmutzig. Voll ließ den Hörer auf die Gabel fallen.

«Der Mord an Wolf ist längst verjährt, oder etwa nicht? Zudem war ich damals ein Kind.» Sie ging auf ihn zu.

«Damals schon. Aber heute nicht mehr.» Voll ging zurück zum Eßtisch und verstaute das Bandgerät in seiner Tasche.

«Was heißt heute? Wovon sprechen Sie? Theres hat sich umgebracht, da gab es doch keine Zweifel.» Sie standen sich Auge in Auge gegenüber.

Voll deutete auf das Päckchen, das noch auf dem Eßtisch lag. «Die Polizei zweifelt gern. Sie wird eine gute Erklärung dafür verlangen, warum Theres Müller durch die gleiche Scherbe gestorben ist wie damals Eduard Wolf. Ihre Fingerabdrücke sind alt, aber das Blut ist frisch.»

«Theres war gar nicht arm, stimmt das?» Anna wurde schwindelig.

«Nein, wirklich nicht. Dieses Haus ist Familienbesitz der Müllers.»

«Und mir sollte es gehören, wenn ich die Bedingungen von Theres erfülle.»

«Unsinn, Ihnen sollte es in jedem Fall gehören. Es sei denn, es gäbe irgendwelche gravierenden Hinderungsgründe.»

«Welche Hinderungsgründe?»

Voll lächelte. «Nun zum Beispiel, wenn der im Testament Begünstigte den Erblasser umgebracht hat. Das verstößt gegen jedes Rechtsempfinden. Dann ist der nächste in der Erbfolge am Zug. In diesem beziehungsweise in unserem Fall bin das ich.»

«Warum dann diese ganze alte Geschichte?»

«Sie müssen das verstehen. Theres Müller war eine betagte Dame. Da stellen sich in der Erinnerung Dinge oftmals anders dar, als sie waren. Ich mußte in so einer entscheidenden Sache einfach sichergehen, daß meine Indizien tragfähig sind. Sie sind es.» Er nahm das Päckchen in die Hand und schüttelte es. «Wissen Sie übrigens, was da noch drin ist?» Voll lachte und warf es wieder auf den Tisch. Anna schüttelte den Kopf.

«Eine handgeschriebene Ode an die Liebe, von Ovid. Bei der Übersetzung wäre er ihnen sicher gern behilflich gewesen, der...»

Anna hörte ihm nicht mehr zu. «Sie wollen mich aus dem Verkehr ziehen.» In ihrer Stimme schwang beinahe so etwas wie Bewunderung mit. «Aber warum umbringen? Warum haben Sie nicht einfach abgewartet? Theres war alt.»

«Wäre ich dann zum Zuge gekommen?»

«Ich hätte Ihnen das Haus überlassen.»

Voll schüttelte den Kopf. «Sie müssen das philosophisch se-hen. Ist es für Sie nicht egal, ob Sie für einen oder zwei Morde büßen? Und, warum sollte ich auf etwas warten, was ich auch gleich haben kann.» Voll war in seinen Mantel geschlüpft. Er ging noch einmal in die Mitte des Raumes, wollte das Päckchen einstecken, war den Bruchteil einer Sekunde zu langsam und konnte nicht verhindern, daß Anna es blitzschnell packte und unter den Eßtisch warf. Voll mußte es haben, um jeden Preis, und als sein Versuch, den Tisch umzuwerfen, fehlschlug, weil sich Anna daraufgesetzt hatte, blieb ihm keine Wahl, als unter den Tisch zu kriechen. Daß Anna die Kaminuhr in den Händen hielt, war Voll entgangen, sonst hätte er erst nach oben gesehen, bevor er unter dem Tisch wieder hervorkroch.

So hatte er keine Chance.

Anna war erstaunt, als sie die sauber abgewischte Uhr auf den Sims zurückstellte, wie einfach es auch diesmal war. Sie ging zum Plattenspieler, legte das ‹Laudate dominum› auf und sagte ganz leise, als die Original-Sopranstimme in wunderbare Höhen entschwand, zu Dr. Voll, der vor ihr auf dem Boden lag: «Sie haben Recht, Herr Rechtsanwalt. Warum sollten Sie auf den Tod warten.»

Karina Lübke
WÜNSCH MIR WAS

Mein Geburtstag war für keinen ein Grund zur Freude. Warum sollte meine Mutter mich also später ausgerechnet an dem Tag nicht verprügeln, den sie nur knapp überlebt hatte? Wie konnte sie alle Jahre wieder den Unglückstag feiern, an dem sie meinen Vater im Krankenhaus zum dritten und letzten Mal sah, ehe er mit angewidertem Gesicht für immer ging? Sollte sie sich auch noch jeden 11. April mit einem Kuchen revanchieren für die langen Stunden, in denen ich ihr erst die Eingeweide, dann den Arsch aufgerissen hatte; mir Geschenke machen als Dank für die schlimmsten Schmerzen ihres Lebens; Blumen kaufen zur lieben Erinnerung an drei verschiedene Ärzte, die bei jedem Schichtwechsel zur Begrüßung Gummihände in ihre wunde Vagina schoben, um nach meinem Kopf zu tasten? Sollte sie mir etwa alles Gute wünschen, wo meine Geburt schuld war an der längsten Zeit ihres Lebens, die sie ohne Alkohol auskommen mußte?

Ich konnte sie verstehen – wenn auch zu spät. Wer nicht auf Doktorspiele der ganz harten Art steht, muß die Geburtstage seines Kindes hassen. Wenn das Kind Glück hat, kommt irgendwann ein zweites Kind, dessen Geburt dann schrecklich genug ist, den Horror der ersten verblassen zu lassen. Deshalb wollen Kinder möglichst viele Geschwisterchen: Sie helfen ihnen, die Last des mütterlichen Hasses zu tragen.

Ich bekam keine Geschwister. Ich wünschte mir Geschenke, obwohl meine Mutter mir an meinem Geburtstag wider Willen das größte Geschenk gemacht hatte: das Leben. Leider ohne Umtauschrecht. Weil «Miststück» bei den Behörden nicht durchging, nannte sie mich April. Der Name war das Beste, was ich je von ihr bekommen habe.

Ich war noch ziemlich klein, als ich meiner Mutter den Rest gab. Wir bewohnten Zweieinhalbzimmerküchebad im neunten Stock einer Hochhaussiedlung am äußersten Rand des Stadtrandes. Hier hatten Frankensteins Stadtplaner in den 70ern ihre bekiffte Vorstellung vom Paradies für soziale Randgruppen verwirklicht. Doch nachdem sie das Betonmonster hingeklotzt, spärlich begrünt und mit den Blutkörpern von Menschen belebt hatten, die bei der Wahl ihres Wohnsitzes keine große Wahl haben; als die vier Eck-Wohntürme aus RALrot, RALgelb, RALblau und RALgrün geschminkten kleinen Fensteraugen auf sie herabstarrten, die sicher in der Architektenzeichnung als «fröhlicher Akzent» gedacht waren, da wandten sich die Erbauer schaudernd von ihrem Monster ab, spendierten aus schlechtem Gewissen noch eine U-Bahn-Anbindung und flohen vor der Realität in ihre erdfarben getönten Altbauten in der Stadt zurück, um die architektonische Leidensfähigkeit ihrer Mitmenschen mit einem neuen Kongreßgebäude auszureizen.

Wer es sich irgendwie leisten konnte, folgte ihnen bald nach.

Wir blieben.

Unsere Siedlung hieß «das centrum», und genau das war es: das centrum von Gewalt, Dreck, Kleinkriminalität, Langeweile, billigem Alkohol, kaputten Fahrstühlen und bösartigen Kötern ohne Steuermarke, die zum Scheißen auf die wabenförmigen Betonbalkone geschickt wurden. Es ging die Legende, ein angekettetes Fahrrad habe mal länger als drei Minuten vor einer Tür gestanden, aber niemand im centrum glaubte daran.

Das centrum hatte etwas ganz Besonderes – es zog. Frankreich hat den Mistral. Bayern hat den Föhn. Algerien hat den Schirokko. Der Zugwind hatte das centrum. Er zog durch die Parkdecks, auf denen höchstens Autos ohne Räder und Türen standen. Er zog in den feuchtgrauen Gängen mit den bunten Rohrleitungen, in denen es nach Menschenpisse roch und wo

von Lampen nur Scherben blieben. Er zog um die Waschbeton-
kübel, in denen sich graugrünes Gestrüpp von dem Müll zu er-
nähren schien, der in seinen Ästen flatterte.

Der Zugwind war überall und erzeugte ein permanentes, ei-
genartiges Geräusch: Das centrum klang, als ob Gott auf einer
riesigen, halbleeren Flasche blies. Und Gott ist zwar taub und
blind, aber er hat einen langen Atem.

Es war nicht so, daß meine Mutter sich gar nicht um mich gesorgt hätte. Seit ich denken konnte, hatte sie mir immer wieder
drei gute Ratschläge gegeben:

1. Stör mich nicht!
2. Steh mir nicht vor dem Fernseher herum!
3. Bleib bloß von den verdammten Fenstern weg!

Obwohl wir außer den Leuten von der Fürsorge keinen Besuch
bekamen, schminkte sie sich jeden Morgen und ging mit Lok-
kenwicklern schlafen. Und wenn meine Mutter die Wohnung
auch nur für Sachen verließ, die ich ihr nicht vom Supermarkt
holen konnte, lehrte sie mich durchaus Sinn für die Wunder der
Natur: So unterschied ich bald die vier Jahreszeiten nach ihrem
Konsum von Gin (Frühling), Wodka (Sommer), Korn (Herbst)
und Weinbrand (Winter).

Mein sechster Geburtstag war ein sonniger Sonntag, und nachdem sie ihrer Fürsorgepflicht nachgekommen war, indem sie
mich in mein halbes Zimmer einschloß und vergaß, beging sie ihn
stilvoll mit einer Flasche Gin. Kindischerweise hatte ich bis zuletzt auf ein Wunder gehofft. Einen Ausflug in den Zoo vielleicht!
Mit der U-Bahn in die Stadt fahren und Kuchen essen. Oder ein ge-
meinsamer Spaziergang zu meiner Autobahnbrücke, auf der ich
Tage damit verbrachte, den Autos zuzuwinken. Doch die Möglichkeiten schwanden mit dem Licht, und die Vorfreude verging
mit den Stunden, bis von meinem Geburtstag wieder einmal
nichts übrigblieb als Enttäuschung. Dann Traurigkeit. Und
dann, zum ersten Mal, Wut. Ich wollte meine Mutter ärgern.

Stören oder ihr vor dem Fernseher herumstehen konnte ich leider nicht. Auf meine Tritte gegen die Tür kam keine Antwort. Aber als ich am Abend ihre Schritte heranschwanken hörte, kletterte ich auf den Stuhl und öffnete das Fenster weit. Bei schönem Wetter hatte man von hier eine gute Sicht auf die Autobahn. Jetzt wurde es dunkel, und die aneinandergedrängten Scheinwerfer und Rückleuchten legten eine sechsspurige, rotweiße Würgekette um die Gurgel des Verkehrsflusses. Ein Schwarm Vögel schwirrte vorbei, um in einer anderen Gegend nach einem Baum zu suchen. Ich sprang vom Stuhl und versteckte mich schnell hinter dem Schrank.

Der Schlüssel drehte sich zweimal im Schloß, die Schritte stolperten herein und stoppten. Ich sah vorsichtig hervor: Meine Mutter starrte auf das offene Fenster und wurde ganz still. Erst rief sie meinen Namen, dann schrie sie ihn. Ich saß hinter dem Schrank und hielt mir mit beiden Händen den Mund zu, um vor Glück nicht laut zu lachen. Sie vermißte mich! Sie sah verzweifelt aus! Das war der schönste Moment meines Lebens. Meine Mutter liebte mich ja doch! Ich überlegte, in ihre Arme zu laufen, aber ich wollte dieses wunderbare Gefühl so lange wie möglich auskosten.

Sie beugte sich aus dem Fenster, umklammerte das Fensterbrett und schrie immer weiter meinen Namen in die Dämmerung. April! April! April! Ich wollte ihr gerade antworten, da stieg sie auf den Stuhl und sprang aus dem Fenster. Ich machte meine Augen zu. Ich machte sie wieder auf. Sie war immer noch weg. Es war ganz still. Der Schein vom Leuchtmast gegenüber kegelte schräg und staubig über den braunen Teppichfußboden. Ich war allein. Es war so still. Ich sagte – Mama?

Es blieb still. Vielleicht machte sie sich ja auch einen Spaß mit mir. Ich lachte laut, um ihr zu zeigen, daß ich keine Angst hatte. Ich rief Mama? Mama? Mama? Aber sie kam nicht wieder. Ich fing an zu weinen. Ich hatte doch nur Spaß gemacht. Sie sollte mich suchen und finden und mir vor lauter Erleichterung sagen, wie lieb sie mich hat. Aber sie blieb weg.

Ich bewegte mich einfach nicht. Ich saß den ganzen Abend hinter dem Schrank und die Nacht und den nächsten Morgen. Irgendwann war Lärm an der Haustür, und Menschen kamen herein, fremde Menschen. Sie sagten, meine Mutter hätte sich umgebracht, weil sie Alkoholikerin war. Sie sagten, meinen Vater könnten sie nicht finden. Sie sagten, sie würden für mich sorgen. Dann brachten sie mich in ein Kinderheim. Ich habe ihnen nicht gesagt, daß ich schuld war. Was hätte ich auch sagen sollen? Daß meine Mutter sich umgebracht hat, weil sie mich doch liebte? Daß sie starb, weil sie meinen Geburtstag vergessen hatte? Wäre das nicht komisch gewesen?

Eines wurde mir jedenfalls klar: Liebe ist tödlich.

Ich nannte sie Pflegemam und Pflegepap. Kinder konnten sie nicht kriegen, zwei Cockerspaniels und ein Langhaardackel waren ihnen flugs weggestorben, die klugen Tiere. Nachdem sie jede Menge Hundezüchter mit ihren unerfüllbaren Ansprüchen verärgert hatten, beschlossen meine Pflegeeltern, ihre Liebeserwartung lieber in ein Kuscheltier mit längerer Lebenslaufzeit und höherer Gefühlsrendite zu investieren – in mich.

Keine Frage: Ich war sozial aufgestiegen. Ich wohnte jetzt in dem mittlersten einer Reihe Reihenhäuser. Davor lag eine Reihe Vorgärten, durch die Reihen Gehwegplatten auf den Bürgersteig führten, der von einer Reihe schnellwachsender Birken begrünt wurde. Mütter gingen reihenweise zum Supermarkt, standen in Kassenreihen Schlange und schleppten Klatsch und volle Tüten nach Hause. Statt Alkohol nahmen sie hier Pillen. Tagsüber war die Straße leer, abends parkten hier die Autos der Väter der Reihe nach am Bordstein.

Ich vermißte die Autobahn.

Ich vermißte die Zugluft. Ich vermißte sogar meine Mutter.

Ich erinnere mich noch gut an meinen ersten verdorbenen Geburtstag im neuen Heim: Ich hatte mir einen Hund gewünscht. So einen wie meine Vorgänger, die mich als verblichene Farbfotos treutraurig aus ihren Silberrahmen anhechelten, aber viel größer: einen riesigen Hund, ganz für mich allein. Bei der Hunderfutterreklame im Fernsehen mußte ich vor Sehnsucht weinen. Mein Hund! Er sollte bei mir im Zimmer schlafen, mich wärmen, beschützen, alle beißen und nur mir gehorchen. Ich versprach, jeden Tag mit ihm die Baumreihen abzugehen, morgens, mittags, abends. Ich bettelte am Tisch. Ich winselte. Ich war wochenlang lieb.

«Wenn du mir noch mehr bei der Hausarbeit hilfst», sagte Pflegemam.

«Wenn du Pflegemam ein Küßchen gibst», sagte Pflegemam.

«Wenn du nicht mehr mit dem Jungen von nebenan spielst», sagte Pflegemam. Sie und Pflegepap zwinkerten sich verschmitzt zu. Ich tat alles, was sie wollten. Ich tanzte nicht mehr aus der Reihe.

Dann kam endlich mein siebter Geburtstag. Ich bekam einen Kanarienvogel, einen Wutanfall, einen Schreikrampf und eine Tracht Prügel. Der Kanarienvogel trillerte, Pflegemam weinte in ihre Schürze, Pflegepap schlug dazu rhythmisch auf mich ein und natürlich tat ihnen das alles viel mehr weh als mir. Die Guten! Sie gaben sich wirklich Mühe mit meiner Erziehung.

Jede Familie hat ihre Geburtstagsrituale: Manche Kinder bekommen Frühstück ans Bett, Blumen oder ein Ständchen gesungen. Manche kriegen sogar einen selbstgebackenen Kuchen und Kerzen. Und vielleicht gibt es ja wirklich ein paar Glückliche, die genau die Geschenke bekommen, die sie sich gewünscht haben.

Ich dagegen mußte baden und ein Kleid anziehen, dann gab es in der Küche Hefeteilchen vom Supermarktbäcker, dann mußte ich ihnen mit fröhlicher Kinderstimme «Happy Birthday» vorsingen, dann gab es das Geschenk, die Enttäuschung, den Schreikrampf, Pflegemams Heulen und Pflegepaps Schläge. Den Rest meines Festtages beging ich alleine im Keller, damit ich in Ruhe über mein Benehmen nachdenken konnte.

Ich verwünschte meine Wünsche. Doch Pflegemam und Pfle-

gepap schafften es immer wieder. Mit jedem Geschenk ent-
täuschten sie mich, damit sie von mir enttäuscht sein konnten.
Ich wünschte mir eine blonde Barbiepuppe und bekam eine
braunhaarige Lucie. («Die ist doch viel schöner!») Ich wünschte
mir eine Platte von den Beatles und bekam eine Kassette mit
nachgesungenen Beatlesliedern, interpretiert von der deutschen
Gruppe «Sunny B.». («Wo ist denn da der Unterschied?») Ich
wollte eine enge Wrangler-Jeans und bekam eine weite Hose aus
Jeansstoff. («Das ist schicker als das olle Zeug.») Ich wünschte
mir Plateaustiefel und bekam Lederpantoletten mit Korkkeilab-
satz («Da schwitzen die Füße nicht so drin.»)

«Ich weiß doch, was du wirklich brauchst», sagte sie. Ist das
nicht lustig: Genau das hatte Pflegepap auch gesagt, in der
Nacht, als er in mein Zimmer kam und versuchte, in mein Bett
zu kriechen! Doch ich will nicht ungerecht sein. Nachdem ich
ihm in die Eier getreten hatte, versuchte er es nie wieder. Daß
Pflegepap für die Vergewaltigung eines Kindes dann doch zu
viel Schiß hatte, war echt anständig von ihm. Die beiden liebten
mich eben auf ihre Art.

Ich war so undankbar! Schließlich hatte Pflegemam auch nie
bekommen, was sie wollte: Sie wollte einen Mann und bekam
Pflegepap. Sie wollte im Kinderheim einen kleinen Jungen,
doch es gab nur noch ein farbiges Baby und ein paar weiße Flegel
in der Pubertät, die auf ihr erstes Arbeitslosengeld warteten. Es
war Winter, und auf den Glücksfall eines ausgesetzten Säuglings
wollte Pflegemam nicht vertrauen: Die Leere in ihrem Leben
mußte sofort gefüllt werden. Also mußte sie ein Mädchen nehmen – mich. Doch das falsche Chromosom trug sie mir ihr Leben lang nach, was Gott sei Dank nicht allzu lange war.

Die Jahre vergingen, und ich wurde wirklich hübsch. Ich
hatte die naturblonden Locken-Gene meiner Mutter, und mein
Körper war lang und schmal, egal, was ich in mich hinein-
stopfte. Es hatte also doch noch was Gutes, daß ich in den ersten
sieben Jahren meines Lebens nie richtig zu essen bekommen
hatte.

Viele meiner Klamotten konnte ich deshalb noch in der Kinderabteilung von C & A klauen, wo keiner richtig aufpaßte. Ich zog in der Umkleidekabine einfach alles übereinander und ging weg, während ich ängstlich «Mami? Mami?» rief, als ob ich nach meiner lieben Mutter mit dem dicken Portemonnaie suchen würde. Ich ließ auch Sonnenbrillen, Haarspangen und anderen Kleinkram mitgehen. Lippenstifte. Nagellack. Platten. Ich hatte gelernt: Wenn man was vom Leben haben will, muß man es sich nehmen, denn schenken tut einem niemand was.

Obwohl ich beim Klauen nie erwischt wurde, konnten mich viele Leute im Viertel nicht leiden. Ich wußte nicht, warum. Manchmal bekam ich plötzlich schreckliche Angst, daß ich irgendwie immer noch nach centrum stank, so wie Raubtiere auch im Zoo immer noch nach Raubtier stinken. Ich preßte die Nase in meine Haut, rannte unter die Dusche und schrubbte stundenlang an mir herum. Aber unsere Nachbarn grüßten mich trotzdem nicht.

Dabei mochte ich den Jungen von nebenan wirklich gerne. Er hatte lange, schwarze Haare, breite Schultern, und wenn seine kurze, verwaschene Jeansjacke hochrutschte, konnte ich die Knochen seiner Wirbelsäule durch die Haut sehen. Er terrorisierte das ganze Viertel. Ich verliebte mich total in ihn, als er das elite-Kompaktmusikpaket, das ihm seine Eltern anstelle einer Technics-Stereoanlage geschenkt hatten, durch das geschlossene Küchenfenster in den Vorgarten warf.

Bald wünschte ich mir den Jungen mehr als alles andere auf der Welt, sogar mehr als den Hund damals. In meinen Träumen liefen wir zusammen durch den naturgeschützten Wald, der hinter der Siedlung begann. Der Junge würde mich wärmen, beschützen, entjungfern, alle anderen verprügeln und nur mir gehorchen.

Er war der erste, der meine Erwartungen nicht enttäuschte – bis zu meinem 14. Geburtstag. Wir lagen auf dem staatsförsterlichen Hochsitz und ich wischte mir mit dem Schlüpfer gerade noch sein Sperma vom Bauch. Da, plötzlich, ohne Vorwarnung, schenkte er mir mit verlegenem Grinsen eine Flasche 4711 Kölnisch Wasser.

Diesmal bekam ich keinen Schreikrampf. Mir wurde schlecht.

Als er die Hände um mein Gesicht legte um mir ein «Danke» von den Lippen zu küssen, stieß ich ihn von mir. Er rauschte durch die Äste und schlug samt seinem Geschenk unten auf einem Stapel Baumstämme auf. Weil der Parfümflakon gleichzeitig mit seinem Genick brach, wurde er die bestriechendste Leiche in der Nachbarschaft und bekam auf dem Friedhof das teure Reihengrab rechts außen.

Ja, jetzt tat es seinen Eltern leid, daß sie damals zu geizig für die Technics-Anlage gewesen waren! Nun war es zu spät! Das würde ihnen eine Lehre sein. Seine Beerdigung war das letzte gesellschaftliche Ereignis dieses Sommers. Ich sah superschick aus in meinem neuen schwarzen Kostüm und der schwarzen Sonnenbrille. Alle sprachen über den schrecklichen Unfall und wie sehr mich das alles mitgenommen haben mußte. Endlich grüßten mich diese verdammten Reihenhäusler. Als seine kleine Freundin stand ich im Mittelpunkt des Interesses. Die Frauen im Supermarkt fragten nach mir, und Pflegemam und Pflegepap waren schrecklich stolz auf mich. Danach war in diesem Jahr nicht mehr viel los, und ich mußte mich nach anderen Erfahrungen umsehen. In meinem Alter hieß das: nach anderen Männern.

Ich hatte eine ganze Menge davon, immer bis zu meinem Geburtstag. Das Datum wechselte ich mittlerweile nach Bedarf. Ich war mal Widder, Jungfrau, Skorpion, Schütze oder Zwillinge und in jeder Rolle ausgesprochen typisch für dieses Sternzeichen, wie mir jeder meiner neuen Freunde gerne bestätigte. Wenn ich einen Typen im April kennenlernte, sagte ich eben, mein Geburtstag wäre Anfang Mai. Traf ich einen im Dezember, gab ich ihm zwei Wochen Zeit, sich auf meinen Geburtstag am 13. Januar vorzubereiten.

Ich wünschte mir seidene Dessous mit Spitzen und bekam

Polyesterreizwäsche mit Loch im Schritt. Es hagelte Pralinen-schachteln, Comichefte, Mängelexemplare von Taschenbü-chern, Sammelbände mit Blondinenwitzen und Aprilscherzen, dazu in letzter Minute gekaufte klebrigwarme Sektmarken, de-ren Weinkeller die Tankstelle gegenüber war.

Ich bekam ein gebrauchtes Taschenmesser, einen fast vergol-deten Ring mit einem Zirkoniastein, Briefpapier mit dem pa-stellfarbenen Fotodruck eines Liebespaares, einen Pierrot aus Keramik, diverse Spaßkondome, drei Karten die beim Öffnen «Happy Birthday» dudelte, und kübelweise Fertigblumen-sträuße in Folie, die bislang erfolglos in den Plastikeimern vor Blumenläden um Wasser und Käufer gebettelt hatten.

Aber das männlichste aller Geschenke war der Gutschein. Gutscheine sehen nach was aus, werden aber nie konkret und kosten nichts. Sie sind das ewige uneingelöste Versprechen.

Ich hatte eine ganze Schublade davon:

1 Gutschein für ein Wochenende auf dem Lande
1 Gutschein für einen Kinobesuch
1 Gutschein für ein Essen «für zwei»
1 Gutschein für eine Platte
1 Gutschein für 1 Joint
1 Gutschein für ein Paar Handschuhe aus «echt Leder»
1 Gutschein für einen Cunnilingus

In dreieinhalb schlimmen Jahren kam ich auf 29 Geburtstage, 29 Geschenke, 29 Enttäuschungen, 3 Tripper, aber nur 2 weitere Tote. Ich wurde langsam erwachsen.

Der Herbst roch im ganzen Viertel nach Xylamon, mit dem die Reihen Jägerzäune gestrichen wurden, um das Holz vor der Na-tur zu schützen. Bei uns zu Hause roch es zudem das ganze Jahr nach Xyladekor, weil Pflegepap das ganze Haus innen mit Holz verkleidet hatte, jedes einzelne verdammte Zimmer, die Wände, die Decken, bis unters Dach, Kieferlatte an Kieferlatte, und auch dieses Holz schrie nach Schutzmitteln. Das Haus sah aus wie eine Sauna oder ein gigantischer Holzsarg, traulich duftend nach Lindan, glotzend und starrend vor Astlöchern.

Pflegepap fand das gemütlich. Bis nach vielen gemütlichen Jahren die ungemütlichen Sehstörungen anfingen, das unkontrollierbare Zittern, die Übelkeit und schließlich die Lähmung. Er konnte nicht mehr reden, vergammelte eine Weile im Rollstuhl und starb dann ziemlich schnell.

Pflegemam hielt sich besser, wahrscheinlich weil sie ein schlimmeres Nervengift war als Lindan. Sie avancierte zur tragischen Heldin der Verbraucherschützer und bekam schließlich für seinen Tod eine riesige Abfindung von der Holzschutzmittel-Herstellerfirma, er nur einen schönen Kranz und einen Zuschuß für seine Bestattung als Sondermüll: der Pflegepap-Fallout wäre zu gefährlich für die Anwohner des Krematoriums gewesen.

Doch ehe Pflegemam etwas von dem Geld ausgeben konnte, starb auch sie – von einem zurücksetzenden Müllwagen beim rechtmäßigen Überqueren eines Zebrastreifens überfahren.

Ich weinte vor Dankbarkeit. Ich wurde gerade volljährig, als ich zum ersten Mal in meinem Leben von Pflegemam und Pflegepap genau das bekam, was ich mir schon immer von Herzen gewünscht hatte: ihr Geld.

Viel Geld. Richtiges Geld. Nicht den üblichen Müll «von persönlichem Wert», keine Schokoladentaler, weder 10-Mark-Gedenkmünzen an die Olympiade, noch Sammelbildchen oder Sonderbriefmarken, die «sicher irgendwann mal 'ne Menge wert sind».

Ich erbte echtes Geld.

Ich bekam eine Zukunft.

Ich war wunschlos glücklich.

Das war der erste Tag in meinem Leben, der sich für mich wie ein Geburtstag anfühlte.

John Harvey
BLUTSBANDE

Zuerst hatte Raymond sie gar nicht erkannt. Nicht bevor sie aus dem Wagen stieg, der direkt hinter dem Sarg gefahren war. Das Gesicht war verhärmt und rot vom Weinen. Sarah, Terrys Tochter. Schwarzer Mantel, Leggings, Stiefel mit zehn Zentimeter hohen Blockabsätzen. Raymond fragte sich, wie lange es her war, daß er sie zum letzten Mal gesehen hatte. Wohl mindestens ein Jahr. Eineinhalb? Nicht schlecht genutzt, die Zeit, könnte man sagen. Wenn da nicht die kleine Entzündung neben der Lippenstiftfarbe am Mundwinkel gewesen wäre, hätte man sie richtig klasse finden können. Nicht so wie damals, als er die Augen fest geschlossen hielt, während sie ihm einen runterholte, abends, im Haus von Onkel Terry, wenn Terry noch in der Kneipe war oder mit seiner Freundin Eileen beim Inder saß. Als er bei ihnen übernachtet hatte und sie sich, klein und mager, wie sie war, zu ihm ins Bett geschlichen und es ihm besorgt hatte, zum Teil jedenfalls, und dann mit nacktem Hintern wieder in ihr Zimmer zurückgehastet war, bevor jemand wach wurde. Seine kleine Kusine Sarah. Raymond hatte mit ihr herumgebumst, seit sie dreizehn war.

«Ich will bloß hoffen», hatte Terry gesagt, als er sie einmal fast miteinander auf der Bettcouch erwischt hatte, «daß du mich nicht ausnutzt, Rayo.»

«Nein, woher denn», stotterte Raymond, «so was doch nicht. Deine Sarah ist doch noch ein Kind.»

«Aber ganz in dich verschossen», hatte Terry gegrinst. «Sieht ja ein Blinder.»

Raymond hatte gelacht und war rot geworden, und dann hatte er sich für ein paar Bier in die Küche verzogen. Na ja, er hätte seinem Onkel wohl kaum sagen können, was los war, nicht nachdem der sich die ganze Zeit so um ihn gekümmert hatte und sich sogar gegen seinen eigenen Bruder Jackie, Raymonds alten Herrn, für ihn eingesetzt hatte. Aber nicht nur das, Terry hatte ihm auch einen Job in dem Geschäft besorgt, das er bei Bobber's Mill hatte. Raymond hatte sich um alles kümmern dürfen, Gebrauchtmöbel, Stereoanlagen und jede Menge Sachen, die Terry noch in Originalverpackung über den Weg zu laufen pflegten. Schnäppchenpreise, und niemand wollte wissen, wieso. Bis auf die Polizei.

Die waren es, dachte Raymond, diese Scheißtypen, Resnick und die anderen vom Canning Circus, die haben Terrys Leben kaputtgemacht, haben ihn soweit getrieben. Wer oder was sonst sollte es gewesen sein? Geldsorgen jedenfalls nicht, soviel war sicher. Und bestimmt auch nicht Eileen. Die war gerade mal halb so alt wie Terry, aber ganz und gar nicht auf den Kopf gefallen. Außerdem besaß sie ein paar Titten, mit denen sie leicht ein paar Hunderter verdienen konnte nach Geschäftsschluß bei geschlossener Gesellschaft in dieser oder jener Kneipe. Eileen, auf der Theke tanzend, die Augen halb geschlossen, mit roten wogenden Haaren, wie sie ihren langsamen Strip abzog zu Portishead oder Neneh Cherry. Eileen war nicht altmodisch.

Jetzt war sie dort drüben, lauschte mit gebeugtem Kopf den Worten des Pastors, und bestimmt dachte sie schon an das, was passieren würde, sobald sie alle hineingegangen waren. Eileen, blaß und ernst, die Haare schwarz gefärbt als Zeichen ihres Respekts. Raymond gefiel das, er bewunderte sie dafür, und auch dafür, wie sie sich gehalten hatte, nachdem es passiert war, wie sie die Familie unterstützte und wie sie die Wände im Schlafzimmer abgewaschen hatte. Es gab wahrscheinlich nicht viele Frauen, die den Mumm dazu hätten, dachte Raymond, wenn sie hätten mit ansehen müssen, wie der Typ, mit dem sie zusammenlebten, sein Hirn übers Kissen verspritzt.

Raymond drückte seine Zigarette aus und wandte sich ab, als er merkte, wie Sarah auf ihn zuging. Er wollte nicht, daß sie dachte, er hätte sie beobachtet. Sarah, wie sie sich ein wenig gegen den Arm ihrer Mutter lehnte, mit der sie zum Begräbnis aus Schottland heruntergekommen war. Ehe es überhaupt angefangen hatte, sah sie schon völlig fertig aus.

Das Kirchenportal wurde geöffnet, und die Trauergäste schoben sich zögernd ins Innere. Nach Ihnen, nein, nach Ihnen. Raymonds Vater war einer der Sargträger, neben Norbert Breakshaw und zwei klotzigen Vettern aus Kirkby, die aussahen wie gemauerte Scheißhäuser.

«Dich brauchen wir ja wohl nicht zu fragen, Rayo, du Schlappschwanz, du läßt ihn sowieso bloß fallen.»

«Warte auf die Asche, Rayo, die schaffst du eher. Sieh zu, ob du hinterher die Urne tragen kannst.»

Raymond sah, daß sein Vater ihn anstarrte. Mit einem Gesicht wie sieben Tage Regenwetter. Es ging ja das Gerücht, sein alter Herr hätte tatsächlich einmal gelacht, damals im Sommer zweiundneunzig, aber leider war niemand mit einem Fotoapparat dabeigewesen, der es beweisen konnte.

«Hoffe, du wirst dich nicht naß machen», sagte sein Vater, als Raymond an ihm vorbeiging, «wegen Terrys Testament. Der hätte nämlich nicht sich erschossen, sondern dich, wenn er herausgefunden hätte, was du mit seiner Tochter angestellt hast.» Raymond lief rot an und ging weiter. Zwischen den Kirchenbänken wurde er langsamer. Worauf wollte sein Alter hinaus? Er hätte geschworen, daß Terry nichts gewußt hatte, zumindest nichts Genaues, und wer sollte es ihm schon erzählt haben? Sarah selbst etwa? Kaum. Die alte Ethel? Er schaute flüchtig zur Großmutter hinüber. Die Alte starrte ihn von ihrem Platz vorn im Kirchenschiff an. In seinen Därmen rumorte es, und er stolperte, stützte sich an dem dunkel glänzenden Holz ab und blieb, gegen die Wand gelehnt, stehen.

Da stand er keine zwei Minuten, als Sarah den Sitzplatz neben ihrer Mutter verließ und sich keck an seine Seite schob.

«Tag, Rayo», sagte sie, «wie geht's?» Und dann flüsternd: «Du hast mir gefehlt, Ray, weißt du das?»

Die Orgel beendete das Lied mit einem letzten asthmatischen Seufzen, und der Pastor stieg auf die Kanzel. «Wir sind hier, um des Lebens von Terence Albert Cooke zu gedenken…»

Mit der Hand, die nicht das Gesangbuch festhielt, fuhr Sarah an Raymonds Schenkel in die Höhe, bis ihre Finger sich um seine Eier schlossen.

Khan und Naylor hatten sich dreißig bis vierzig Meter vom Portal entfernt aufgebaut, nah genug für das Teleobjektiv und mit genügend steinernen Engeln zum Abstützen, wenn sie zum Einsatz kommen mußten. Außer mehreren HP 5-Filmpatronen hatten sie Thermosflaschen mit Kaffee dabei – Naylor eine hübsch verzierte –, außerdem Schokoladenriegel, extra starke Pfefferminzbonbons und ein scharfes Polizeifernglas. Naylor, der diese Art von Observation vorher schon oft genug mitgemacht hatte, trug seine Marks & Sparks Thermounterhosen, doch Khan mußte frierend feststellen, daß das Seide-Baumwoll-Gemisch seiner Boxershorts, die Jill ihm gekauft hatte, offensichtlich nutzlos war und allenfalls als erotisches Beiwerk taugte. Handschuhe und ein fest um den Hals geschlungener Schal halfen zwar etwas, aber eben nicht überall.

«Hätte er sich nicht im Sommer das Hirn rausblasen können?» fragte Khan.

Naylor schüttelte den Kopf. «Je dunkler die Tage, desto höher die Selbstmordrate.» Irgendwo hatte er das einmal gelesen, höchstwahrscheinlich auf der Rückseite einer Packung Tortilla Chips.

Der Zug war von vier Autos angeführt worden, vier langen, schwarzen Mietautos. Im ersten waren Blumen und Kränze um den Sarg herum arrangiert, dann folgten die trauernden Anverwandten, mit dunklen Anzügen und Leidensmiene, ein Aufmarsch kleiner Gauner und Halunken, von denen mindestens zwei sich in den Bürostuben der Gefängnisse Ihrer Majestät die

Sondergenehmigung zur Teilnahme an den Trauerfeierlichkeiten hatten ausstellen lassen.

Hinter dem Leichenzug fuhren ein halbes Dutzend Mercedesse und BMWs her und sogar ein alter Ford Granada, dem man ansah, daß er morgens noch in der Waschanlage auf Hochglanz poliert worden war. Naylor hatte die Autonummern durchgegeben, die jetzt per Computer überprüft wurden. Falls sich herausstellte, daß keiner der Wagen gestohlen war, würde er Khan einen Pint Shippo's und einen doppelten Whisky ausgeben müssen. Wer redete eigentlich ständig davon, Asiaten würden nicht trinken? Vermutlich derselbe Dummkopf, der auch behauptete, Katholiken äßen freitags kein Fleisch.

Sobald die Wagen an ihnen vorbei waren und sie sich vergewissert hatten, daß keine Nachzügler mehr kamen, wechselten sie ihren Standort und schlüpften, indem sie einen weiten Bogen um das Krematorium machten, zwischen den engen Grabsteinreihen hindurch, um mit gutem Blick über ein halbmondförmiges, schlüpfriges Rasenstück und die zurechtgeschnittenen Rosenstöcke des Ehrenfriedhofs hinweg auf den gepflasterten Bereich an der Rückseite der Kapelle, wo die Blumen niedergelegt werden würden, wieder in Stellung zu gehen.

«War das Cookes Frau, neben seiner Mutter?» fragte Khan.

«Eileen. Ja.»

«Hätte sie fast nicht wiedererkannt.»

«Weil sie heute was anhat, meinst du?» Khan und er hatten Eileen nicht nur einmal bei deren Vorstellungen beobachtet, rein dienstlich natürlich.

«Nein, wegen ihrer Haare», sagte Khan. «Sie hat eine andere Haarfarbe jetzt.»

«Wundert mich sowieso, daß sie überhaupt da ist», sagte Naylor, «wo Terry doch nun tot ist.»

«Wird schon wissen, warum.»

Naylor nickte. «Das nehme ich auch an.»

Beide überlegten, was wohl in Terry Cookes bislang noch nicht eröffnetem Testament stehen könnte.

Aus dem Gebäude vor ihnen drang schwach das Geräusch von Stimmen, die sich zum Lob des Hingeschiedenen erhoben hatten, und über dem Dach stiegen erste kleine Rauchwölkchen auf, aschgrau gegen den strahlend blauen Himmel.

Ethel Cooke, die Mutter von Terry und Jackie und noch einigen anderen, die sie lieber aus ihrem Gedächtnis gestrichen hatte, stand mit unbewegtem Gesicht, den Rücken kerzengerade – und das nur ein paar Tage vor ihrem siebzigsten Geburtstag – vor dem Portal der Kapelle und nahm kopfnickend Beileidsbezeugungen entgegen, während alles in ihr nach einer Toilette schrie. In dem Stadium, das sie in ihrem Leben jetzt erreicht hatte, taugte Ethels Blase noch ungefähr so viel wie ein Meßbecher in einem Gewitterregen.

Im Inneren der Kapelle zog Mary, Terrys Exfrau, Sarah am Ärmel von Raymond fort. Sie war sauer, daß Ethel sie einfach links liegenließ, hatte aber ohne ihr gewohntes Aufputschmittel nicht die nötige Kraft, sich dagegen aufzulehnen. Und als ob das allein nicht schon reichte, mußte sich ihre Tochter, als wäre sie eine von den Royals, auch noch einem völlig unpassenden Typen an den Hals werfen.

«Hat dir dieser Schwanz nicht schon genug Ärger gemacht?»

Die Ohrfeige saß. Ärger war gar kein Ausdruck für das, was geschehen war, und es tat immer noch weh. Sarah ließ sich also bereitwillig von ihrer Mutter nach draußen ziehen.

«Meine Liebe», sagte Ethel, als Sarah eben an ihr vorbei wollte, «wir beide haben noch eine offene Rechnung. Ich nehme an, du weißt, was ich meine.»

Und wie sie Sarah anstarrte, hatte das Mädchen einen Augenblick lang das Gefühl, in den Augen der alten Frau spiegelte sich ein Bild, das Bild ihres Babys, das sie, nachdem es zu früh geboren und tot zur Welt gekommen war, in ein paar alte Wollsachen gewickelt und in ihrem Zimmer in einer Schublade vergraben hatte. Und die Buttons, die sie ihm auf die Augen gelegt hatte, bevor sie mit dem Nachtbus nach Schottland abgehauen war.

«Eine Rechnung, meine Liebe. Sobald das hier vorbei ist.»
Sarah fing an zu zittern und verbarg das Gesicht in den Händen.

Ein paar dürre Jugendliche, die beim Krematorium arbeiteten, in schwarzen, an den Schultern zu weiten und den Beinen zu kurzen Anzügen, schlurften mit den Blumen ins Blickfeld.

«Was für eine Art Job ist das denn?» fragte Khan.

Naylor nahm schnell einen Schluck aus seiner Thermosflasche, dann sagte er: «Der Ripper von Yorkshire.»

«Was?»

«Hat auch auf einem Friedhof gearbeitet, als er jung war.»

«Du meinst, er ist dort auf die Idee gekommen?»

Naylor zog die Schultern in die Höhe. «Läßt sich schwer sagen.»

Khan stellte die Kamera scharf und drückte ein paarmal auf den Auslöser. Für alle Fälle.

«Paß auf jetzt», sagte Naylor und streckte sich. «Da kommen sie.»

Ein langsamer Zug von Trauergästen erschien an der Seitenmauer der Kapelle; die Männer, nicht daran gewöhnt, so lange auf engem Raum stillzusitzen, fummelten schon Zigaretten aus Zigarettenpäckchen oder schmalen goldenen Etuis hervor, breiteten die Arme aus und dehnten und streckten ihre recht bemerkenswerten Muskeln. Man stand in kleinen Grüppchen zusammen und redete, Köpfe gesenkt, Stimmen gedämpft, Unzusammenhängendes. Nur Eileen ging hocherhobenen Hauptes, und wie sie sich zwischen den anderen bewegte, schien sie irgendwie gar nicht zu ihnen zu gehören.

Naylor, dem Debbies oft mürrische Haltung und ihre zänkische Art, in der sie mitunter wie ihre Mutter das Gesicht verzog, schon zur Gewohnheit geworden waren, merkte, wie sich in seinem Inneren etwas zu regen begann, das ihm ziemlich verboten vorkam.

«Sieh mal», sagte Khan leise und deutete mit dem Finger, «drüben rechts, neben Breakshaw...»

«Frankie Farmer», sagte Naylor, als er den Mann wiedererkannte, dem er schon zweimal Handschellen angelegt hatte und der trotz der Anklage wegen schweren Einbruchs von irgendeinem Schwachkopf von Richter wieder auf freien Fuß gesetzt worden war.

«Genau. Und ist das dort nicht sein – ich weiß nicht – sein Schwager? Der sich gerade den Schuh am Hosenbein abwischt?»

«Tommy DiReggio.»

«Was für ein Name», grinste Khan. «Sollte eigentlich für Chelsea spielen.»

«Millwall», sagte Naylor, «ist eher sein Ding.»

Sie hatten es nie beweisen können, aber letztes Jahr am Heiligen Abend hatte Tommy anläßlich Ethel Cookes neunundsechzigsten Geburtstags einen Mann geohrfeigt, weil er an der Bar mit der damaligen Mrs. DiReggio gesprochen hatte, ihn dann zum Hintereingang hinausgezogen und ihm mit einem Wagenheber beide Arme und ein Bein gebrochen.

Khan wartete, als der Film klickte und im Inneren der Kamera zurückspulte, dann nahm er ihn heraus, steckte ihn in seine Manteltasche und legte sorgfältig den neuen Film ein, den Naylor ihm reichte. Der Pastor ging von Grüppchen zu Grüppchen, nickte freundlich und schüttelte Hände, um zu zeigen, daß er, falls jemand sich dazu gedrängt fühlte, nichts gegen einen gespendeten Zehner einzuwenden hätte. Schon ging der eine oder andere wieder zu seinem Wagen. Doch erst wenn alle fort waren, würden Naylor und Khan sich zwischen den Lilien und den in Zellophan verpackten Rosen zu schaffen machen, die schwarzgeränderten Briefe und Karten studieren und jeden einzelnen Namen notieren.

Anfangs hatte Ethel darauf bestehen wollen, den Leichenschmaus im Haus abzuhalten, weil es das Haus war, in dem sie Terry und Jackie großgezogen hatte und in das Terry zurückgekehrt war, nachdem diese drogensüchtige Kuh, mit der er verheiratet war, sich wieder in Richtung Norden abgeseilt hatte. Nur schade, dachte Ethel, daß sie nicht auch diese Nervensäge von einer Tochter mitgenommen hatte. Statt dessen war Sarah in das Zimmer auf der anderen Seite der Diele gezogen und hatte es mit ihren Teddybären und diesen gesichtslosen Puppen, die sie bei der Goose Fair gewonnen hatte, zugemüllt, mit ihren Klamottenhaufen und ihrem billigen Make-up, mit Comics und Zeitschriften, aus denen sie Fotos von Männern mit Milchgesichtern und glatten, haarlosen Oberkörpern herausriß, um die Wände damit zu pflastern. Aber es kam noch schlimmer: als nämlich Terry zu Ethel meinte, daß es in Ordnung wäre, wenn Raymond das hintere freie Zimmer bekäme. Raymond war dumm wie Scheiße und roch immer noch nach dem Schlachthaus, in dem er gearbeitet hatte. Verwandtschaft, Mama, hatte Terry ins Feld geführt, noch dazu allernächste, du willst doch sicher nicht, daß er irgendwo im Freien kampieren muß. Und überhaupt ist es ja nur für ein paar Wochen. Höchstens einen Monat. Ethel, weich wie ein Hühnerei, hatte ja gesagt. Und erkannte sofort, als sie sah, wie Sarah in ihrem kurzen bis zur Hüfte hochgezogenen Röckchen dasaß und Raymond mit den Augen verschlang, daß es ein Fehler gewesen war.

Falsch wäre es auch gewesen, nach der Beerdigung alle mit nach Hause nehmen zu wollen – das war ihr auch klargeworden, und zwar noch rechtzeitig. Wie Jackie es in eindeutigen Worten beschrieben hatte: Jedesmal wenn jemand einen Champagnerkorken knallen läßt, starren wir alle gegen die Decke und denken, das war Terry, Gott hab ihn selig, der sich noch mal eine Kugel durch den Kopf gejagt hat.

So begnügten sie sich mit dem Nebenzimmer im ersten Stock des Pubs. Kostete ein paar Hunderter für die ersten Runden und das Buffet, für das sie allerdings beim Koch gegartes Fleisch geordert hatte. Nach all dem Öko-Gequatsche darüber, daß alte Menschen wie die Fliegen an Fleischvergiftungen starben, wollte sie in ihrem Alter keine unnötigen Risiken eingehen. Jetzt, wo sie so kurz vor ihrem Siebzigsten stand.

Abgesehen davon, daß jemand die Treppe vollkotzte und Sarahs Mutter sich, vermutlich auf der Suche nach einer Vene, in der Damentoilette einschloß, ging alles recht ruhig vonstatten. Ethel bedankte sich bei allen, daß sie gekommen waren, um ihrem Sohn die letzte Ehre zu erweisen. Schade sei nur, sagte sie, daß Terry nicht lange genug unter ihnen geblieben sei, um anläßlich ihres siebzigsten Geburtstags auf sie anzustoßen. Und dann trank sie noch einen Brandy und ein Glas Ingwerwein und bat Jackie, sie heimzufahren. Beerdigung oder nicht, es war Zeit für ihr Mittagsschläfchen.

Resnick hatte die Nachricht von Terry Cookes Tod philosophisch genommen. Damals, bevor er Inspektor geworden war, hatte es Abende gegeben, wo er und Terry Schulter an Schulter am selben Bartresen gestanden, sich gegenseitig Biere ausgegeben und sich Geschichten erzählt hatten. Resnick hatte versucht, Lüge und Wahrheit zu unterscheiden. Wie man es eben als junger Cop machte, wenn man sich in diesen Kreisen bewegte, um den Feind kennenzulernen. Ein gefährliches Spiel. Tückisch. Resnick hatte von Polizisten gehört, die zu weit in diese Szene hineingeraten waren, sich von deren Pseudoglanz hatten anziehen lassen, von schlauen Angeboten, hier eine Einladung zum Essen ins Restaurant, dort ein Kasten Scotch, oder Plätze in der ersten Reihe für den Wettkampf, eine Woche in Zypern oder an der Algarve, alles frei natürlich. Das Mädchen? Die blonde Nutte da drüben mit den Klunkern? Kannst du haben, kein Problem. Bei dir zu Hause, oder willst du lieber ein Hotel?

Im Vergleich mit anderen Halunken in Resnicks Bekanntschaft war Terry Cooke umgänglich, humorvoll, ehrgeizig, aber nicht gierig, auch nicht gemein, jedenfalls fast bis zum Schluß. Das war die andere Seite der Medaille, der andere Teil der Geschichte. In seinem letzten Jahr hatte Terry die Finger in zu vielen Geschäften gehabt. Er ließ sich auf Dinge ein, die er vorher nicht angerührt hätte, weil sie zu riskant waren, zu heiß.

Es war, als habe er, nachdem Eileen zu ihm gezogen war, gar nicht mehr schnell genug Geld machen können. Nicht, daß man seine Einnahmen irgendwo an ihr wahrgenommen hätte, daß sie es zur Schau getragen, sich Hals oder Arme damit behängt hätte. Nein, als älterer Herr mit einer nur halb so alten Frau spürte Terry das Bedürfnis, zu schützen und vorzusorgen. Er wollte sicherstellen, daß genug da war für Eileen, falls jemals etwas passieren sollte, was ihn daran hinderte, sich selbst um sie zu kümmern.

Ergebnis dieser Bemühungen war, daß Terry Cookes Welt auseinanderzubrechen begann. Das Geschäft, das er mit seinem Freund Norbert Breakshaw aufgebaut hatte, ging in die Binsen. Die Burschen wuchsen ihnen über den Kopf, und plötzlich wurde mit Waffen herumgefuchtelt und zwei Uniformierte mußten ins Krankenhaus, es stand auf Messers Schneide, Intensivstation. Ein Beispiel von vielen. Die Leute waren plötzlich gegen Terry, auch Leute aus den eigenen Reihen, und viele, die früher ein Auge zugedrückt hätten, taten es nicht länger. Zeitweise gab es so viele frühmorgendliche Razzien auf Terrys verschiedenen Grundstücken, daß er sich gar nicht mehr die Mühe machte, die Alarmanlage einzuschalten. Überall im Haus und im Geschäft wimmelte es von Polizisten, die alles bis auf die Bodenbretter durchsuchten und die Tore zu seinen beiden Garagen aufbrachen, in denen er das gelagert hatte, was er ganz optimistisch als Gewinnüberhang bezeichnete. Das Leben, das Terry führte, wurde immer erbärmlicher.

Er fühlte sich umzingelt; und damit veränderte sich sein ganzes Wesen. Als er den Wink bekam, einer von Resnicks Informanten, ein alter Tanzmusiker namens Ronnie Rather, sei ihm auf die Schliche gekommen, verlor Terry die Fassung wie niemals zuvor. Er machte Ronnie so fertig, daß der fast das Zeitliche segnete, von da an im Rollstuhl sitzen mußte und auf einem Auge blind war.

Resnick war gut mit Ronnie ausgekommen – so gut eben, wie man mit einem Spitzel auskommen darf –, und als er hörte, daß

Terry sich den Gnadenschuß gegeben hatte, erinnerte er sich deutlich an das, was passiert war, als Korrektiv gleichsam für jedes übertriebene Mitgefühl, das sonst vielleicht in ihm aufgekommen wäre.

Mit der kleinen Eileen allerdings hatte er Mitleid. Es hieß, sie habe neben Terry im Bett gelegen, als die Kugel aus seiner 38er seinen Kopf in Einzelteilen durchs Zimmer gepustet hatte. Resnick hatte mit Eileen in den Wochen vor Terrys Tod des öfteren gesprochen. Nicht über etwas Wichtiges oder Außergewöhnliches, er hatte Eileen nur ermuntert, darüber zu reden, wie sie sich fühlte. Tatsächlich hatte sie den Eindruck, in einer Situation gefangen zu sein, die zunehmend unsicherer wurde. Sie wollte von Terry fort, aber gleichzeitig hatte sie Angst davor. Resnick arbeitete nicht auf Versöhnung hin: Er drängte zwar nicht, aber er ermunterte sie fortzugehen und zeigte ihr Möglichkeiten auf, wie sie etwas Abstand zwischen sich und Terry schaffen und gleichzeitig der Polizei behilflich sein konnte.

Als er jetzt darüber nachdachte, fragte sich Resnick, ob Terry vielleicht gewußt hatte, was da passierte, oder ob er zumindest gespürt hatte, daß sich irgend etwas in Eileen veränderte, wie man es eben merkt, wenn man jemandem sehr nah steht.

Vielleicht hatte jemand sie zusammen gesehen, ihn und Eileen, und es Terry wissen lassen. Dem wäre es sicher nicht schwergefallen, zwei und zwei zusammenzuzählen; er war nicht dumm und er hatte Einfühlungsvermögen.

Und Resnick fragte sich auch, ob die Pistole, die Terry Cooke in der fraglichen Nacht zwischen seinen Kissen versteckt hatte, vielleicht Eileen gegolten hatte und gar nicht ihm selbst.

Er würde es niemals herausfinden. Er stand auf, streckte sich und schenkte sich einen Drink ein. Durch das Seitenfenster seines Büros hatte er Ausblick auf die großen Viktorianischen Villen am Park.

Das Glas in der Hand, überflog Resnick noch einmal die über den ganzen Schreibtisch verteilten Fotos, die Naylor und Khan bei der Beerdigung gemacht hatten. Manche Gesichter hatte er erwartet, andere nicht. Coughlan zum Beispiel. War es nicht zwischen ihm und Cookes Clan zu einer Entzweiung gekommen? Resnick wußte genau, hatte aber natürlich keine über seine logischen Schlußfolgerungen hinausgehenden Beweise, daß Coughlan dreimal bei einem Verbrechen eine Schrotflinte benutzt hatte. Er fragte sich, woher Coughlan seine Waffen bezog. Und das dort war Tommy DiReggio, auch so ein harter Brokken, der einem der Malloy-Brüder aus Kirkby die Hand schüttelte, nur daß Resnick nicht mit Sicherheit sagen konnte, ob es sich dabei um den einen handelte, der als Rausschmeißer arbeitete, oder um den anderen, der als Jahrmarktsboxer durchs Land tourte.

Was er aber wußte, war, daß Terry Cookes plötzlicher und unerwarteter Tod ein nicht unbeträchtliches Vakuum geschaffen hatte, das nun gefüllt werden mußte. Geld hatte er ebenfalls hinterlassen, und zwar nicht zuwenig. Und auch Besitz. Fragte sich nur, wem. Er warf noch einmal einen Blick auf die Bilder – all diese unter der Hand geführten Gespräche, die Deals, die da beschlossen wurden, die ins Auge gefaßten Betrügereien, die neugeplanten Verbindungen.

Wir müssen ein Auge darauf haben, dachte Resnick, das Umfeld beobachten und einsatzbereit sein, wenn es an der Zeit ist; dann konnten sie mit etwas Glück zur Stelle sein, wenn es darum ging, weitere selbstverschuldete Wunden abzubinden oder vergossenes Blut aufzuwischen.

Ethel döste ein wenig vor sich hin, während die ‹EastEnders› über die Mattscheibe flimmerten, belebte sich dann mit einem Gläschen Port mit Zitrone, fingerte ihre Zähne zurecht und rief Sarah aus ihrem Zimmer zu sich herunter. Das Mädchen stand vor ihr mit niedergeschlagenen Augen, den Kopf etwas seitlich, als wartete es darauf, geschlagen zu werden.

Und Ethel, als sie sie ansah, stellte überrascht fest, daß sie fast etwas wie Zuneigung für dieses Kind empfand, denn sie war ja noch ein Kind, auch wenn sie einen Körper hatte, der ihr Fallstricke legte, in die sie sich so gerne verhedderte. Auch Ethel waren in jungen Jahren die Sünden des Fleisches nicht fremd gewesen, aber das war inzwischen schon lange vorbei.

Hastig verscheuchte sie alle derartigen Anwandlungen, fast wie damals, als sie, auf der Suche nach Wolle, die sie aufribbeln und wiederverwenden konnte, auf dieses Stück Haut und Knochen und totgeborenes Fleisch gestoßen war, das Sarah abgestoßen und versteckt hatte. Fast wie damals.

«Hör mir mal zu, Mädchen, und zwar genau. Ich will, daß das klar ist zwischen uns. Braucht niemand sonst etwas davon zu wissen. Aber du hast dich schwängern lassen, und zwar wohl von Rayo, diesem Taugenichts, obwohl ich mir nicht einmal vorstellen kann, daß er Zunder genug hat, auch nur eine Ratte zu zeugen, und du hast es vor uns allen versteckt, vor deiner eigenen Familie, und dann ist er zu früh gekommen, dein kleiner Bastard, eine Frühgeburt, nehme ich an, und du hast ihn einfach liegenlassen wie ungenießbares Zeug auf einem Teller.»

Sarah machte den Mund auf, aber anstatt etwas zu sagen, hielt sie sich nur eine Faust vor die Lippen.

«Ich will mich hier nicht als Richterin aufspielen», sagte Ethel. «Was passiert ist, ist passiert, und man soll nicht so tun, als wenn es anders gewesen wäre. Aber du mußt wissen, was ich getan habe. Ich habe nämlich aufgeräumt für dich und mich vor dich gestellt und meinen armen toten Sohn angelogen, und das wird mich bis ans Ende meines beschissenen Lebens verfolgen. Verstehst du?»

Sarah nickte. Es war ein kleines, kaum wahrnehmbares Nikken.

«Ich verlange, daß du das anerkennst.»

«Ja, Großmutter.»

«Und daß du es mir zurückzahlst.»

Sarah verzog das Gesicht, sagte dann aber doch nichts.

«Was auch immer mein Terry gewesen sein mag», sagte Ethel, «wenn es um Eileen ging, war er weicher als Babyscheiße. Auch wenn es um dich ging, obwohl er es vielleicht nicht immer gezeigt hat. Und sogar bei diesem traurigen Würstchen Rayo. Und morgen bei der Testamentseröffnung werden weder Norbert Breakshaw und Genossen noch die Freundchen aus Kirkby sich die Hände reiben. Und ich auch nicht. Aber du wirst diejenige sein, die im gemachten Nest sitzt, damit du's weißt. Du und Eileen, ihr beide.»

Ethel bewegte sich schneller, als Sarah es auch nur ahnen konnte, schneller, als es einer Frau ihres Alters zustand. Sie hielt Sarahs Handgelenk wie in einem Schraubstock.

«Und du wirst mir jetzt versprechen, daß du für mich sorgst, so gut es in deiner Macht steht. Ich will hier nämlich wohnen bleiben, hier in diesem Haus, bis sie mich einmal hinaustragen, und ich will mir keine Sorgen machen müssen, daß ich vielleicht kein Geld in der Tasche habe, wenn ich etwas brauche. Verstehst du?»

Sarah zuckte zurück. «Ja, Großmutter.» Es war kaum mehr als ein Flüstern.

«Noch einmal.»

«Ja, Großmutter. Ich verspreche es.»

«Gut.» Lächelnd ließ Ethel Sarahs Arm los und wandte sich von ihr ab. Noch einen Port mit Zitrone, dann war sie bereit, früh ins Bett zu gehen. Die letzten Tage waren anstrengend gewesen.

Hätte Ethel sich je nach einer zweiten Karriere gesehnt, etwa als «Original Famous Gipsy» à la Rose Lee, wie sie massenweise durchs Land zogen, Handlinien lasen, Teeblätter und Glaskugeln befragten und die Zukunft vorhersagten, hätte sie zweifellos alle ausgestochen. Jedenfalls hätte man denken können – und einige dachten es tatsächlich –, sie habe den Letzten Willen ihres lieben Sohnes Terry schon gesehen, bevor er unterzeichnet und versiegelt worden war.

Doch an jenem kalten Dezembernachmittag, als der Frost Eisblumen auf die Fenster malte, saß sie reglos und gelassen wie Cleopatras Needle im Anwaltsbüro und hörte sich an, wie Declan Travis die Bestimmungen aus Terence Cookes Testament verlas. Dicht neben ihr saugte Jackie, Terrys Bruder, mit der

Unterlippe an seinem Schnauzbart und fuhr gelegentlich mit dem Finger an der Innenseite seines eine Nummer zu eng geratenen Hemdkragens entlang. Elaine, die den neuen schwarzen Mantel über dem verdächtig neu wirkenden schwarzen Kleid geöffnet hatte, saß, ein Kleenex in der Hand, als fürchte sie, jeden Moment weinen zu müssen, auf der anderen Seite. Sarah – die einzige, die außerdem noch mit Sicherheit als Begünstigte in Frage kam – war in einen falschen Pelz eingewickelt, den sie von ihrer Mutter geliehen hatte, starrte auf den gebohnerten Holzfußboden und zog hörbar alle Anzeichen einer fürchterlichen Erkältung in der Nase hoch.

«Bringt nichts, wenn du dort deine Zeit vergeudest», hatte Raymonds Vater gesagt. «Das einzige, was Terry dir hinterlassen haben könnte, wäre höchstens ein Tritt in den Arsch.»

Also verbrachte Raymond den Nachmittag wie üblich im Geschäft und hörte sich die Spice Girls auf Radio Trent an.

«. . . meinen gesamten Besitz», las der Anwalt, «wie ich ihn bereits im einzelnen aufgeführt habe, einschließlich des dazugehörigen, meiner Verfügung unterstehenden Eigentums, plus die nach den noch anstehenden Ausgaben verbleibenden Beträge auf meinen verschiedenen Bank- und Immobilienkonten, die ebenfalls bereits oben aufgelistet sind, vermache ich zu gleichen Teilen meiner Tochter, Sarah Jane Cooke . . .»

Sarah stieß einen schrillen Schrei aus und konnte gerade noch verhindern, daß ihr ein kleines Malheur passierte.

«. . . und meiner mir gesetzlich angetrauten Ehefrau, Elaine Patricia Pendleton.»

Elaine gab ein sehr kontrolliertes Seufzen von sich und schlug ihre schlanken, aber athletischen Beine von neuem übereinander.

«Unter der Bedingung, daß die erwähnte Elaine Patricia Pendleton den Anteil meiner Tochter bis zu deren achtzehntem Geburtstag kontrolliert und verwaltet.»

Der Anwalt unterbrach sich, hüstelte hinter vorgehaltener Hand und blickte in die Runde.

«Was sagen Sie da?» herrschte Jackie Cooke ihn an. «Das war doch wohl nicht etwa schon alles?»

Declan Travis hob eine Hand in die Höhe. «Es gibt hier noch einen Zusatz.»

«Das will ich auch hoffen», sagte Jackie und lehnte sich wieder in seinem Stuhl zurück.

«Hinsichtlich des Ladens in Bobber's Mill hat Mr. Cooke verlangt, daß sein Neffe Raymond dort als Geschäftsführer so lange weiterbeschäftigt wird, bis er selbst es nicht mehr möchte.»

«Das war's?» fragte Jackie und hievte sich auf die Beine. «Mehr nicht?»

«Ich rede mit Rayo», sagte Eileen. «Und finde heraus, was er tun will. Man weiß ja nicht, vielleicht will er ja die Gelegenheit nutzen und woanders hin.»

«Zum Arbeitsamt wegen der Stütze», sagte Jackie, der schon hinter dem Stuhl seiner Mutter stand. «Was anderes kann er ja nicht.»

«Los, Jackie», sagte Ethel und erhob sich. «Wir sind hier fertig. Du kannst mich heimfahren.» Und zu Eileen, ohne auch nur Atem zu holen: «Wenn du auf das Geld für meine Enkelin aufpaßt, Madame, solltest du dich mal bei ihr erkundigen, was wir vorher miteinander besprochen haben. Bevor du alles für sie ausgibst.»

Resnick wartete an der Ecke, bis Raymond die eisernen Rolläden vor dem Laden aufgeschlossen und nach oben geschoben hatte. Er ließ ihm Zeit, sich in seine vertraute Tätigkeit hineinzufinden. Der Junge war gerade dabei, einen großen Gefrierschrank auf den Bürgersteig hinauszutragen, als er Resnick auf sich zukommen sah. Fast hätte er den Apparat fallen lassen, aber im letzten Moment gelang es ihm doch noch, seine Zehen nicht unter ihm zu zerquetschen.

«Na, Rayo», sagte Resnick onkelhaft. «Kann ich dir irgendwie behilflich sein?»

«Nein, danke, Mr. Resnick. Ich schaffe es schon allein.»

«Wie du meinst. Ich will nur nicht, daß du dir weh tust. Jetzt, wo du so gut dastehst.»

«Ich stehe gut da?» Auf Raymonds Oberlippe schimmerten Schweißtröpfchen.

«Na ja, dein Onkel Terry. Hat große Stücke auf dich gehalten. Hätte dich in seinem Testament genausogut vergessen können.»

Raymond stotterte etwas und bat Resnick in den Laden hinein; Familienangelegenheiten wollte er lieber nicht unter freiem Himmel besprechen, wo man sich den Arsch abfror. Keine zwanzig Minuten später wußte Resnick über alles Bescheid. Als Terry Cooke bei Ethel eingezogen war, hatte er die Hypothek für das Haus auf seine Kappe genommen und sie in eineinhalb Jahren abbezahlt, allerdings auf seinen eigenen Namen. Das Grundstück, auf dem sie standen, einschließlich Laden und Wohnung im ersten Stock, gehörte ihm ganz, und die beiden Lagergaragen liefen auf einem Neunundneunzig-Jahre-Erbpachtvertrag. Gemäß der Endabrechnung des Buchhalters belief sich das Barvermögen auf Terry Cookes verschiedenen Konten nach Abzug der Erbschaftssteuer noch auf annähernd fünfundsiebzigtausend Pfund.

«Pfund, Ramond? Nicht ECU?»

«Was?»

«Vergiß es.» Resnick nahm einen Black & Decker-Bohrer in die Hand und betrachtete ihn. «Wer sagt denn, daß Verbrechen sich nicht lohnt?»

«Verbrechen?»

«Ist bloß 'ne Redewendung. Denk dir nichts dabei.» Resnick drängelte sich an Raymond vorbei zu einem Stoß alter 78er Schallplatten, die auf einer Zanussi-Waschmaschine gestapelt waren, die im Gegensatz zu den Schallplatten auffällig neu wirkte.

«Wie hat dein Vater das eigentlich verkraftet?» fragte er. «Würde mich nicht wundern, wenn er sich etwas ausgebootet vorkommt. Und die anderen Kumpels, mit denen er und Terry zusammen waren. Norbert natürlich. Tommy DiReggio, oder auch Coughlan.» Resnick lächelte gütig. «Ein unangenehmer Zeitgenosse, dieser Coughlan. Ich bezweifle, daß er der Typ ist, der es gut aufnimmt, wenn man ihn in der Kälte stehenläßt.»

Raymond verlagerte sein Gewicht von einem Bein auf das andere, es sah aus, als seien seine Hosen im Schritt urplötzlich ein paar Nummern eingegangen. «Coughlan», brachte er dann heraus, «ich glaube, er und Onkel Terry haben schon seit Monaten kein Wort mehr miteinander gesprochen.»

«Aber zur Beerdigung ist er doch gekommen, Rayo, oder? Um ihm die letzte Ehre zu erweisen. Und um seine Schulden einzutreiben.»

«Ich weiß nicht, ich...»

«Die hier, Raymond», sagte Resnick, zog die oberste Schallplatte zu sich heran und pustete sorgfältig die Staubschicht ab, «Kettelby. In a Monastery Garden. Wette mal, daß du für so was nicht besonders viel kriegst.»

«Nehmen Sie sie doch, Mr. Resnick», sagte Raymond dankbar, «nehmen Sie ruhig alle mit. Den ganzen Stapel. Umsonst.»

Resnick griff lächelnd in die Innentasche seines Mantels und holte seine Brieftasche heraus. «Kann ich nicht machen, Raymond. Ist zwar sehr nett von dir, aber stell dir mal vor, wie das aussieht. Hoher Polizeibeamter nimmt Geschenke an. Geht wirklich nicht.»

Er zog zwei Fünfpfundnoten hervor und drückte sie dem widerstrebenden Raymond in die Hand. «Falls du irgendwo einen Karton oder so was Ähnliches hast, pack sie mir doch bitte ein. Und vielleicht kannst du sie mir ja dann zum Wagen rausbringen.»

Aber der Tag war noch nicht zu Ende für Raymond. Kaum war er wieder zurück, nachdem er sich im Café eine Dose Cola und ein Wurstbrötchen geholt hatte, und hatte das Schild mit der Aufschrift ‹Bin gleich wieder da› aus dem Fenster genommen, erschienen Frankie Farmer und Tommy DiReggio. Sie wollten wissen, ob Rayo ihnen für sämtliche Waren – von Bleirohren bis zu noch original verpackten Dell Dimension XPS P 133 Computern mit 16 Megabyte SDRAM Zusatzspeicher, die sie mit ihren ungewaschenen Händen betatschten – auch weiterhin dieselben Freundschaftspreise einräumen würde. Raymond versicherte ihnen, daß er das tun wolle.

Als nächster schaute einer der Malloy-Brüder herein – Raymond glaubte, es sei der Preiskämpfer, aber sicher war er sich nicht – und wollte mehr oder weniger dasselbe wissen. Raymond vermutete, er würde nicht der letzte sein, der kam. Eigentlich verstand er nicht ganz, wieso sie alle so aufgeregt waren, es lief doch alles wie gehabt, und das sollte ihnen doch klar sein. Aber es verdroß ihn schon, daß die alten Freunde seines Onkels einander anschwärzten und von ihm erwarteten, er würde einem von ihnen den Vorzug geben.

Sogar sein Vater tauchte auf, um seine unmaßgebliche Meinung zu sagen und ungefragt gute Ratschläge zu verteilen. Raymond dachte bei sich, es würde nicht schaden, wenn sie alle erst einmal erwachsen würden. Und anfingen, sich wie Geschäftsleute aufzuführen, anstatt wie Statisten im Abklatsch eines Tarantino-Films – Mr. Crap und Mr. Shite. Fürchterlich.

Und zu guter Letzt kam dann noch Sarah, irgendwie aufgeregt und strahlend, als wäre sie voll auf Ecstacy. Und ganz verrückt nach Raymond, und wollte wissen, was er vorhatte, wenn der Laden zu war. Warum konnte er denn nicht gleich zusperren, er war doch jetzt selbst der Chef, oder nicht? Gab doch niemanden, der ihm über die Schulter schaute und aufpaßte. Wollen wir nicht was trinken, Rayo? Laß uns doch rüber in die Kneipe gehen. Und auf ein Curry. Und später zum Tanzen. Was hältst du denn davon, Rayo? Sag doch. Und schon spürte er ihre Zunge zwischen seinen Zähnen, und sie mußte bloß in seine Jeans fassen und hatte ihn schon in der Hand.

Auch Eileen wurde umworben. Norbert Breakshaw schickte Blumen, Frankie und Tommy eine Flasche roten Champagner.

Coughlan wartete auf sie, als sie von der Arbeit kam, von

einer Privatgesellschaft im Konferenzraum eines kleinen Hotels an der Mansfield Road, wo alle möglichen Extras geboten wurden. Ein paar Hunderter für eine Stunde Arbeit, erst als Schulmädchen, dann als Krankenschwester, Uniformen kamen immer gut an. Sie erkannte Coughlan sofort, wie er an dem Jaguar lehnte, als sei er der rechtmäßige Besitzer.

«Steig ein, ich fahr dich heim.»

Eileen zeigte auf das Taxi, das auf sie wartete. «Ich komme schon zurecht, danke.»

«Steig ein.»

Sie öffnete die Taxitür. «Nein, danke.»

Coughlan langte auf den Rücksitz seines Wagens, und als er sich wieder aufrichtete, hielt er eine abgesägte Schrotflinte in der Hand. Der Taxifahrer hatte den Gang schneller eingelegt als Damon Hill, und Elaine stand da, in der einen Hand ihren Schminkkoffer, in der anderen die Reisetasche mit ihren Kostümen.

Er brachte sie nicht auf direktem Weg nach Hause. Erst in eine Bar, dann in eine andere. Als sie Mineralwasser haben wollte, holte er ihr einen doppelten Gin. Als er sie erwischte, wie sie den größten Teil davon in einen Blumentopf kippte, schlug er sie ins Gesicht, und obwohl der Laden voll war, versuchte niemand, ihn davon abzuhalten.

«Hast du Angst?» fragte er, die Hand auf ihrem Oberschenkel. «Fürchtest du dich?»

«Nein.»

«Solltest du aber, verdammt noch mal, du Nutte.»

Vor dem Haus dann, vor Terrys Haus, wie Eileen es immer noch nannte, wartete sie erst einmal, ob Coughlan den Motor abstellen und mit ihr hereinkommen würde, und überlegte, was sie dann tun sollte. Aber er steckte sich nur eine Zigarette an und blieb sitzen. Er roch nach Alkohol.

«Dein Terry», sagte er schließlich. «Nehme mal an, du glaubst, er war der Größte.»

Eileen stieß die Wagentür auf und setzte einen Fuß auf das Pflaster.

«Und ich sag dir, er war ein Nichts. Hatte keinen Ehrgeiz. Ganz kleines Licht. Terry genauso wie die anderen Arschkriecher, mit denen er seine Zeit verschwendet hat. Du und ich, wir können das besser.» Er hielt ihren Arm fest, seine Finger gruben sich in ihr Fleisch. «Er hätte sich angepißt, wenn er nur daran gedacht hätte. Weißt du, wovon ich spreche? Meine Beziehungen. Dein Geld. Alles, was er dir vererbt hat, in eineinhalb Jahren haben wir es verdoppelt. Verdreifacht. Versprech ich dir.» Noch immer ihren Arm festhaltend, faßte er mit der anderen Hand nach ihrer Brust und drückte zu.

Eileen starrte ihm ins Gesicht, regungslos, wortlos.

«Geh schon», sagte er.

Eileen schloß vorsichtig die Wagentür und gab sich Mühe, während sie ihre Schlüssel aus der Tasche holte, langsam auf die Haustür zuzugehen. Als sie die Eingangsstufen halb oben war, lehnte sie sich gegen das Geländer, legte den Kopf an die farblose glatte Holzsäule und wiegte sich so lange hin und her, bis das Pochen in ihren Adern aufhörte.

Nicht weit entfernt saß Tommy DiReggio im dunklen Sierra seines Schwagers Frankie und schaute sich das alles an. Coughlan und Eileen, aha, darauf lief es nun also hinaus. Wenn Frankie und er nicht einschreiten würden.

Was er nicht sah, war, daß gegenüber auf der anderen Straßenseite Khan und Naylor ihn durch das Rückfenster eines zerbeulten Transporters mit einem Fernglas beobachteten.

Resnick steckte für Ronnie Rather die Hälfte seines family-size Melton-Mowbray-Pie, ein paar Flaschen Worthington White Shield, Ronnies Lieblingsmarke, und das noch verbliebene Drittel Black Bush ein. Es war kurz nach acht Uhr.

Das letzte, was er von Kevin Naylor, der in der Nähe von Cookes Haus auf Observierungsposten war, gehört hatte, war, daß dort offensichtlich eine Party gefeiert wurde. Am Spätnachmittag hatten die Blumenhändler vom Markt mehrere Rosensträuße abgegeben, und kurz nach ihnen war der Lieferwagen einer Konditorei gekommen, aus dem ein rothaariger Junge mit einer weißen Schürze eine mit rosa und weißem Zuckerguß dick verzierte Torte ausgeladen hatte. Und Kerzen. Dann war es bis zum frühen Abend erst einmal ruhig gewesen. Etwas später waren Sarah und ihre Mutter zum Geschäft an der Ecke gelaufen und mit einigen Sechserpacks Lagerbier wiedergekommen. Danach kam Eileen, die etwas trug, was gut und gern Wein sein konnte, dann Jackie Cooke mit einer riesigen Karte in einem hellblauen Umschlag und schließlich noch Raymond, der, die Hände in den Hosentaschen, vor sich hin pfiff.

Vielleicht, dachte Resnick, machen sie am Schluß ja alle zusammen einen Familienausflug.

Er goß Ronnie ein Bier ein, achtete darauf, daß er ihm nicht auch den Satz, der sich am Flaschenboden abgesetzt hatte, einkippte, legte ein reichliches Stück von dem Pie auf einen Teller und garnierte es noch mit einer eingelegten Zwiebel aus dem Glas in Ronnies Schrank und einer Gabel voll Branston Pickles. Er war froh, daß Ronnie nicht ausschließlich von Essen auf Rädern lebte, obwohl er aus dem Leuchten, das immer in Ronnies gesundes Auge trat, sobald er Cheryl erwähnte, die in ihren diversen bunten Freizeitanzügen seine vorgekochten Mahlzeiten anzuliefern pflegte, schließen konnte, daß sie eine zunehmend wichtigere Rolle in seinem Leben spielten.

Nach einer Weile zeigte Resnick auf das Paket, das er auf den Tisch gelegt hatte.

«Mach du es für mich auf, Charlie, bitte.»

Also zerschnitt Resnick die Schnur, faltete das Papier auseinander und ließ die Kostbarkeiten zum Vorschein kommen, die er zwischen den Schallplatten von Joan Hammond und Josef Locke, zwischen ‹Count Your Blessing› vom Luton Girls Choir und Flanagan und Allen mit ihrer Schnulze ‹Run, Rabbit Run› entdeckt hatte.

«Mein Gott, Charlie, wo hast du denn die aufgetan?»

Eine nach der anderen legte Resnick die legendären 78er Platten auf das alte Grammophon, und dann saßen sie beide und lauschten der Musik von Benny Goodman, Artie Shaw und Tommy Dorsey, ‹Clarinet à la King›, ‹Begin the Beguine› und ‹Getting Sentimental Over You›, und Ronnie Rather spielte im Kopf die Posaunenparts mit. Gerade glitt er Note für Note mit Dorsey durch ‹Opus One›, als Resnicks Handy piepste. Khans Stimme war klar und sachlich. Man hatte Schüsse im Haus gehört, es gab Verletzte, eine bewaffnete Einsatztruppe war unterwegs. Also doch kein Familienausflug, dachte Resnick.

Es war glatt, und Resnick fuhr zwar schnell, aber vorsichtig. Als er ankam, war die Straße abgesperrt, das Haus von Cooke angestrahlt und umstellt. Auf der gegenüberliegenden Seite hockten bewaffnete Polizisten in den Vorgärten und auf den Dächern. Tommy DiReggio, der stark aus einer Schußwunde in der Leistengegend blutete und kaum noch bei Bewußtsein war, wurde gerade von Sanitätern auf einer Trage in einen Krankenwagen geschoben.

In einem zweiten Krankenwagen wurde Frankie Farmer, der eine Fleischwunde an der Schulter abbekommen hatte, behandelt. Raymond hatte sich in dem Durcheinander irgendwie selbst ein Messer in die Hand gestoßen. Auf der anderen Straßenseite bettelten Sarah und ihre Mutter einen Sanitäter um Beruhigungsmittel an. Jackie Cooke saß benommen auf dem Randstein und trank Tee.

Khan und Naylor standen, die Hände in den Taschen, hinter einem Streifenwagen und stießen silberhelle Atemwolken in die Luft. Dicht neben ihnen redete der Leiter der bewaffneten Einsatztruppe mit seinen Scharfschützen. Eine Unterhändlerin, die einen Männeruniformmantel über ihrem Ballkleid zugegürtet hatte, sprach über ein Handy mit jemandem im Haus.

«Wer ist noch drinnen?» fragte Resnick.

«Coughlan», sagte Naylor. «Hat sich in einem der Schlafzimmer oben im ersten Stock, zur Straße raus, eingeschlossen. Ist verletzt. Wie schwer, wissen wir nicht.»

«Sonst noch wer?»

«Die alte Dame und Eileen. Mit ihr sprechen wir gerade.»

Resnick schaute zum Haus hinüber und nickte. «Klär mich auf, was passiert ist.»

«Gegen halb elf», begann Naylor, «fuhren Farmer und Di-Reggio vor und gingen ins Haus. Sie trugen etwas, was aussah wie Flaschen, von daher haben wir gedacht, sie kämen zur Party.»

«Inzwischen haben wir Grund zu der Annahme», sagte Khan, «daß einer von beiden eine Pistole mitgebracht hat. Mindestens eine.»

«Weiter.»

«Wie lang ist es her», meldete sich die Stimme der Unterhändlerin hinter ihnen, «daß ihr seine Stimme gehört habt?»

«Kurz nach elf», sagte Naylor, «kam Coughlan. Jackie Cooke kam von innen an die Tür und versuchte, ihn davon abzuhalten, das Haus zu betreten. Danach ging alles ziemlich schnell. Farmer und DiReggio mischten sich ein, und es kam zu einer Schlägerei. Dann kam Eileen raus, nahm Coughlan zur Seite und redete auf ihn ein. Offenbar konnte sie ihn beruhigen, denn er ging zu seinem Wagen zurück. Elaine holte die anderen wieder ins Haus. Aber Coughlan fuhr nicht weg. Statt dessen tauchte er wieder mit einer Schrotflinte auf, feuerte gegen die Hausfront, und dann war er schon durch die Tür.»

«Danach noch mal drei Schüsse», sagte Khan, «vielleicht vier.»

Die Unterhändlerin kam eilig auf Resnick zu. Das Telefon hielt sie an die Seite gedrückt. «Eileen hat mit Coughlan gesprochen. Er will aufgeben.»

Resnick und der Einsatzleiter wechselten Blicke.

«Können Ihre Männer es mit ihm aufnehmen?»

«Dreimal.»

«Eileen», sagte die Unterhändlerin ins Telefon, «sag ihm, er soll das Fenster weit aufmachen, die Waffe hinaushalten, und zwar am Lauf, und sie dann in den Garten hinunterwerfen. Am Lauf, verstanden?»

Es war ganz ruhig, als sich drüben der Vorhang ein Stückchen zur Seite bewegte, dann wieder zufiel und sich dann wieder bewegte. Unvermittelt flog ein Seitenfenster auf, und einen Augenblick später erschien eine Schrotflinte, mit dem Kolben zuerst.

«Laß fallen», sagte Khan leise, wie zu sich selbst.

Coughlan ließ die Waffe fallen, und bevor sie den Boden berührte, war der erste Polizist aus der Einsatztruppe schon ins Haus gestürmt.

Jeder verfügbare Beamte wurde eingesetzt, um die Zeugenaussagen aufzunehmen. Weil sie erschöpft war, aber vielleicht auch nur aus Zerstreutheit hatte sich Ethel Cooke in ihr Bett zurückgezogen.

Im Garten hinter dem Haus fand Resnick Eileen, die trotz der Eiseskälte keinen Mantel trug.

«Sind Sie okay?»

«Ja, alles in Ordnung.»

«Sie werden später noch aussagen müssen.»

Sie nickte. «Verstehe.»

«Sie haben sich gut gehalten. Kühlen Kopf bewahrt.»

Ein orangefarbenes Glühen lag trübe über dem ansonsten sternklaren Himmel.

«Warum kommen Sie nicht mit zurück ins Haus?» fragte Resnick. «Sie werden sich erkälten.»

Eileen schüttelte den Kopf. «Sarah hat mir vorhin etwas erzählt. Ich weiß nicht, ob ich es glauben soll oder nicht.» Sie drehte sich zu ihm um und schaute ihm direkt in die Augen. «Schätze, ich glaube es», sagte sie, und dann erzählte sie ihm, worum es ging.

Resnick schlüpfte aus seinem Mantel und legte ihn ihr um die Schultern. Sie zitterte leicht bei der Berührung. Dann rief er Khan und Naylor zu sich, erteilte ihnen neue Anweisungen und telefonierte nach Verstärkung.

Nachdem sie fast zwei Stunden lang schwere Möbelstücke hin
und her gerückt, Tapeten abgezogen und Bodenbretter gehoben
hatten, hörte Resnick einen der Polizisten seinen Namen rufen.
Das winzige Skelett, keine dreißig Zentimeter lang, war, in unzählige Schichten Zeitungspapier eingewickelt und gut verschnürt, unter dem Boden des Hinterzimmers vergraben worden.

Aus Ethel Cookes Zimmer drang noch Licht. Resnick
klopfte, und während er wartete, fragte er sich, was er sagen
sollte. Alles Gute zum Geburtstag? Die Worte gefroren ihm auf
den Lippen.

Deutsch von Elfi Hartenstein

Stella Duffy
DOPPEL/SELBST/MORD

Die eigene Zwillingsschwester umzubringen ist wirklich etwas ganz Besonderes. Ein Zwilling besteht aus zweimal dem gleichen Mädchen. Das Besondere und Dasselbe, also Nicht-Besondere, existieren in diesem Fall gleichzeitig. Das Außerordentliche und das Gewöhnliche fallen zusammen. Wir sind schön, sie und ich. Das sagen alle. Und sie haben recht. Sie hat lange schwarze Haare, ich habe erstaunlich blaue Augen. Sie hat eine blasse, makellose Haut, ich habe lange, straffe Schenkel. Ihre Lippen sind die weichsten der Welt, meine Zähne sind gleichmäßig, weiß glänzend und scharf. Sie atmet sanft und klar, während ich durch die Welt gleite wie auf einem weichen Teppich aus Samt. Und alles, was sie hat, habe ich ebenfalls, und alles, was ich bin, ist sie genauso.

Jedenfalls meistens.

meryl und cheryl wurden im abstand von zwei minuten geboren

meryl ist die ältere, cheryl ist die bessere.

sie töteten ihre mutter im augenblick ihrer blutigen doppelgeburt.

es geschah in einer heißen nacht in london, die sommerhitze hatte die föten länger im leib reifen lassen, länger, als es die mutter ertrug. sie stahlen ihr das leben, als sie sich ihren weg in die unvorbereitete welt bahnten.

Als wir es zum erstenmal richtig bemerkten, mit sechzehn, zwölf oder neun, als wir zum erstenmal herausfanden, wer wir waren, kam es uns wie eine Offenbarung und Erleuchtung vor. Ich streichelte das Gesicht, das ich selbst auch hatte, betrachtete es aus einem neuen Blickwinkel, von unten, von der Seite, ich schlug es, ich liebkoste dieses Gesicht, das gleichzeitig mein eigenes und ihr eigenes war. Es war, als hätten wir in ein normales Stück Brot gebissen und festgestellt, daß es mit geschmolzener Schokolade gefüllt war. Wir sahen so gleich aus, daß ich beinahe glaubte, wir wären es. Ich lag neben meinem eigenen anderen Ich, spiegelte mich, küßte meinen eigenen anderen Körper, biß seine Lippen, um mich in dieses andere Ich zu verbeißen und dabei keinen Schmerz zu empfinden, nur den betörenden Geschmack ihres Fleisches in meinem Mund. Ich konnte an mir herunterblicken, ohne zu bemerken, welche Finger die anderen umfaßten, bis ich in sie hineinbiß. Wenn ich aufschrie, bevor es zu bluten begann, wußte ich, daß es meine eigenen gewesen waren. Wie ich das damals liebte. Wie ich sie damals liebte.

meryl tendierte stets dazu, fester und länger zuzubeißen als cheryl.
sie mochte das blut ihrer schwester viel lieber.

Andere Mädchen sehen ab einem bestimmten Alter in den Spiegel und erschrecken oder lächeln oder reden mit sich selbst – ich sah einfach nur Meryl an. Sie war der einzige Spiegel, den ich brauchte. Andere neunjährige Mädchen denken sich heimlich die tollsten Dinge über ihre Zukunft aus, über den Mann ihrer Träume, wie der Hochzeitsmarsch klingen wird und das weiße Kleid aussehen soll und wie es sein wird, auf den Altar zuzuschreiten. Wir nicht. Nicht Meryl und ich. Zum einen hatte ich gar keine heimlichen Wünsche für die Zukunft, zum anderen hätte sie es niemals zugelassen, daß ich welche habe. Abgesehen davon, wußte ich ja längst, wer dort auf mich warten sollte. Sie würde dieses Kleid tragen und auf mich warten. Sie würde ganz oben auf unserer wunderschönen Sahnetorte stehen.

**meryl ist schlauer als cheryl. aber cheryl ist viel
schöner.**
**sie besuchen eine ganz normale schule in der innenstadt
wo die bürgersteige von zerbrochenem glas widerhallen
und die mauern hoch sind und aus ziegelsteinen und wo
schmutzadern sich durch den mörtel ziehen wie blutadern.**
**alle kinder waren ganz normal, und die lehrer gingen
jeden tag aufs neue ihren leidensweg. die plötzliche
anwesenheit der neuen zwillinge verursachte
fröhlichkeit und gelächter in jedem klassenzimmer, das
sie betraten.**
**die mädchen versprühten ihren witz und ihren charme,
gaben sich sympathisch, intelligent und amüsant.**
doch sie konnten sich niemals gegenseitig täuschen.

Cheryl ist genau die gleiche wie ich, aber doch nicht ganz. Sie ist
viel dümmer. Sie ist weniger clever. Sie weiß nicht, wie man gut
aussieht. Bis jetzt. Nicht, daß sie das jemals nötig hätte, schließlich habe ich meine fünf Sinne so gut beieinander, daß es auch für
zwei reicht, die eins sind. Ich werde alles für sie tun. Immer. Sie
wird niemals ohne mich auskommen müssen. Ich werde sie niemals ohne mich auskommen lassen.

**cheryl und meryl wachsen heran, und während dieser
jahre gibt es eine unmerkliche veränderung in ihren
hormonen, in der atmosphäre, im hauch ihres atems.**
**es ist nichts, was man sich vornehmen könnte, um es zu
untersuchen, aber es existiert.**
**cheryl hat eine bessere wirkung auf männer. englische
männer und amerikanische männer, französische und
deutsche und italienische männer, die man im sommer
in der oxford street antrifft. männer, die irgendwie
anders sind. das ist hart für meryl, sie kann nicht
verstehen, warum ihre zwillingsschwester liebenswerter
sein soll als sie selbst.**

sie sind doch trotz allem gleich. ist es etwa die dummheit, die sie so attraktiv erscheinen läßt?

Als wir fünfzehn wurden, entdeckte Meryl die höhere und abstraktere Mathematik und die Bedeutung der Zahl Eins. Doch die Idee der absoluten Einheit wurde ihr sehr bald unheimlich, und so beendete sie ihre Reise durch den Kosmos, und wir begannen, uns der Bezwingung anderer Personen zu widmen. Wir wechselten uns dabei ab, teilten Liebhaber, belogen sie über unsere Identität, und manchmal gönnten wir uns gegenseitig das größte aller Vergnügen.

Mit Sex kam ich viel besser zurecht als mit Mathematik. Es war aufregender, es war schmutziger.

Es machte so viel Spaß, sich mit den Jungs zu befassen. Dieses Spiel mit den Männern.

Schlau eingefädelte Intrigen und anschließende Debatten und Gelächter bis in die späte Nacht hinein über das lächerliche Pathos oder die aufgesetzte Leidenschaftlichkeit eines Kandidaten. Wir selbst sehnten uns nach niemand anderem, wir hatten ja uns.

meryl sieht sich wesentlich öfter mit katastrophen konfrontiert als cheryl.

meryl wird gepeinigt von visionen, was alles möglich sein könnte.

sie findet sich in defekten u-bahn-zügen wieder, fühlt sich von bomben bedroht und wird von der verrückten Frau belästigt, die den ganzen Tag draußen vor dem laden an der ecke lauert. meryl hat angstvisionen, die sich bestätigen, wenn sie um die nächste straßenecke biegt.

cheryl glaubt noch immer nicht an die existenz der zukunft. sie bildet sich ein, daß sie sie in jedem moment neu erfindet. sie hat noch nicht herausgefunden, wer ihr schicksal bestimmt.

Manchmal, wenn wir uns mit anderen gleichaltrigen, uns ähnlichen Mädchen trafen, ähnelten unsere Gedanken denen der anderen zu sehr. Ich wollte nicht, daß Cheryl bemerkte, daß andere uns so sehr ähneln konnten. Sogar Ähnlichkeiten konnten zur Bedrohung werden. Dann fühlte ich mich unwohl. Also versuchte ich, diese so ähnlichen Mädchen auf Distanz zu halten. Aber sie mochten uns. Sie hatten uns gerne um sich. Sie wollten so sein wie wir. Seid bloß vorsichtig dabei.

Wir sind sehr beliebt. Sie mögen es, uns zu mögen.

wie in einer liebesgeschichte.

Wenn ich andere Frauen sagen hörte: «Ich wußte nicht mehr, wo der Unterschied zwischen meinem und seinem Körper war», hätte ich sie am liebsten angespuckt und gelacht. Das ist einfach unmöglich. Sie sind so gewöhnlich. Ihre Hauttönung ist eine Spur zu unregelmäßig, ihr Körpergewicht ist nicht wirklich perfekt, ihre Frisur nicht millimetergenau. Aber wenn ich direkt vor Cheryl stehe, Schlüsselbein an Schlüsselbein, paßt alles exakt zusammen. Dann gibt es kein sie und ich, wenn wir uns umarmen und uns gegen die Brust der anderen lehnen. Unsere Schultern sind genau gleich weit voneinander entfernt. Unsere Knochen berühren einander. Da ist kein weiches Fleisch, das uns voneinander trennt.

und dann fand meryl heraus, daß cheryl sie belogen hatte.

Ich habe ihn einfach so nach Hause gebracht. Es gab keinen gemeinsamen Plan. Ich habe es einfach getan. Angeregt durch seine Andersartigkeit und die Möglichkeit, daß alles sich ändern könnte, und letztlich, weil ich es so wollte. Weil ich ihn wollte. Weil ich es wollte. Ich wollte das haben, was sie hatte. Ich wollte es ohne sie haben. Ganz allein und nur für mich. Ich habe es getan, weil ich Sex haben wollte. Weil ich

*bumsen wollte. Denn ich wußte, er gehörte zu ihr. Ich wußte, daß ich
die Möglichkeit dazu hatte. Und daß ich es nicht tun durfte.*

Ich habe mir vorgenommen, sie beiseite zu schaffen. Heute ist
unser Geburtstag, und ich habe mich entschieden. Zuerst war
ich mir nicht ganz sicher gewesen, ich grübelte darüber nach,
über alle Eventualitäten, die möglichen Entwicklungen. Aber
dann sah ich sie zusammen mit ihm. Und habe sie verfolgt und
ihre Paarung beobachtet, unbemerkt, weil ich ihr so ähnlich bin
und weiß, wie man sie belauscht. Ich sah Cheryl, wie sie mit ihm
flirtete, mit ihm lachte, mit ihm schlief. Das hätte sie nicht tun
dürfen. Es ist nicht richtig. Sie gehört mir und er natürlich auch.
Ich bin es gewohnt, das zu bekommen, was ich mir wünsche.
Nun bin ich einsam. Ich sollte der Mittelpunkt dieser Beziehung
sein. Deshalb muß ich sie beiseite schaffen.

**sie ist jetzt in ihrem zimmer, hat sich eingeschlossen.
sie hat keine andere wahl, als widerstand zu leisten.
meryl ist schon immer die stärkere der beiden gewesen.
zumindest sie hat gewußt, daß sie zwei personen waren.
und die großen roten busse donnern die straße entlang,
rauschen vorbei mit quietschenden bremsen, die eine
symphonie der geräusche erzeugen, und darin hört man
bruchstücke wie «oh, liebling» und «ich hab es dir
gleich gesagt».**

*Dieses Zimmer ist staubtrocken. Nicht gerade Asche zu Asche –
obwohl es genau so bald sein wird –, sondern der Staub, der am Rand
einer langen Straße liegt. Eine Straße, die schon seit einer Ewigkeit
sehr trocken war. Eine Straße, in der das einzig Fließende ein warmer
Gefühlsstrom gewesen ist. Und der ist nun versiegt. Dennoch, so
schlimm ist es nicht.*

Immerhin habe ich jetzt mein eigenes Zimmer.

Ein Zimmer mit Aussicht.

am nachmittag scheint die sonne herein. es ist wieder sommer, und sogar in london gibt es zeiten, in denen der heiße sommer die zähesten pflanzen umbringt, wenn die schwache englische sonne ihre ganze kraft zusammennimmt. und dann beginnt die hitze, die unbarmherzige, nicht enden wollende, erdrückende hitze.
das grelle licht setzt ihr zu, es gibt keine möglichkeit, ihm zu entgehen.
sie läßt sich nicht erweichen.

In meinem Kopf pocht es, mein Gehirn schmerzt, während es austrocknet. Die Synapsen sehnen sich nach einem lindernden elektrischen Signal. Es kommt keins. Am ersten Tag habe ich versucht zu weinen, am zweiten schaffte ich ein rauhes trockenes Stöhnen. Dort, wo früher feuchte Tränen mein Gesicht benetzten, sind jetzt nur noch ausgetrocknete Bahnen.

wasserwege werden zu staubstraßen werden zu müllhalden.

Ich verließ die beiden im weißen Zimmer. Er war bereits tot. Ich hatte ihn schnell getötet. Ich zerstückelte ihn eilig, Glied für Glied, es war blutig und öde, und dann war alles vorbei. Ihre Bestrafung würde später folgen.

Bei dieser Hitze verweste sein Körper sehr schnell. Er sitzt gegen die Wand gelehnt, verfault, seine Augen verflüssigen sich. Die einzige Flüssigkeit hier drin. Zu dumm, daß ich nicht durstig bin. Diese Glasscheibe ist so dünn, es kommt mir so vor, als wäre ich dieses erstarrte Glas. Glas aus Sand. Ich bin heiß und staubig wie der Schmutz an jener Stelle, wo der Strand auf den Straßenrand trifft.

Cheryl versucht mich zu verlassen, sie grämt sich davon, ich merke, wie sie mir entschlüpft, und plötzlich bin ich stärker.

Diese Einsamkeit habe ich bisher nie gekannt. Ich hätte nie gedacht, daß ich sie so genießen könnte. Aber ich tu es. Ich liebe es, ganz allein zu sein. Es schmeckt wie ein kühler Wein an einem heißen Nachmittag. Die reine Freude. Ich bin größer, vielleicht sogar besser.

die ruhe im weißen zimmer ist weder drückend noch aufschlußreich.
dies ist nicht die ruhe vor dem sturm, auch nicht das schweigen in der kirche, dunkel im schatten der nachmittagssonne. sie ist einfach.
eine ruhe, die cheryl enger umfaßt als ein liebhaber, und viel langsamer.

Ich hatte erwartet, daß mein Leben noch mal an mir vorbeiziehen würde. Unsere mörderische Geburt, Meryl und ich beim Spielen, beim Baden, die ersten gemeinsamen sexuellen Erlebnisse, die so einfach und direkt waren, daß wir keine Worte dafür fanden. Ich hatte erwartet, daß ich es genießen würde, meine Vergangenheit vorbeirauschen zu sehen. Aber während die drückende Hitze meine Venen austrocknet, versiegen auch meine Erinnerungen. Als würden die Bilder aus der Vergangenheit nur in flüssigem Plasma schwimmen. Ich kann über uns genausowenig nachdenken wie über meine Handlungen, die mich hierher gebracht haben. Die Fensterscheibe ist nun ein Spiegel, in dem ich sie mit sich selbst konfrontiere. Mein vertrockneter Leichnam hängt im Fenster wie eine Erinnerung an unsere fröhliche Leidenschaft. Meine schwindenden Körpersäfte lassen ihn prall anschwellen, Haut wird zu Wachs. Ich bin transparent, meine durchsichtige Haut dient nur noch dazu, die innere Leere vorzuführen. Die Haut wird immer dicker, schwillt an, ist kurz davor zu zerbersten. Das heiße Fett des Bauches brodelt unter der Haut, Nähte platzen, und eingetrocknete Säfte werden von der inneren Hitze herausgetrieben. Der Lohn der Sünde ist Staub. Mein Lebensstrom ist Staub geworden.

Jetzt ist die Zeit gekommen, und sie kommt leise ohne Fanfare oder Ankündigung. Fast alle Kerzen sind angezündet. Vorsicht ist geboten, damit kein heißes Wachs verschüttet wird. Der Tisch ist gedeckt und alle Stühle bereit. Das Fest kann bald beginnen. Ich habe diesen Kuchen mit meinen eigenen Händen gebacken, mein eigenes Fleisch hat das Mehl und die Eier und die Milch geknetet und die warme klebrige Schokolade, schwarz wie Blut, die alles verbindet, nachdem ich mich von ihr getrennt habe. Irgendwo wird Musik gespielt.

Ich habe den Verfall seines Körpers beobachtet, seine Verwandlung. Und mir ist klargeworden, daß der Tod nicht das Ende bedeutet. Aber das hat nichts mit Gott zu tun.

Nur diese Veränderungen eines toten Körpers. Seine Bewegungen, Geräusche und Gerüche und Absonderungen. Es hört nie auf. Ein kleiner Bereich des Gesichts ist heute eingefallen. Direkt unter dem linken Auge. Ich habe es beobachtet. Die Haut um den Schädelknochen kräuselte sich, um diesen Knochen, der das Auge schützt, wenn eine Faust darauf schlägt. Die Haut löste sich, und es sah so aus, als würde sie von fünfzig kleinen Händen in das Innere des Schädels gezogen. Das Auge selbst wurde von verfaultem Fleisch bedeckt und ein zäher Tränentropfen löste sich in einer Ecke und lief herab. Eine schleimige, blutige Träne. Eine tote Träne. Ein weinender toter Mann und ein dünnes, austrocknendes Ich.

zwei ist eins und fertig.

Alles Gute zu meinem Geburtstag. Alles Gute zu meinem Geburtstag. Alles Gute zum Geburtstag, Meryl. Alles Gute für mich.

Ich singe das Lied allein für mich, ohne konkurrierende Stimme. Ich blase die Kerzen ganz allein aus. Mein Atem ist stark genug, um sie alle auf einmal auszulöschen. Ich hatte noch einen letzten Wunsch. Er ist erfüllt worden. Kann man mehr verlangen? Ich bin so glücklich. Endlich bin ich eine Einzelne.

London swingt, und ich bin befreit. Wofür sollte man mich schon verantwortlich machen? Ich bin nicht in diesem Zimmer gewesen. Ich habe die Tür nicht abgeschlossen. Es gibt keine Beweise, die mich überführen könnten. Wir waren identisch, und was nach mir ausgesehen haben könnte, hätte genausogut sie sein können. Sie hat ihn in einem plötzlichen Wutanfall getötet, sie hat die Tür hinter sich abgeschlossen aus Gram und Verzweiflung. Sie hat ausgeharrt bis zum Schluß.

Und nun bin ich frei, so lange, bis meine eigenen Kinder sich von mir frei machen werden. Geburt und Tod sind eine ziemlich schmierige Angelegenheit. In den Liedern klingt das immer viel netter.

Von keiner Schuld belastet, schlüpfe ich in meine Zukunft. Alles in allem waren wir die gleiche Eizelle und das gleiche Sperma, wir entstammen dem gleichen genetischen Code. Mein Mord ist nichts anderes als ihr Selbstmord. Ich bin unschuldig.

Deutsch von Robert Brack

Denise Danks
BLAS DIE KERZEN AUS

Wenn mein Bruder überlebt hätte, wäre er heute siebzig, und seine Haut wäre von Altersflecken bedeckt. Ich kann ihn mir gar nicht alt vorstellen. Ich erinnere mich an ihn als zwölf Jahre alten Jungen, ausgemergelt und immer hungrig. Er hatte Malaria, aber das war seine einzige Schwäche.

Ich erinnere mich daran, wie wir damals draußen gesessen haben und die nächtliche Ausgangssperre begann. Die Nachtluft war gesättigt mit dem Geruch von Jasmin, der über den dunklen Mauern hing wie Sterne im Mondlicht. Grünschimmernde Käfer, so groß wie unsere Daumen, watschelten über den Hof. Man konnte sie leicht fangen, denn das Gewicht ihres Panzers machte ihnen zu schaffen. Manchmal fingen wir welche und banden ein Beinchen an ein Stück Faden und ließen sie fliegen. Es sah aus als würden kleine Kampfflugzeuge über unseren Köpfen kreisen.

In meiner teuren Lederhandtasche trage ich ein verblaßtes Foto mit mir herum, auf dem mein Bruder mit seiner Schulklasse und dem Lehrer zu sehen ist. Keiner lächelt. Der Lehrer und die Kinder sitzen auf Felsbrocken eines Hügels, der das Klassenzimmer war. Ihre Köpfe sind rasiert wegen der Läuse, und obwohl es Winter ist, hat niemand einen Mantel an. Wenn ich meinen Blick von der Fotografie abwende und die Augen schließe, sehe ich ihn, wie er barfuß durch die staubigen Straßen hastet, mit einem Holzkarren, den er hinter sich herzieht. Oder ich sehe ihn auf dem Marktplatz stehen, wo er Schwarzmarkt-Zigaretten verkauft, die er auf einem Stück Pappe angeordnet hat. Er war ziemlich kühn. Einmal, als wir hungrig waren wie die Wölfe, hat er einen Käse, so groß wie eine Grapefruit, aus dem Keller meiner Tante geholt.

Meine Großmutter starb im ersten Jahr des Krieges. Die Familie behauptete, daß der Krieg nur der letzte Nagel zu ihrem Sarg gewesen sei. In Wirklichkeit hätte meine Mutter sie auf dem Gewissen, wegen der Schande, die sie über alle gebracht hatte. Von zwei schönen Schwestern war meine Mutter die ältere und eigensinnigere. Sie war noch ein Schulmädchen, als sie von zu Hause weglief, um meinen Vater zu heiraten, einen Flüchtling, der zehn Jahre älter war als sie selbst. Unglücklicherweise entsprach mein Vater sämtlichen schrecklichen Vorurteilen, die man ihm gegenüber hatte. Den größten Teil ihrer Mitgift gab er in Bars für Getränke und Frauen aus. Ich erinnere mich noch gut an ihn. Er hat sie oft geschlagen, und wenn er dann losging, warf er sich in Schale, zog einen Nadelstreifenanzug an, steckte sich eine frische, wachsweiße Gardenie ins Knopfloch und zog adrette Gamaschen über die Schuhe. Irgendwann in den frühen Morgenstunden kam er dann zurück, nach Alkohol, Hanf und Parfüm riechend, und weckte uns alle auf, um uns nach Schallplatten tanzen zu lassen, die er auf einem alten handbetriebenen Grammophon abspielte. Wenn mein Bruder und ich abends ins Bett gingen, beteten wir zuerst, und dann flüsterte mein Bruder mir zu, daß er eines Tages, wenn er erwachsen geworden sei, meinen Vater umbringen würde. In Wahrheit war mein Vater ein größerer Feigling, als wir alle glaubten. Als die Soldaten kamen, rannte er davon, und wir haben ihn nie mehr wiedergesehen.

Meine Urgroßmutter, die ein großes Stück Land besaß, hatte einen Teil der Aussteuer meiner Mutter wieder zurückgekauft, indem sie die Schulden meines Vaters beglich. Kurz vor ihrem Tod bestimmte sie, daß die Mitgift wieder meiner Mutter übergeben werden konnte. Die Schwester meiner Großmutter, meine Großtante, war jedoch der Ansicht, meine Mutter hätte ihre Mitgift bereits bekommen, weshalb der ganze Besitz – bestehend aus Geschäften, Land und Schmuck –, der vor den Gläubigern meines Vaters gerettet worden war, jetzt als Erbe der gesamten Familie angesehen werden sollte. Sonst, so hatte sie meine Großmutter angeschrien, würde meine Mutter für ihr schamloses Benehmen belohnt, während der Rest der Familie leiden mußte.

In gewisser Weise hatte sie ja recht. Allerdings habe ich ihre Familie nie leiden sehen. Bei ihnen gab es jeden Tag etwas zu essen, bei uns nicht.

«Bring mir einen Stein», sagte mein Bruder, und ich holte einen vom Schutthaufen hinter dem Schuppen. Ich traute mich nur deshalb, weil der nagende Hunger in meinem Magen noch viel größer war als meine Furcht. Ich hatte schreckliche Angst vor den Schlangen, die ich unter den vielen Steinen vermutete. Ich malte mir aus, wie ihre nadelspitzen Zähne sich in meine Haut bohren würden. Meine Schuhe hatten Löcher vom Durchmesser eines Flaschenhalses, und ich stellte mir vor, daß die bunt gescheckten Schlangen ihre roten Zungen hervorschnellen lassen würden, um meine Zehen zu verspeisen. Als ich nach den Steinen faßte, schluchzte ich und spürte die Sonne, die durch einen Spalt zwischen den Ästen eines Birnbaums auf meinen Nacken brannte. Ich nahm einen Stein mit, und mein Bruder packte ihn in ein Stück Käsetuch ein und legte es in den Krug.

«Bis die alte Kuh es merkt, sind wir längst vollgefressen wie die Pfaffen», sagte er, als wir zurück ans Tageslicht krochen.

Jedes Jahr an diesem Tag zünde ich in einer Kirche eine Bienenwachskerze für meinen verlorenen Bruder an, egal, wo ich mich gerade befinde. Sie erinnert mich an diese Kerze, die wir aus einem Fettklumpen gemacht hatten, den wir in eine wassergefüllte Untertasse legten. In den Fettklumpen steckten wir ein Stück Faden als Docht. In ein paar Tagen werde ich zu einem Gedenkgottesdienst in den Bergen fahren. Zuerst wird es eine Gedenkveranstaltung geben, dann eine Beerdigung. Das ist so Sitte in dieser Gegend. Der Gottesdienst wird für die Cousine meiner Mutter abgehalten, die Tochter meiner Großtante, deren Erbe wir angeblich gestohlen hatten. Wir werden Zimtgebäck und Süßigkeiten essen und Rotwein trinken, der die Farbe von frischem Blut hat. Die Familie und einige Freunde werden um einen großen Tisch sitzen und von vergangenen Zeiten sprechen. Wer weiß, in welchen Erinnerungen sie diesmal schwelgen werden? Ich für meinen Teil werde an meinen Bruder denken und an die Frau, die ein halbes Jahrhundert länger gelebt hat, als sie es verdiente.

«Du siehst deinem Vater so ähnlich», sagt sie zu mir.

«Erinnerst du dich noch an meine Mutter?» frage ich.

«Sie war sehr schön. Zu schön und viel zu eigensinnig.»

«Manche behaupten, ich hätte ihre Augen geerbt.»

Die alte Frau runzelt die Stirn, und ich versuche irgendeine Familienähnlichkeit festzustellen, finde aber keine.

«Wie lange ist das jetzt alles her?» fragt sie mich, während sie den runden Blechtisch, an dem sie sitzt, näher zu mir hinschiebt.

«Viel zu lange, Cousine.»

Ich rieche den Duft des Kaffee-Extrakts, den sie in einem kleinen, zur Hälfte mit Zucker gefüllten Eisentopf aufgekocht hat. Sie stellt zwei kleine Porzellantassen auf ein Tablett, dazu zwei Gläser mit eiskaltem Wasser und bringt sie nach draußen auf den Balkon. Sie ist nicht mehr gut zu Fuß und humpelt mir mühsam entgegen.

Ich lasse meine Finger über die Feuchtigkeit auf meinem beschlagenen Glas gleiten.

«Ach, diese Schmerzen. Muttergottes. Aber wir dürfen uns nicht beklagen», sagt sie.

«Nein», antworte ich und blicke über die Bucht. Ein Containerschiff, so hoch wie ein Bürogebäude, schiebt sich aus dem Hafen. Dort hat mein Bruder manchmal mit Kieselsteinen nach vorbeitreibenden Leichen geworfen. Das Schiff transportiert japanische Autos, die in einer hiesigen Fabrik gebaut wurden, nach Rotterdam. Der Rauch der Zementfabrik schwebt über der Stadt und vermischt sich mit der schmutzigen Wolke von Abgasen. Dort, wo einst Felder und Obstgärten waren, die sich von diesem Haus hier bis zum Meer erstreckten, hat sich eine geschäftige Stadt ausgebreitet.

«Du hast eine Menge erreicht, Cousine», sage ich.

«Gott sei's gedankt. Weißt du noch, wie es uns damals ging?» sagt sie und humpelt wieder in die kühle Dunkelheit ihres zwei-stöckigen Wohnhauses. Ich höre nichts außer den Grillen, die in den Kastanienhecken zirpen, aber ich weiß, daß sie jetzt in süßen Sirup eingelegte Früchte aus einem Gefäß in eine Kristallschüssel löffelt, um sie mir dann zu bringen. Ich werde protestieren, aber sie wird darauf bestehen, daß ich sie esse.

«Damit du den Staub in deinem Mund loswirst», sagt sie.

Ich habe Staub im Mund. Er erstickt mich beinahe. Ich bin wieder unter der Erde. Die Bombe ist explodiert, und die Bank ist zusammengestürzt. Ich wurde unter den Trümmern begra-ben und halte den Atem an. Ich habe tausend Goldmünzen bei mir, auf die das Antlitz einer fremden Königin geprägt ist.

«Schwesterchen, wo bist du?»

Ich balle die Fäuste, schlage gegen die Trümmer, bis mein Bru-der meine Handgelenke umfaßt. Die Goldmünzen fallen zu Bo-den.

«Sei ruhig», sagt er.

Ich kann sie hören, Soldatenstiefel und Schüsse. Ein bärtiges Gesicht erscheint in einer Maueröffnung.

«Alles in Ordnung mit euch, ihr kleinen Wiesel?» Das Gesicht des Mannes ist dreckverschmiert. In seinem Bart klebt Mörtel. Wir kennen ihn sehr gut, denn er ist ein anderer Cousin meiner Mutter, der Sohn meiner Großtante. Vor dem Krieg hat er uns politische Texte vorgelesen und mit meinem Vater diskutiert. Einmal hat mein Vater ihm die Nase blutig geschlagen.

Wir nicken, und er kommandiert: «Gebt das Geld her.»

«Hast du das Geld, Schwesterchen?» fragt mein Bruder.

Ich schüttle den Kopf.

Ein anderer Mann zielt mit einer Pistole durch die Maueröff-nung. «Ihr kleinen Miststücke. Los, macht schon, sucht es. Ihr verdammten Gören», schreit er.

«Scheißkerl. Komm doch rein und such selber. Ihr habt uns beinahe umgebracht», ruft mein kleiner Bruder, während er nach meinem Arm faßt und mich nach hinten zerrt.

Die Goldmünzen sind in meiner Unterhose. Es fühlt sich an, als hätte ich in die Hose gemacht. Ich erzähl das meinem Bruder, und er lacht.

«Was hat sie gesagt?» fragt der schmutzige Kerl mit der Pistole.

«Sie sagt, ihr seid schuld, daß sie in die Hose gemacht hat.»

Die Gesichter in der Maueröffnung verschwinden plötzlich, als die Soldaten damit beginnen, gegen die Vordertür des Bankgebäudes zu schlagen. Wir kriechen durch das Loch nach draußen, rennen die Straße entlang und verkriechen uns im hinteren Teil einer Bäckerei. Es gibt kein Brot. Der Ofen ist kalt.

«Wir sind reich», flüstert mein Bruder. Er steckt sich eine Goldmünze in den Mund und kaut darauf herum.

«Ich würde es alles für einen weichen, duftenden Brotlaib geben», sage ich, während ich an meinen Knöcheln herumnage. Mein Bruder steckt den Kopf in den Ofen und schnüffelt. Er kriecht hinein, und ich folge ihm. Im Ofen ist es warm wie in einer Höhle, und es riecht nach Dingen, die längst vergangen sind. Es riecht nach Festen, nach Hefe und verbranntem Papier, nach grünem Paprika mit verkohlter Haut, nach Tomaten, gefüllt mit Hackfleisch, Petersilie und Reis, nach runden Brotlaiben, deren Kruste anschwillt und von der Hitze gebräunt wird. Wir legen uns hin und sind ruhig. Die Stille wird nur von dem Geräusch der Goldmünze gestört, die im Mund meines Bruders gegen die Zähne klackt. Wir bleiben so lange, daß wir dort, inmitten dieser Gerüche des Friedens, einschlafen.

Zwei Tage später erzählt uns unsere Mutter, daß drei Partisanen auf dem Platz der Freiheit aufgehängt worden seien, weil sie die Bank gesprengt und das Gold gestohlen hätten. Sie ist mißtrauisch wie ein Eichhörnchen. Meine Mutter weiß, daß wir das Geld haben. Sie ringt die Hände und vergießt Tränen. Aber sie weint nicht laut und schreit nicht, aus Angst vor den Nachbarn.

Die Partisanen verhalten sich ruhig, aber jeder weiß, daß dort, wo sie das Gold vermutet haben, keins gewesen ist. Das Gold hatte sich in der Bank befunden, und die Partisanen hatten sie gesprengt, um es zu stehlen. Waffen müssen schließlich bezahlt werden. Der ausländische General erklärte, daß tausend Goldmünzen fehlten und jemand dafür zur Verantwortung gezogen würde.

«Die Partisanen wurden verraten», jammert meine Mutter. «Patrioten und Söhne von Patrioten. Und nun hängen sie unter den Bäumen auf dem Platz der Freiheit.»

Ich weine. Wir hungern, aber wir können nicht eine Münze ausgeben. In der folgenden Nacht mißachten mein Bruder und ich das Ausgehverbot und gehen los, um nach Kartoffeln zu buddeln. Wir kratzen in der harten Erde herum, bis unsere Finger bluten, aber wir finden nichts. Nur ein paar Radieschen, die so scharf sind, daß wir Magenkrämpfe bekommen.

Eine Woche später wird mein Bruder vermißt. Man erzählt uns, die Partisanen hätten ihn mitgenommen, um ihn in Sicherheit zu bringen, ihn zu schützen.

«Er hat Malaria», erklärt meine Mutter, als unser Cousin die Nachricht überbringt.

«Eure Nachbarn werden ihn umbringen. Sie sagen, er habe die Männer verraten», sagt er.

«Er ist doch noch ein Kind. Er hat niemanden verraten», ruft meine Mutter aus.

«Er wäscht ihre Autos. Er arbeitet für die Feinde», sagt er.

«Um Essen zu bekommen. Essen für uns alle», sagt sie und ringt ihre rauhen, roten Hände.

«Die Leute reden über ihn. Wir wissen, daß er ein guter Junge ist», sagt unser Cousin, zwinkert mir zu und kneift mich in die magere Wange. «Er ist bestimmt gut aufgehoben.»

Einen Monat später bekommen wir eine Nachricht von meiner Großtante. Mein Bruder soll in einem der oberen Dörfer gesehen worden sein. Meine Mutter möchte trotz des Ausgehverbots hingehen. Sie muß den Informanten bezahlen, aber wir können die Goldmünzen nicht dafür nehmen. Meine Großtante besucht uns, um mit meiner Mutter zu sprechen. Ich erinnere mich an ihre schwarze Kopfbedeckung und ihre Schnürstiefel und wie hochnäsig sie in unserer armseligen Hütte saß. Ihre Tochter lebt in einem der Dörfer in der Nähe des Grundstücks, das meiner Mutter gehört, stellt sie fest. Das Land gehört zu dem Teil der Mitgift meiner Mutter, die meine Urgroßmutter zurückgekauft hat. Das Arrangement ist in wenigen Minuten getroffen. Die Cousine meiner Mutter wird das Land übernehmen, weil sie den Informanten bezahlt hat.

Ich gehe mit meiner Mutter unter den dunklen Bäumen, den Kopf bedeckt und mit zitternden Schultern, denn es ist kalt, und ich habe Angst. Wir sind stundenlang unterwegs, den Berghang hinauf. Wir haben den steilsten, unwegsamsten Pfad genommen, um von niemandem gesehen zu werden. Als wir in dem Dorf ankommen, erzählen sie uns, daß unser Bruder schon fort ist. Ich stehe in der Haustür und höre, wie meine Mutter es von ihrer Cousine erfährt. Wenn mein Bruder in diesem Moment neben mir gestanden hätte, hätte er sie verspottet und auf den Boden gespuckt. Der lange Weg ohne Verpflegung hat uns erschöpft. Wir bekommen eine Schale Olivenöl und ungesäuertes Brot, das wir hineintunken können. Meine Mutter möchte es ablehnen, aber unsere leeren Mägen revoltieren.

So geschah es, daß uns die Mitgift verlorenging. Die Cousine meiner Mutter, unsere Verwandte, diese alte Frau, die mir jetzt Süßigkeiten anbietet, hat sie sich angeeignet. Damals waren wir ihr sogar dankbar gewesen.

Ich sitze da und beobachte, wie sie zurückkommt. Als ich meinen Kaffee ausgetrunken habe, ohne das Essen anzurühren, fragt sie mich, warum ich nicht vorher angerufen habe. Dann hätte sie ein Essen vorbereiten und einige Verwandte einladen können, die mich gern begrüßt hätten. Ich frage sie nach ihren drei Söhnen und ihren Enkelkindern, die in Amerika zur Schule gegangen sind. Ich frage sie, wieviel der Besitz, auf dem sie lebt, inzwischen wert ist. Ich frage sie, ob sie das Grundstück in der

Nähe des Bergdorfs verkauft hat, den Obstgarten, das Café am Meer. Sie erklärt mir, es habe einen Immobilienboom gegeben und sie habe eine Menge Besitz verkauft, um von dem Geld ihre Kinder nach Amerika schicken zu können. Und nun komme niemand mehr, um sie zu besuchen.

Ich hatte einen Telefonanruf gemacht, bevor ich mich auf den Weg hierher gemacht habe. Ich mußte einen Nachtflug in eine amerikanische Stadt nehmen. Eine von diesen Städten, wo der Smog über dem Ozean liegt und den Übergang von Meer und Himmel verwischt. Die Cousine meiner Mutter, wohl auch meine, nehme ich an, wartete draußen, während ich das Zimmer betrat. Er lag auf einem Bett im Sterben. Ich erkannte das Bettgestell. Es war aus geschnitztem Nußbaum und hatte einmal meiner Urgroßmutter gehört. Es war das Bett, in dem meine Mutter und mein Vater geschlafen hatten. Ich erinnere mich kaum an meine Urgroßmutter oder meine Großmutter oder die verstorbene Schwester meiner Mutter. Ich erinnere mich aber noch gut an meine Großtante, an ihre Tochter und an diesen alten Mann hier, ihren Sohn. Ich erinnere mich an meinen Bruder, und der Schmerz der Erinnerung umklammert mein Herz wie eine eiserne Faust.

«Ich sterbe», sagt mein Cousin.

«Ja, du stirbst», antworte ich, nachdem ich mich zu ihm hin-übergebeugt habe. Er trägt keinen Bart mehr, und sein Atem riecht schal wie die Luft in einem Raum, der nie gelüftet wurde. Seine Lippen sind ausgetrocknet, und seine Haut ist gelblich.

«Kind, vergib mir. Du bist doch die Tochter meiner Cousine.»

«Ich kann dich nicht verstehen», sage ich.

«Dein Bruder. Der Junge. Dein Bruder.»

«Ja, mein Bruder.»

«Er starb in der Nacht, als man ihn festgenommen hatte. O Heilige Muttergottes!»

Ich halte mein Ohr direkt an seinen Mund.

«Du hast ihn umgebracht?»

«Nicht ich.»

«Aber du konntest ihn nicht retten.»

«Was sollte ich tun? Er ist verraten worden.»

«Wer hat ihn verraten, Cousin?»

Er leckt sich über die Lippen und öffnet seine vertrockneten Augen.

«Wer hat ihn verraten?» wiederhole ich.

«Meine Schwester. Meine Schwester. Was sollte ich denn tun?»

«Wer waren die Informanten?»

«Es gab keine. Es hat überhaupt keine Informanten gegeben. Der Junge wurde festgenommen und noch in der gleichen Nacht getötet.»

Ich pralle zurück, als wäre ich heftig gestoßen worden. Ich bin benommen, mir wird schwarz vor Augen.

«Wie ist er gestorben, Cousin?» frage ich. Ich höre meine eigene Stimme, aber es klingt so, als würde jemand anderes sprechen.

«Er wurde im Fluß ertränkt», murmelt der Alte.

«Und meine Mutter hat bis zu ihrem Tod geglaubt, daß er wiederkommen würde.»

Er stöhnt und sucht auf dem Bettuch nach meiner Hand. Aber meine Hand umfaßt die andere und liegt in meinem Schoß.

«Vergib mir», bettelt er.

«Ich werde eine Kerze für dich anzünden, wenn du gestorben bist», sage ich.

Seine Schwester trägt Schwarz, die Farbe der Witwenschaft, die unschuldige Farbe des hohen Alters. Ihr Ehemann ist schon lange tot, ihr Bruder ist tot, und sie weint ein bißchen, als sie mir versichert, was für ein aufrechter Freiheitskämpfer er gewesen ist.

Ich stehe auf dem Balkon und atme tief ein. Ich rieche den Duft von gebackenem Brot und gegrillten Pfefferschoten. Ich rieche den Moschusgeruch von welken Blättern. Dort unten ragen Felsblöcke aus dem flachen Land so breit und scharf wie die Klingen einer Axt.

«Sieh mal hier, Cousine», rufe ich.

«Was ist denn, mein Kind?»

«Dort unten glänzt etwas.»

Ich höre, wie der Stuhl zurückgeschoben wird und wie sie in meine Richtung schlurft.

«Wo?» fragt sie und beugt sich über die Brüstung.

«Da. Es sieht aus wie Gold», sage ich und deute nach unten.

«Ich sehe etwas. Aber nein. Du machst dich über mich lustig. Bestimmt ist es nur eine leere Dose. Du glaubst ja nicht, was die Leute in den Bergen alles wegwerfen. Diese Barbaren. Die Gesellschaft löst sich auf. Es gibt keinen Anstand mehr.»

«Es ist keine Dose, sieh doch», sage ich und beuge mich vor.

Ihr Rücken biegt sich wie der Stamm eines Olivenbaums. Sie legt ihre Hände auf die Brüstung. Ihre Knöchel haben die Größe und Farbe von Schalotten. Ihre Haut ist voller Leberflecken. Sie reckt ihren Hals nach vorn und streckt sich, um über die Brüstung blicken zu können. Ich habe meine Hand ausgestreckt. Das Sonnenlicht reflektiert in dem Metallstück, das ich zwischen meinen Fingern halte. Es ist die Goldmünze, auf der das Porträt einer fremden Königin zu sehen ist. Die alte Frau starrt die Münze an, dreht sich um und glotzt mich aus braunen Vogelaugen an.

«Wir hatten sie die ganze Zeit, Cousine. Aber wir konnten dir damals nicht alles geben», sage ich und gebe ihr den Beutel, den ich seit einem halben Jahrhundert bei mir trage. Darin sind noch drei Goldmünzen übrig, zwei für ihre Augen und eine für ihren Mund. Meine Hände umklammern jetzt ihre Schulter, und ich stoße mit aller Kraft. Sie ist stark, aber ich bin jünger und stärker. Ich nehme meine Hände zurück und stoße sie von mir. Ihr Schrei wird von den Bergen geschluckt, ihr Körper prallt auf den harten Boden und rollt wie ein Bündel schwarzer Lumpen zwischen den Felsblöcken hindurch. Mein Herz pocht wild gegen meinen Brustkorb. Ich wende mich von der Brüstung ab und atme tief durch, bis ich wieder das Zirpen der Grillen hören kann, das die Luft erfüllt...

Ich spüle die Tassen, Gläser und Teller, trockne sie ab und stelle sie weg. Ich schiebe den Tisch wieder an seinen Platz. Ich verlasse das Haus durch einen Seiteneingang und gehe über einen Pfad, den ich sehr gut kenne, den Abhang hinunter. Eine Blindschleiche kreuzt meinen Weg und flüchtet vor meinen Schritten. Als ich das nächste Dorf erreiche, überquere ich den Kirchhof und trete durch das Portal. Drinnen zünde ich eine Geburtstagskerze für meinen Bruder an. Die Flamme ist tiefgelb. Rauch steigt nach oben in die mit Blattgold verzierte weiße Kuppel.

Beim Gedenkgottesdienst zu Ehren der Cousine meiner Mutter, beobachte ich, wie jeder eine Münze in das Kästchen legt und eine Kerze anzündet, um ihrer Seele den Weg in den Himmel zu weisen. Ich achte darauf, daß ich zuletzt drankomme. Als ich allein bin, betrachte ich die brennenden Kerzen. Dann gehe ich an jeder einzelnen vorbei und puste sie aus.

Deutsch von Robert Brack

ÜBER DIE AUTOREN

Janwillem van de Wetering, 1932 in Rotterdam geboren, reiste fünfzehn Jahre durch die Welt. Mittlerweile ist er in Maine, an der Nordostküste der USA, seßhaft geworden. Zum Kriminalschriftsteller wurde er eher zufällig. Bei der Lektüre von Georges Simenon beschloß er, dem Altmeister nachzueifern. Die vorliegende Kurzgeschichte basiert auf einem Hörspiel, dessen Handlung ursprünglich in Hamburg angesiedelt war.

Jerry Oster, geboren 1943 in Mexiko, lebte lange Zeit in New York, bevor er nach Chapel Hill, North Carolina, umsiedelte. Die *New York Times* bezeichnete ihn als den besten Krimiautor der letzten Jahre. Mit seinen Polizeiromanen hat er dem Genre neue stilistische Möglichkeiten eröffnet. Zuletzt erschien «True Love», ein raffiniertes Sittengemälde, zu dem er sich von dem spektakulären Mordfall O. J. Simpson inspirieren ließ.

D. B. Blettenberg, geboren 1949 im Westerwald, entschied sich mit 22 Jahren für ein Leben zwischen fremden Kulturen: Er wurde Entwicklungshelfer und arbeitete in Lateinamerika und Thailand. Seine Kriminalromane gleichen exotischen Abenteuerromanen. 1981 erhielt er den Edgar-Wallace-Preis für den besten deutschsprachigen Erstlingskrimi «Weint nicht um mich in Quito». 1995 wurde er für den Roman «Blauer Rum» mit dem Deutschen Krimipreis ausgezeichnet. Sein letzter Roman erschien unter dem Titel «Harte Schritte».

Susan Moody wurde in Oxford geboren und an der «Oxford School for Girls» erzogen. «In den turbulenten 60er Jahren habe ich zehn Jahre in Tennessee verbracht und interessiere mich deshalb seit langer Zeit für die Beziehung zwischen schwarzen und weißen Menschen», sagt Susan Moody, und vielleicht ließ sie auch deshalb ihrer großgewachsenen, dunkelhäutigen und wohlhabenden Amateurdetektivin Penny Wanawake eine Erziehung in England, Frankreich und der Schweiz angedeihen.

Lawrence Block, 1938 in Buffalo, New York, geboren, lebt heute in New York City, wenn er nicht gerade als literarischer Globetrotter in aller Herren Länder unterwegs ist. Er hat zahlreiche humorvolle Kriminalromane veröffentlicht. Am bekanntesten sind die Abenteuer seines Antihelden Bernie Rhodenbarr, der tagsüber als Buchhändler und nachts als Kunstdieb arbeitet. Für seinen Roman «The Burglar Who Traded Ted Williams» erhielt er 1995 den *Marlowe* der Raymond-Chandler-Gesellschaft.

Michael Z. Lewin stammt aus Springfield, Massachusetts, wo er 1942 geboren wurde. Er lebte in Indianapolis, Chicago, studierte in Harvard und schließlich im englischen Cambridge. Er blieb in England, wurde Kriminalschriftsteller und erfand Albert Samson, den «muskulösen, abgerissenen und witzigen Privatdetektiv aus Indianapolis» *(Boston Globe).* 1992 erhielt er den *Marlowe* der Raymond-Chandler-Gesellschaft und 1994 den *Mystery Masters Award* der Ball State University, Indiana.

Elliott Murphy wurde 1950 in Long Island bei New York in eine Show-Business-Familie hineingeboren, wurde Musiker und nach einem vielversprechenden Karrierestart als «neuer Dylan» gehandelt. Zwölf Schallplatten hat er über die Jahre hinweg aufgenommen, und noch immer schreibt er Artikel und Kurzgeschichten für den *Rolling Stone.* Seit einigen Jahren lebt er in Paris. Eine Sammlung seiner Short-Stories erschien auf deutsch unter dem Titel «Kalt und elektrisch». Die vorliegende Geschichte heißt im Original «On Elvis Presley's Birthday (II)», weil Elliott Murphy bereits einen Song unter dem gleichen Titel veröffentlicht hat.

Tatjana Kruse, 1960 in Schwäbisch Hall geboren, lebt als Übersetzerin und Autorin in Stuttgart. Sie ist Mitglied der deutschen Sektion der «Sisters in Crime». Seit 1992 hat sie einige ironische «Hard-boiled»-Kriminalgeschichten veröffentlicht. Für «Cool Man schlägt zurück» erhielt sie 1996 den *Marlowe* der Raymond-Chandler-Gesellschaft für die beste deutschsprachige Short-Story.

Robert Brack, Jahrgang 1959, lebt in Hamburg und hat mittlerweile acht Kriminalromane veröffentlicht. Für seinen *Nouveau roman noir* «Das Mädchen mit der Taschenlampe» wurde er 1993 mit dem *Marlowe* der Raymond-Chandler-Gesellschaft ausgezeichnet. Für den Thriller «Das Gangsterbüro» bekam er 1996 den Deutschen Krimi-Preis. Seit 1994 ist er Mitglied der britischen Crime Writers' Association.

Annette Döbrich, geboren 1949, lebt mit ihrem Mann und drei Kindern in einem großen Pfarrhaus in Starnberg am See. Zunächst Buchhändlerin, hat sie sich vor einigen Jahren entschlossen, selbst Bücher zu schreiben. Ihr Erstling «Am Abgrund der Träume» wurde mit dem Münchener Literaturförderpreis ausgezeichnet. Ihr zweiter Thriller trägt den trügerischen Titel «Abendfrieden».

Karina Lübke, Jahrgang 1963, studierte Mode-Design in Hamburg und wurde anschließend Journalistin. Sie war Redakteurin sowie Kolumnistin bei *Tempo*. Seit 1994 schreibt sie als freie Autorin für verschiedene Magazine, verfaßt Drehbücher und entwickelt Show-Formate für das Fernsehen.

John Harvey ist Engländer und lebt in Nottingham. Trotzdem hat er in den 70er und 80er Jahren mehr als 40 Western-Romane geschrieben, bevor er ins «seriöse» Krimi-Genre überwechselte. Seit 1989 arbeitet er an einem zehnbändigen Roman-Zyklus um den Kripo-Beamten Charles Resnick. Acht Bände sind bereits erschienen und in mehr als zwölf Sprachen übersetzt worden.

Stella Duffy gehört zur neuen Generation der experimentierfreudigen britischen Krimi-Autoren. Ursprünglich wollte sie mit ihrem Debüt-Roman «Calender Girl» gar keinen Krimi schreiben, sondern ein Buch, «in dem mehr Sex vorkommt als in allen anderen». Als dann aber gleich am Anfang der Geschichte eine Leiche auftauchte, blieb ihr nichts anderes übrig, als die attraktive lesbische Privatdetektivin Saz Martin zu erfinden, der sie auch in ihrem zweiten Roman «Wavewalker» die Treue hält.

Denise Danks lebt in East London und hat lange Zeit als Journalistin über Computerthemen geschrieben. In ihren Romanen um die Detektivin Georgina Powers behandelt sie mit großer Vorliebe Themen wie virtuelle Realität, erotische Exzesse und den allgemeinen Niedergang des sozialen Zusammenhalts. 1994 gewann sie das Raymond-Chandler-Stipendium der Fulbright Fellowship.

QUELLEN- UND
URHEBERRECHTSHINWEISE

«Der Schwede **Per Wahlöö** hat sich mit einem umfangreichen Werk als einer der markantesten europäischen Erzähler des dritten Viertels unseres Jahrhunderts profiliert.» *Jörg Fauser*

Per Wahlöö (1926–1975) studierte Germanistik, arbeitete als Korrespondent in Spanien. 1956 von Franco ausgewiesen, reiste er durch die halbe Welt, lernte 1962 Maj Sjöwall kennen und begann mit ihr gemeinsam, den Kommissar-Beck-Zyklus zu schreiben.

Foul Play
(thriller 2588)
«Der Blick, den Wahlöö auf die schweißgetränkte, dreckige Fußballposse in dieser hinterletzten Weltgegend wirft, ist so ungetrübt , daß wir uns alle in ihm spiegeln können.» *tip*

Unternehmen Stahlsprung
(thriller 2539)
«... die Horrorvision einer Gesellschaft, die selbst zum Verbrechen wurde und schließlich untergeht. Per Wahlöö war vielleicht noch nie so gut.» *Norddeutscher Rundfunk*

Libertád!
(thriller 2521)
«Der beste Polit-Thriller zum Thema Südamerika ist bereits vor 25 Jahren geschrieben worden: Libertád!» *taz*

Das Lastauto
(thriller 2513)
Spanien zur Zeit der Franco-Diktatur.

Mord im 31. Stock
(thriller 2424)
«Dieses Buch ist eines der seltenen Fälle, in denen ein Kriminalroman weit über sich hinauswächst.» *Frankfurter Allgemeine Zeitung*
Wolf Gremm drehte mit Rainer Werner Fassbinder in der Hauptrolle nach diesem Buch seinen Film «Kamikaze 1989».

Von Schiffen und Menschen
Stories
(thriller 2889)
«... eignet sich wunderbar zum Lesen an Bord.» *Segeln*

Das Lastauto. Libertád! Die Generale
(thriller 3222)

Klugmann / Mathews

«Da werden endlich wieder Geschichten erzählt, die so intelligent und spannend sind, die zum Zittern und Lachen bringen. Allererste Empfehlung: die subtil anarchistischen Polizeikomödien der beiden Hamburger Norbert Klugmann&Peter Mathews.» *Lui*

Beule & Co
Beule oder Wie man einen Tresor knackt. Ein Kommissar für alle Fälle. Flieg, Adler Kühn
(thriller 3101)
Die Helden des Autorenduos scheinen auf den ersten Blick wenig perfekt. Sie haben Probleme mit Frauen, mit sich selbst und mit ihrer Kondition. Eigentlich sind sie ganz selten richtige Helden. Da kommt es schon vor, daß ein Keller in Brand gesetzt wird, weil ein geklauter Tresor sich nicht knacken läßt. Oder ein Schrebergärtner ermordet wird, weil er seinen Garten nicht verkaufen will...

Die Schädiger
(thriller 2771)
Rochus Rose wachsen die Schulden über den Kopf, und die Methoden des Geldeintreibers Sänger sind raffiniert, aber nicht ganz legal...

Vorübergehend verstorben
Roman
320 Seiten. Gebunden
Wunderlich Verlag
Die Männer sind alle Verbrecher, ihr Herz ist ein finsteres Loch... Die Anwältin Luise Rubato fährt lieber in die Grube, als der Moral der Männer zu erliegen.

Norbert Klugmann
Das Pendel des Pentagon
(thriller 2954)
«Norbert Klugmann legt ein wahnsinniges Tempo vor und ihm fließen mitunter Dialoge aus der Feder, gegen die hochgerühmte amerikanische Kollegen die reinsten Langweiler sind.» *Süddeutscher Rundfunk*

Schweinebande
(thriller 3175)

Doppelfehler *Ein Fall für den Sportreporter*
(thriller 3228)
Ein ATP-Tennisturnier in Deutschlands wildem Osten läßt sich nicht ohne weiteres vermarkten. Ein toter Tennisprofi indes belebt das Geschäft...

rororo thriller

rororo thriller werden herausgegeben von Bernd Jost. Ein Gesamtverzeichnis der Reihe finden Sie in der *Rowohlt Revue*. Jedes Vierteljahr neu. Kostenlos in Ihrer Buchhandlung.